KB121776

별을 위한 시간

별을 위한 시간

Time for the Stars

로버트 A. 하인라인 장편소설 | 최세진 옮김

아작

일러두기

모든 주석은 옮긴이의 것입니다.

빌과 밥 데이비스를 위하여

차례

제 1 부

1
장기정책재단

위인들의 전기를 읽어보면 운명의 신이 호감을 가진 아이들은 대개 태어나자마자부터 삶이 예정되어 있었다. 나폴레옹은 코르시카에서 맨발로 뛰어다니던 어린 시절부터 프랑스를 어떻게 지배할지 계획했으며, 알렉산더 대왕도 거의 비슷했다. 아인슈타인은 요람 안에서부터 방정식을 중얼거렸다.

아마 그랬을 것이다. 나? 난 그냥 그럭저럭 되는대로 살았다.

언젠가 루커스 증조할아버지의 옛날 책에서 야회복을 차려입은 남자가 스키 점프대를 넘는 만화를 본 적이 있는데, 그 남자가 충격을 받아 믿기지 않는다는 표정으로 말했다. "내가 어떻게 여기에 올라온 거지?"

나는 그 사람이 어떤 느낌이었는지 안다. 내가 어떻게 여기에 올라온 거지?

나는 예정된 아이도 아니었다. 우리 가족의 세금 면제 할당 인원수는 세 명까지였는데, 팻과 내가 저렴한 대형 꾸러미에 담겨 한꺼번에 도착했다. 우리 때문에 모든 사람이 놀랐다. 특히 우리 부모님이 놀랐으며 우리 누나 세 명도 놀랐고 세금 정산원도 놀랐다. 나 자신도 놀랐는지는 기억나지 않는다. 어린 시절을 떠올려보면 아버지와 어머니 그리고 페이스, 호프, 채러티 세 누나가 우리를 그럭저럭 잘 대해주긴 했지만, 그다지 환영받는 존재가 아니었다는 건 어렴풋하게 느껴졌다.

　아버지는 그 위기 상황을 제대로 다루지 못했던 것 같다. 다른 많은 가족들은 다른 가족과의 교환 같은 것을 통해 추가적인 아동 할당을 얻어냈다. 특히 세금 면제 한계까지 전부 아들이나 딸로만 채워진 경우에는 더욱 그랬다. 그러나 아버지는 그 법이 헌법위반이며 부당하고 차별적일 뿐만 아니라 풍속을 거스르고 신의 의지에도 반한다고 끈질기게 주장했다. 아버지는 벤저민 프랭클린부터 명왕성의 초대 총독까지, 대가족의 막내였던 중요한 인물들의 이름을 줄줄 읊었다. 그리고 그 사람들이 없었다면 지금 인류가 어떻게 되었을지 아느냐고 따졌다. 그러고 나면 어머니가 아버지를 진정시켰다.

　아버지는 직업인 마이크로 공학뿐만 아니라 역사 분야까지 거의 모든 방면에 관심이 많은 사람이었으므로 아버지의 말은 아마 정확했을 것이다. 아버지는 우리 쌍둥이에게 미국 역사에 등장하는 두 영웅의 이름을 붙이려 했다. 반면에 어머니는 우리에게 좋아하는 예술가들의 이름을 붙이길 고집했다. 그 결과 내 이름은 '토마스 페인 레오나르도 다빈치 바틀릿'이 되었고, 내 쌍둥이는 '패트릭 헨리 미켈란젤로 바틀릿'이 되었다. 아버지는 우리를 톰과 팻으로 불렀고 어머니는 레오와 미셸로 불렀다. 누나들은 우리를 '쓸모없는 놈'과 '두 배로 쓸모없는 놈'으로 불렀다. 결국 아버지의 고집이 이겼다.

아버지는 완고한 사람이었다. 아버지는 매년 우리에 대한 초과 인두세를 지급하며 7인용 아파트를 신청하고, 어쩔 수 없는 일들은 대충 포기한 후 재분류를 요청할 수도 있었다. 하지만 그러지 않고 매년 우리 쌍둥이에 대한 세금 면제를 요구했다. 그러나 그 요구는 언제나 '이의를 제기하며 지급함!'이라는 도장을 찍은 수표로 우리의 인두세를 지급하는 것으로 끝났으며, 우리 일곱 가족은 5인용 아파트에 살아야 했다. 팻과 내가 어렸을 때는 집에서 임시변통으로 만든 아기침대를 화장실에 놓고 그 안에서 잤다. 이것은 누구에게도 편안할 수 없는 상황이었다. 우리가 조금 자란 후에는 거실 소파에서 잤다. 이것도 모든 사람을 불편하게 만들었다. 특히 우리 누나들은 자신들의 사교 생활을 방해한다고 여겼다.

아버지는 화성이나 금성, 혹은 목성의 위성으로 가족 이민을 신청해서 이 모든 문제를 해결할 수도 있었다. 아버지가 실제로 그 방법을 제안했던 적도 있었다. 하지만 이번에는 아버지보다 어머니가 더 완강했다. 나로서는 어머니가 고공 도약에서 어느 부분을 두려워하는 것인지 알 수 없었다. 어머니가 입을 꾹 닫고 대답을 안 해주었기 때문이다. 아버지는 큰 가족이 이민할 경우

더 나은 대우를 받으며, 인두세가 지구 밖 개척지에 대한 보조금으로 배정되었는데, 우리가 이미 강탈당한 돈에서 이익을 얻으면 왜 안 되느냐고 지적했다. 또 생산적인 노동자들에 대해 더욱 많은 규칙과 제한을 꿈꾸는 관료들의 세상에서 벗어나 우리 아이들을 자유롭고 여유롭게 성장할 수 있게 해주는 게 뭐가 문제냐고 따지며, 그에 대해 대답을 어머니에게 요구했다.

어머니는 대답하지 않았고, 우리는 이민을 떠나지 않았다.

우리는 언제나 돈이 궁했다. 두 개의 입이 추가되고 세금이 늘었지만, 어머니가 아버지의 낡은 옷을 줄여 우리에게 입힐 정도였다. 빈곤한 가정의 수입을 도와줄 정부의 가족 지원은 전혀 없었다. 다른 사람들처럼 전화로 식사를 주문할 수 있는 경우는 극히 드물었고, 아버지가 먹지 않고 남긴 점심을 집으로 가져올 때도 종종 있었다. 어머니는 우리 쌍둥이가 유치원에 들어가자마자 다시 일자리를 구했는데, 우리 집에 있는 유일한 가정용 로봇은 '모리스 정비소'의 '엄마의 도우미'라는 구식 모델뿐이었다. 그 로봇은 걸핏하면 밸브가 가열되어서 고장 났고, 프로그램하는 시간이 일하는 시간만큼이나 오래 걸렸다. 팻과 나는 설거지물과 세제에 익숙해졌다. 적어도 나는 그랬다. 팻은 툭하면 살균소독 작업만 하겠다고 고집하거나, 엄지손가락 같은 게 아프다고 우겼다.

아버지는 빈곤한 생활이 주는 무형의 이익에 대해 이야기하곤 했는데, 자주적으로 행동하고 덕성을 함양하는 방법 같은 것들을 배우게 된다는 주장이었다. 내가 나이가 들어 이해할 수 있을 정도가 되자 그 이익이 무형이 아니길 바라게 되었지만, 다시 생각해보니 아버지의 말에도 나름대로 일리는 있는 것 같았다. 그래도 우리는 즐겁게 지냈다. 팻과 나는 설비함에 햄스터를 길렀는데, 엄마는 한 번도 반대하지 않았다. 우리가 욕조를 화학실험실로 바꾸었을 때 누나들이 비우호적인 말들을 쏟아내긴 했지만, 아버지가 단호한 태도를 보이자 누나들이 아버지를 살살 구슬려서 우리가 다시 사용할 수 있도록 해주었고, 그 후 누나들은 세탁물을 다른 곳에 걸었다. 나중에 우리가 하수구에 산성 액체를 부어 배관 설비를 망가뜨렸을 때는 엄마가 화난 아파트 관리인을 막아주었다.

내 기억에 엄마가 단호하게 거절했던 일은, 스티븐 외삼촌이 화성에서 돌아와 우리에게 운하 벌레를 주었을 때가 유일했다. 우리는 그 벌레를 길러 수익을 남기고 판매할 계획이었는데, 아버지가 욕실에서 벌레 한 마리를 밟는 일이 발생하자(우리는 아버지와 그 계획을 논의한 적이 없었다), 어머니는 벌레들을 동물원에 보내도록 했다. 단, 아버지가 밟은 놈은 예외였다. 그건 어차피 보내도 소용이 없었다. 그 직후 우리는 가출해서 우주 해병대에 지원했다. 스티븐 삼촌이 해병대의 포병 하사관이었다. 그런데 나이에 대한 우리의 거짓말이 먹히지 않아 그들이 되돌려 보냈을 때, 어머니는 우리를 나무라지 않았고 우리가 집에 없는 동안 뱀과 누에를 보살펴주었다.

아, 우리는 행복했던 것 같다. 당시에는 그 사실을 알지 못했다. 팻과 나는 매우 친했고 모든 것들을 함께했다. 그러나 한 가지는 분명하게 밝히고 싶다. 쌍둥이가 된다는 것은 다몬과 피티아스*의 멋진 이야기와 다르다. 그건 작가들 때문에 생긴 오해다. 내가 기억하는 한, 그리고 다른 사람들의 증언에 따르면, 쌍둥이가 되면 함께 태어나서, 방을 함께 사용하고, 밥도 함께 먹고, 함께 놀고, 함께 일해서, 상대방이 없는 상태에서는 해본 게 거의 없다고 할 수 있을 정도로 가까운 사이가 된다. 서로에게 없어서는 안 되는 존재나 마찬가지지만, 그게 반드시 상대방을 사랑한다는 의미는 아니다.

쌍둥이가 갑자기 중요해진 이후 쌍둥이에 대한 온갖 헛소리들이 쏟아져 나왔기 때문에, 나는 그 사실을 명확하게 밝히고 싶었다. 나는 나다. 나는 내 쌍둥이 팻이 아니다. 설령 다른 사람들이 우리를 구별하지 못하더라도, 나는 항상 구별할 수 있다. 팻은 오른손잡이고, 나는 왼손잡이다. 그리고 내 관점에서는, 내가 거의 언제나 케이크의 작은 조각을 먹었던 쪽이었다.

팻이 재빠르고 교묘한 속임수로 케이크의 두 조각을 모두 먹었던 때가 기억난다. 항상 그랬다는 이야기는 아니다. 특히 초콜릿을 입힌 하얀 케이크가 떠오르는데, 팻이 상황을 혼란스럽게 만들어 내 케이크까지 혼자 다 먹었다. 내가 항의했지만, 어머니와 아버지는 팻이 우리 두 사람이었다고 착각했기 때문에 소용없었다. 여덟 살 때는 디저트를 먹는 일이 하루일과에서 가

---

* 고대 그리스의 전설에 등장하는 두 친구. 피티아스가 사형을 당할 상황에서 다몬이 대신 갇혔는데, 사형일에 피티아스가 돌아오자 왕이 두 사람을 방면했다.

장 중요한 행사일 수도 있는데, 당시 우리에겐 정말로 중요했다.

아버지와 어머니는 오히려 내가 속임수를 부려 디저트를 두 개 먹으려는 것으로 생각했기 때문에 내가 벌을 받았다. 그 기억 때문에 이렇게 오랜 시간과 먼 거리를 떨어져 있는 지금까지도 무딘 분노의 옹이가 느껴지긴 하지만, 이런 것들을 불평하려는 게 아니라 그저 진실을 말하려는 것이다. 데브루 박사가 내게 모든 일들을 적으라고 했고, 쌍둥이로서 어떻게 느끼는지부터 시작하라고 했다. 이 글을 읽고 있는 당신은 쌍둥이가 아닐 것이다. 쌍둥이인가? 당신이 쌍둥이일 가능성은 44분의 1이다. 그건 이란성 쌍둥이의 확률이다. 팻과 나는 일란성 쌍둥이로서 그보다 4배 더 희귀하다.

쌍둥이 한쪽은 항상 지능 발달이 늦는다고들 한다. 나는 그렇게 생각하지 않는다. 팻과 나는 언제나 신발 한 켤레처럼 비슷했다. 가끔 내가 5밀리미터 더 크거나 5백 그램 더 무게가 나갔을 때 다르게 보였을 수도 있겠지만, 곧 같아졌다. 우리는 똑같이 학교에서 성적이 좋았고, 치아도 동시에 났다. 다만 팻은 항상 내가 가진 것보다 더 많이 차지하려 했다. 심리학자들은 그런 걸 '서열 짓기'라고 한다. 하지만 그 행동은 너무도 미묘해서 딱히 꼬집어 말하기 힘들고, 다른 사람들은 알아채기 어렵다. 내가 기억하는 한 그런 행위는 아무것도 아닌 것에서 시작되었고, 설령 우리가 원하더라도 둘 중 하나가 깰 수 없는 하나의 경향으로 자라났다.

우리가 태어날 때 간호사가 나를 먼저 꺼냈다면, 내가 더 큰 케이크 조각을 챙겼을 것이다. 하긴 어쩌면 간호사가 날 먼저 꺼냈을 수도 있다. 나는 처음에 어떻게 시작되었는지 모른다.

그러나 손해를 보는 쪽이 되더라도 쌍둥이가 되는 게 무조건 나쁘기만 한 것은 아니라고 생각한다. 낯선 사람들 속으로 들어가면 겁이 나고 기가 죽지만, 1미터 안에 쌍둥이가 있다면 더 이상 외롭지 않다. 혹은 누군가에게 얼굴을 맞고 휘청거릴 때 쌍둥이가 그놈에게 주먹을 날린다면, 싸움은 우리 쪽에 유리해진다. 시험을 망쳤는데, 쌍둥이도 그 정도로 시험을 망치면 혼자 혼나지 않는다.

그러나 쌍둥이가 된다는 게 가깝고 충직한 친구를 얻는 것이라고 생각해서는 안 된다. 전혀 그렇지 않다. 쌍둥이가 되면 그보다 훨씬 더 엄청나게 가까운 친구를 얻게 된다.

기킹 씨가 우리 집에 왔을 때, 팻과 나는 장기정책재단과 처음으로 계약을 맺었다. 사실 나는 기킹 씨가 마음에 들지 않았다. 아버지도 그를 좋아하지 않아서 쫓아내려 했지만, 그는 어머니가 환대할 것이라는 믿음이 확고했기 때문에 이미 커피잔을 들고 자리에 앉은 상태였다.

그렇게 해서 기킹 씨가 자신의 사업에 대해 소개할 수 있게 되었다. 기킹 씨의 말에 따르면, 그는 '유전학 연구소'의 현장 대표라고 했다.

"그게 뭐요?" 아버지가 날카롭게 말했다.

"과학 연구기관입니다, 바틀릿 씨. 현재 진행되는 프로젝트는 쌍둥이에 관한 자료를 수집하는 거죠. 이 연구는 공공의 이익과 관련되어 있으므로, 협조해주시기 바랍니다."

아버지가 깊이 숨을 들이쉬더니 늘 준비되어 있던 상상의 가두연설을 끄집어냈다. "정부가 또 간섭하는군! 나는 훌륭한 시민이오. 난 공과금을 내고 우리 가족을 건사하고 있소. 우리 아이들은 다른 아이들과 똑같아. 얘들에 대한 정부의 태도에 완전히 질렸어. 난 관료들을 만족시키기 위해 이 아이들을 쿡쿡 찌르고 들쑤시고 조사하도록 놔두지 않을 거요. 우리가 요구하는 건 그냥 놔두라는 것뿐이오. 그리고 정부는 다른 아이들과 마찬가지로 우리 아이들도 숨 쉬고 공간을 차지할 권리가 있다는 명백한 사실을 인정해야 해!"

아버지는 멍청한 사람이 아니었다. 자주 사람 발에 차인 강아지가 반사적으로 으르렁대듯이, 아버지는 팻과 내가 관련된 일에 무의식적으로 반응하는 경향성을 가진 것뿐이었다. 기킹 씨가 아버지를 진정시키려 했지만, 아버지는 방해를 무시하고 다시 연설을 늘어놓기 시작했다. "인구 조절국에 그들의 '유전학 연구'를 받을 생각이 없다고 전하시오. 정부가 뭘 알고 싶다는 거요? 아마도 쌍둥이를 낳지 않는 방법을 찾는 거겠지. 쌍둥이가 뭐가 문제인데? 로물루스와 레무스가 없었다면 어떻게 로마가 존재했겠소? 내 말에 대답하시오. 기킹 씨, 얼마나 많은 사람들이…."

"제발, 바틀릿 씨. 저는 정부에서 나온 사람이 아닙니다."

"어? 그렇군요. 진작 그렇다고 말해주지 그랬어요. 그럼 어디에서 나오셨나요?"

"유전학 연구소는 장기정책재단 소속 연구기관입니다." 팻이 갑자기 흥미를 가지는 게 느껴졌다. 장기정책재단에 대해서는 모든 사람들이 들어봤다. 팻과 나는 비영리 단체에 대한 학기말 과제를 막 끝냈는데, 장기정책재단을 사례로 조사했었다.

장기정책재단을 선택했던 것은 재단의 목표가 우리의 흥미를 끌었기 때문이다. 재단의 문장(紋章)에는 이렇게 쓰였다. "아낌없이 베풀어라." 그리고 재단 선언문은 이렇게 시작했다. "우리 후손들의 복리를 위해 전념한다." 선언문은 변호사들이 손을 많이 대서 모호하게 쓰이긴 했지만, 재단의 이사들은 그 선언문을 정부와 기업이 손대지 않는 일에만 돈을 쓴다는 의미로 해석했다. 프로젝트를 제안할 때는 과학적으로 흥미롭거나 사회적으로 바람직하다는 정도로는 충분하지 않았다. 비용이 너무도 엄청나서 아무도 그 일에 손댈 엄두를 내지 못해야 하고, 예상되는 결과가 너무도 먼 미래에 발생해서 납세자나 주주들을 납득시키기 힘든 일이어야 했다. 장기정책재단의 이사들을 열정적으로 환해지게 만들려면, 최소한 10억 달러 이상의 비용이 들어야 하고, 혹시 결과가 나오더라도 10세대 안에는 나오지 않는 프로젝트여야 했다. 예를 들자면 날씨에 대한 제어 같은 연구 말이다 (그들은 이미 연구하고 있다).

재미있는 점은 재단이 아낌없이 베풀었던 자금이 7백 배로 불어나 돌아왔다는 사실이었다. 재단은 가장 어처구니없는 프로젝트로 당황스러운 액수의 돈을 벌어들였다(비영리 재단으로서 '당황스러운' 액수라는 의미이다). 우주여행을 예로 들자면, 2백 년 전 우주여행은 장기정책재단에 딱 맞는 프로젝트 같았다. 터무니없이 큰 비용이 들어가지만, 투자액에 비해 그럴듯한 결과가 나오지 않는 사업이었기 때문이다. 각국 정부가 군사적인 목적으로 연구했던 적이 있긴 했지만, 1980년 바이로이트 협정으로 그마저 중단되었다.

그래서 장기정책재단은 우주여행 연구에 뛰어들어 행복하게 돈을 낭비하기 시작했다. 재단이 순수한 연구만으로도 최소한 한 세기는 걸릴 것이라 예상했던 톰슨 질량변환기에서 수십억 달러를 벌어들이는 불운한 사태가 일어났을 때, 그 연구가 시작되었다. 그들은 배당을 나눠줄 수 없으므로(재단에는 주주가 없다), 그 돈을 어떻게든 없애야 했는데 우주여행은 눈에 띄지 않게 쏟아부을 수 있는 쥐구멍 같았다.

어린아이들도 그 사업이 어떻게 되었는지 알았다. '오르테가의 토치' 덕분에 태양계 내부의 우주여행이 저렴하고 빠르고 쉽게 바뀌었다. 그리고 단방향 에너지 차단막은 개척지 건설을 현실적이고 수익성이 좋은 사업으로 만들어주었다. 재단은 더 많이 계속 들어오는 돈을 적당히 빠르게 처분할 수 없는 상황이 되었다.

내가 그날 밤에 이 모든 것들을 생각한 것은 아니었다. 어쩌다 보니 팻과 내가 장기정책재단에 대해 대부분의 고등학교 3학년들보다는 더 많이 알게 되었을 뿐이었다. 그리고 아버지가 콧방귀를 뀌면서 내뱉은 말로 볼 때, 재단에 대해서는 우리가 아버지보다 더 많이 알고 있다는 게 틀림없었다. "장기정책재단이라고요, 어? 당신이 정부에서 왔으면 차라리 나았을 것 같군요. 그런 시시껄렁한 단체들이 제대로 세금을 냈다면, 정부가 시민들에게 인두세를 쥐어짜지 않았을 테니 말이오."

이것은 타당한 발언이 아니었다. 적어도 수학적 경험론 기초 수업에서 '평면-곡선 관계'라고 부를 만한 발언이라고 할 수는 없었다. 맥키프 선생님은 장기정책재단이 기술에 미친 영향력은 이스트가 부풀어 오르듯 폭발적으로 증가하는 곡선으로 나타낼 수 있다고 가르쳤다. 내가 낙제하지 않은 것을 보면, 재단의 영향력이 21세기 초기 수평에서 곡선을 그리며 상승한 게 틀림없다. 다시 말해, 우리가 야만이 되지 않도록 지켜주는 지식과 부의 축적, '문화적 계승'은 그런 비영리 연구 법인에 부여해준 세금 면제의 영향으로 크게 증가했다. 내가 상상해낸 주장이 아니다. 수치들이 그걸 증명해준다. 만일 어떤 부족에서 발상이 번쩍하고 떠올라서 처음으로 바퀴를 깎아서 만들어낼 수 있는 노인을 집에 머물도록 하지 않고, 억지로 다른 부족원들과 함께 사냥하도록 몰아냈다면 어떻게 되었겠는가.

기킹 씨가 대답했다. "제가 그런 문제의 장점에 대해 논쟁을 하긴 힘듭니다, 바틀릿 씨. 저는 그저 직원일 뿐이니까요."

"말하자면 내가 당신의 월급을 주고 있는 거요. 간접적으로, 그리고 내 의지와 상관없이. 그렇기는 하지만 어쨌든 지급하고 있는 거지."

나는 논쟁에 뛰어들고 싶었지만, 팻이 제지하는 게 느껴졌다. 아무튼 기킹 씨가 어깨를 으쓱하더니 말했다. "그렇다면 감사드

립니다. 그런데 저는 여러분의 쌍둥이 아이들에게 약간의 테스트를 진행하고, 몇 가지 질문을 할 수 있도록 요청하기 위해서 왔습니다. 테스트는 무해하고, 결과는 기밀로 유지될 것입니다."

"도대체 뭘 알아내려는 거요?"

"저도 모르겠습니다. 저는 그저 현장 요원일 뿐이고, 이 프로젝트의 책임자가 아니라서요." 기킹 씨가 대답했을 때, 나는 그가 진실을 말한다고 생각했다.

팻이 끼어들었다. "하지 않을 이유는 없는 것 같아요, 아빠. 서류가방에 그 테스트가 담겨 있나요, 아저씨?"

"이봐, 팻⋯."

"괜찮아요, 아빠. 그 테스트를 보여주세요, 아저씨."

"어, 우리는 그렇게 진행하려는 게 아니야. 그 테스트는 트랜스루나 빌딩에 있는 지역 사무실에서 진행되는데, 한나절 정도 걸릴 거야."

"시내까지 가야 하네요. 어, 그리고 한나절이라⋯. 재단에서는 우리에게 얼마나 지급할 건가요?"

"응? 테스트 대상자들에게는 과학을 위해 시간을 할애해달라고 요청할 거야."

팻이 고개를 저었다. "죄송한데요, 기킹 아저씨. 이번 주는 시험시간이에요⋯. 그리고 톰과 저는 학교에서 아르바이트도 해야 돼요."

나는 침묵을 지켰다. 역사 분석학 말고는 시험을 이미 다 마쳤는데, 역사 분석학은 통계학과 유사 공간 계산법 외에 다른 수학이 필요 없는 쉬운 과목이었다. 그리고 학교 화학실에서 하는 우리 아르바이트는 시험 기간에 중단됐다. 아버지는 이런 상황을 몰랐던 게 확실하다. 혹시 알았다면 참견했을 것이다. 아버지는 약간의 암시만 줘도, 편견이 가득한 사람에서 로마의 판관으로 바뀔 수 있는 사람이었다.

팻이 자리에서 일어났다. 나도 일어났다. 기킹 씨는 그 자리에 그대로 앉아 차분하게 말했다. "조정해볼 수 있을 거야."

팻은 겨우 하루 오후에 진행되는 테스트에 대해 화학실에서 한 달 동안 실험기구를 닦아서 받는 돈만큼을 요구했다. 그리고 우리를 함께 테스트하기 위해 기킹 씨가 양보하리라는 게 분명해지자 팻이 판돈을 올렸다. 마치 우리에게 다른 대안이라도 있는 것처럼 말이다! 기킹 씨는 망설이지 않고 선불로 현금을 지급했다.

2

2의 자연로그

    다음 주 수요일 오후 트랜스루나 건물 40층에 갔을 때, 나는 그렇게 많은 쌍둥이들이 모여서 기다리는 모습을 평생 처음 봤다. 나는 쌍둥이들을 만나는 것을 좋아하지 않았다. 쌍둥이들을 보면, 눈이 잘못되어서 사람이 둘로 보이는 기분이 들었기 때문이다. 내가 모순적이라고 비난해서는 안 된다. 나는 내가 속한 쌍둥이를 본 적이 없었다. 나에게는 팻밖에 보이지 않았으니까.

    팻도 나와 같은 느낌인 것 같았다. 우리는 다른 쌍둥이와 친하게 지낸 적이 한 번도 없었다. 팻이 주위를 둘러보며 휘파람을 불었다. "톰, 여분의 부품들이 이렇게 어지럽게 널려 있는 거 본 적 있나?"

    "없어."

    "나한테 권한만 있다면, 절반을 치워버렸을 거야." 팻은 다른 사람의 기분을 상하게 할 정도로 큰 소리로 말하지는 않았다. 팻과 나는 교도소 안에서 죄수들이 속삭이듯, 우리 둘 사이에는 이해하는 데 아무런 문제가 없지만, 다른 사람은 들을 수 없을 정도로 작게 속삭였다. "암울하네, 그렇지 않냐?"

얼마 지나지 않아 팻이 또 조용히 속삭여서, 나는 팻의 눈길을 따라 쳐다봤다. 물론 쌍둥이였다. 하지만 이번에는 하나도 좋고, 둘이면 두 배로 좋은 사례였다. 빨간 머리의 자매였는데, 우리보다는 어렸지만 너무 어리지는 않았다. 대략 열여섯 살 정도인 것 같았다. 그리고 페르시안 고양이들처럼 귀여웠다.

그 자매는 우리에게 나방을 끌어들이는 불빛 같은 효과를 일으켰다. 팻이 속삭였다. "톰, 우리에게는 저 애들한테 시간을 조금 나눠줘야 할 의무가 있어." 그리고 곧장 그들을 향해 걸어갔다. 나도 팻과 보조를 맞춰 걸어갔다. 그 자매는 녹색 격자무늬로 이루어진 스코틀랜드 분위기의 옷차림을 했는데, 그 옷차림 때문에 빨간 머리가 모닥불처럼 타오르는 것 같았고, 우리에게는 떨어지는 눈송이처럼 예뻐 보였다.

그들은 눈송이처럼 차가웠다. 팻이 인사말을 반도 못하고 더듬거리기 시작하더니, 곧 입을 닫았다. 자매가 팻을 노려봤기 때문이다. 나는 얼굴이 붉어졌다. 더욱 당황스러운 상황이 되기 전에 스피커에서 귀에 거슬리는 소리가 울려 퍼지며 우리를 구해줬다.

"주목하세요! 여러분의 성(姓) 첫 글자가 표시된 문으로 모여주시기 바랍니다." 그래서 우리는 'A-D'가 쓰인 문으로 갔고, 빨간 머리 자매는 우리를 거들떠보지도 않고 다른 알파벳이 쓰여 있는 문을 향해 걸어갔다. 우리가 문 앞에 줄을 섰을 때 팻이 중얼거렸다. "내가 제대로 한 방 먹은 거지? 아니면 쟤들이 결혼 같은 건 하지 않겠다고 결의라도 한 걸까?"

"둘 다 맞을 거야." 내가 대답했다. "어쨌든 난 금발이 더 좋아." 모디가 금발이었으므로, 그 말은 진실이었다. 팻과 나는 모디 코릭이라는 여자애와 1년 정도 만나고 있었다. 진지하게 사귄다고 봐도 좋다. 하지만 내 경우에는 주로 모디의 친구인 헤다 스테일리와 어울렸다. 헤다는 나에게 모디가 진짜 귀엽지 않느냐고 묻는 것을 아주 멋진 대화라고 생각하는 아이였다. 그 말은 진실이라 내가 대꾸할 게 없었기 때문에, 우리의 대화는 그다지 활기를 띠지 못했다.

"뭐, 나도 그래." 팻이 동의했다. 어느 금발을 말하는지는 굳이 언급할 필요가 없었다. 모디는 우리가 서로에게 화제로 올리기 싫어하는 유일한 주제였다. "하지만 난 언제나 열린 자세야." 팻이 어깨를 으쓱하더니 유쾌하게 덧붙였다. "어쨌든 다른 가능성도 있잖아."

확실히 그랬다. 여기에 참석한 수백 명의 쌍둥이들 중 3분의 1가량은 물어보지 않더라도 우리 또래였고, 세어보지 않아도 이들 중 절반은 여성이라서, 바글거리는 사람들이 마치 사교 행사에 모인 것처럼 보였다. 하지만 그들 중에 빨간 머리 자매만큼 눈에 띄는 부류는 없어서, 나는 사람들 전체를 훑어보기 시작했다.

내가 본 가장 나이가 많은 쌍둥이는 성인 남자들이었는데, 30대 초반을 넘지는 않은 듯했다. 그리고 열두 살 정도의 어린 소녀들도 눈에 띄었는데, 엄마가 그 아이들을 따라다니며 챙겼다. 그러나 대부분의 쌍둥이는 시끄러운 20대로 보였다. 이 '유전학 연구'가 연령대별로 표본을 선발한 모양이라고 결론을 내렸을 때, 우리는 어느새 그 줄의 맨 앞에 도착한 상태여서 담당 직원이 내게 물었다. "이름이 어떻게 되나요?"

우리는 이후 2시간 동안 한 조사원에서 다른 조사원으로 넘어가며 지문을 찍고, 혈액을 채취하고, '예'나 '아니요'로 대답할 수 없는 바보 같은 질문 수백 개에 '예'나 '아니요'를 표시했다. 신체검사가 철저하게 진행되었는데, 그중에는 벌거벗은 사람에게는 너무 추운 방에 맨발로 세워둔 채 무례하게 사적인 질문을 해대고 자극하는 식으로 세심하게 계획된 허튼짓도 있었다.

나는 완전히 지쳐버려서, 팻이 의사의 옷을 벗겨 배를 쿡쿡 찌르며 그가 얼마나 좋아하는지 간호사에게 기록하게 하자고 속삭일 때도 재미가 없었다. 유일하게 재미있는 일은 그들이 재미있게 즐기는 대가로 팻이 돈을 받아냈다는 사실뿐이었다. 그 후 그들은 우리에게 옷을 입히고 다른 방으로 안내했는데, 그 방에는 아름다운 여성이 책상 뒤에 앉아 있었다. 책상 위에는 투명 모니터가 있었고, 그녀는 모니터에 떠 있는 우리 두 사람의 인물 분석표를 보고 있었다. 두 기록은 거의 일치했다. 나는 일치하지 않는 부분을 찾아보려 슬쩍 들여다봤지만, 어느 게 팻의 기록이고 어느 게 내 기록인지 구분할 수 없었다. 어쨌든 내가 수리 심리학자는 아니니까.

그녀가 미소를 지으며 말했다. "앉아, 얘들아. 난 아르노 박사야." 박사가 분석표와 구멍이 난 카드들을 들어 올리며 덧붙였다. "거울에 반사하듯 완벽하게 닮은 쌍둥이구나. 심지어 한 사람은 심장까지 오른쪽에 있으니 말이야. 흥미로운 사례야."

팻이 종이를 들여다보려 애쓰며 말했다. "박사님, 이번에 저희 아이큐는 얼마로 나왔나요?"

"몰라도 돼." 아르노 박사가 종이를 내려놓고 덮었다. 그리고 카드 뭉치를 집어 들었다. "이런 거 사용해본 적 있니?"

물론 우리는 사용해본 적이 있었다. 그것은 물결과 별 등이 그려진 라인 박사의 고전적인 테스트 카드였다.* 모든 고등학교 심리학 교실에는 그 카드가 한 벌씩 있는데, 높은 점수는 언제나 똑똑한 아이가 교사를 속일 방법을 찾아냈다는 의미였다. 팻이 선생님을 속일 수 있는 간단한 방법을 알아냈을 때, 지쳐서 화낼 힘도 없었던 선생님은 우리를 갈라놓고 다른 사람들과 테스트를 진행하도록 했다. 그러자 우리 점수가 표준오차의 한계점까지 떨어졌다. 그래서 나는 팻과 내가 초능력 괴물이 아니며, 라인 카드는 또 하나의 지겨운 테스트일 뿐이라고 이미 확신한 상태였다.

그런데 팻이 그 테스트에 흥미를 가지는 느낌이 들었다. "귀

---

* 조셉 뱅크스 라인 박사는 1930년대 듀크 대학에서 다섯 가지 무늬가 그려진 '제너 카드'를 만들어 투시와 텔레파시 같은 초능력을 연구했다.

를 열고 있어, 꼬마야." 팻이 속삭이는 소리가 들렸다. "그러면 우리가 이걸 흥미로운 쇼로 만들 수 있어." 물론 아르노 박사는 팻의 말소리를 듣지 못했다.

나는 팻의 말대로 해야 할지 확신이 들지 않았지만, 팻이 어찌어찌해서 내게 신호를 보낸다면, 테스트 결과를 속이는 장난을 자제하지 못할 게 확실했다. 그러나 걱정할 필요가 없었다. 아르노 박사가 팻을 밖으로 데려가더니 혼자 돌아왔다. 박사가 다른 테스트실로 연결된 마이크를 달고 있었지만, 그 마이크는 박사가 스위치를 켤 때만 가동되었기 때문에, 그 마이크를 통해 팻과 속삭일 가능성은 없었다.

아르노 박사가 바로 시작했다. "20초 이내에 첫 테스트를 시작하세요, 메이블." 그녀는 마이크에 말하고 스위치를 껐다. 그리고 나를 바라보며 말했다. "내가 카드를 뒤집을 테니 쳐다봐. 애쓰지 말고, 긴장하지 말고, 그냥 쳐다보기만 해."

그래서 나는 카드를 쳐다봤다. 테스트는 다양한 형태로 1시간가량 진행되었다. 어떤 때는 내가 카드 모양에 대한 생각을 받아야 했고, 어떤 때는 보내야 했다. 그들이 우리의 점수를 말해주지 않은 것을 보니, 아무 일도 일어나지 않은 모양이었다.

마침내 아르노 박사가 점수표를 바라보며 말했다. "톰, 너한테 약한 주사를 한 대 놓을 거야. 아프지는 않아. 그리고 이 주사는 네가 집에 돌아가기 전에 약효가 사라질 거야. 괜찮겠니?"

"무슨 주산데요?" 내가 미심쩍은 말투로 물었다.

"걱정하지 마. 아무런 해도 없는 주사야. 너한테는 어떤 주사인지 말해주지 않는 게 나을 거야. 말해주면 무의식적으로 네가 예상하는 반응을 보여줄 수도 있거든."

"어, 팻은 뭐라고 했어요? 팻도 주사를 맞나요?"

"그건 신경 쓰지 마. 난 네 생각을 묻는 거야."

나는 아직 망설여졌다. "박사님은 의사인가요?" 내가 물었다.

"아니, 난 심리과학 분야에서 학위를 땄어. 왜?"

"그러면 그 주사가 무해하다는 사실을 어떻게 아세요?"

아르노 박사가 입술을 깨물더니 대답했다. "네가 원한다면 의사에게 보내줄게."

"어, 아뇨. 그럴 필요는 없을 것 같아요." 난 아버지가 수면병 주사에 관해 했던 말이 떠올랐다. 그래서 덧붙였다. "장기정책재단에서 이 주사에 대한 책임 보험을 들어놨나요?"

"뭐? 이런, 아마 그럴걸. 그래, 재단에서는 분명히 보험을 들었을 거야." 아르노 박사가 나를 쳐다보며 덧붙였다. "톰, 넌 어떻게 그 나이에 그렇게 의심이 많은 거니?"

"네? 왜 저한테 물어보세요? 박사님이 심리학자잖아요." 내가 덧붙였다. "어쨌든 박사님도 저처럼 온갖 일을 당하며 살다 보면 의심이 많은 사람이 될걸요."

"음…. 그 이야긴 그만두자. 난 수년 동안 공부했는데도, 어린 세대가 무슨 생각을 하는지 여전히 모르겠어. 그건 그렇고, 주사를 맞을래?"

"음, 장기정책재단이 보험에 들었다니까 맞을게요. 박사님이 저한테 놓는 주사가 뭔지 적고 서명해주세요."

아르노 박사의 두 볼이 빨개졌다. 그러나 박사는 종이를 꺼내서 적고, 접어서 봉투에 넣은 후 봉했다. "이건 네 주머니에 넣어 둬." 그녀가 사무적으로 말했다. "이 실험이 끝날 때까지는 봉투를 열어보지 마. 이제 왼팔을 걷어."

아르노 박사가 주사를 놓으며 상냥하게 말했다. "약간 따끔할 거야…. 아마 그럴 거야." 박사 말대로 약간 따끔했다.

박사는 투명 모니터 외의 모든 불빛을 껐다. "편안하니?"

"네."

"내가 안달하는 것처럼 비쳤다면 미안해. 네가 편안하고 쾌적하길 바랄 뿐이야." 아르노 박사가 다가와 내가 앉아 있는 의자에 뭔가를 했다. 의자가 서서히 펼쳐지더니 내가 해먹에 누워 있는 것처럼 되었다. "몸과 마음을 이완시키고, 약물에 저항하지 마. 혹시 졸린다면, 예상했던 약효야." 박사가 자리에 앉았다. 내가 볼 수 있는 것은 모니터 빛을 받아 밝게 빛나는 그녀의 얼굴뿐이었다. 아르노 박사는 상당히 예뻤다. 하지만 나보다 나이가 너무 많아서 예뻐도 소용없었다…. 적어도 서른은 넘었을 것이다. 그리고 박사는 친절하기도 했다. 그녀가 부드러운 목소리로 몇 분 정도 말을 했는데, 정확히 무슨 말을 했는지는 기억 나지 않는다.

내가 잠들었던 게 틀림없다. 불이 꺼지거나 문이 열리는 걸 알아채지 못했는데, 지금은 사방이 칠흑같이 깜깜했고 팻이 바로 내 옆에 있었다. 내가 말하려고 입을 막 뗐을 때, 팻이 속삭이는 소리가 들렸다.

「톰, 이렇게 쓸데없이 복잡한 절차를 본 적 있냐?」

내가 조용히 대답했다. "우리가 콩고 식인종 특공대에 가입하던 때가 떠올라."

「목소리를 낮춰. 저 사람들이 알아챌 거야.」

"너무 큰 소리로 말하고 있는 사람은 너야. 어쨌든 누가 신경이나 쓰나? 저 사람들에게 식인종 특공대의 함성을 질러서 겁주자."

「나중에, 나중에. 지금 당장은 내 여자 친구 메이블이 너에게 번호를 보내주래. 그러니까 일단 이 사람들이 재미있는 시간을 보낼 수 있도록 해주자. 어찌 됐든, 우리한테 돈을 줬잖아.」

"알았어."

「영 점 육 구 삼 일.」

"그거 2의 자연로그잖아."

「그러면 뭘 기대했던 거야? 메이블의 전화번호라도 불러주는 줄 알았어? 닥치고 들어. 내가 보내는 번호를 반복해서 말해. 삼 점 일 사 일 오 구….」

그 테스트는 상당히 오래 진행되었다. 몇 개는 처음의 두 개처럼 익숙한 숫자들이었고, 나머지는 무작위 숫자 같았다. 어쩌면 나를 위해 보내준 메이블의 전화번호였을지도 모른다. 내가 지겨워져서 혼자라도 특공대 함성을 지를까 하는 생각이 들기 시작했을 때 아르노 박사가 조용히 말했다. "테스트가 끝났어. 너희 둘은 조용히 몇 분 정도 쉬어. 메이블, 자료비교실에서 만나죠." 나는 그녀가 나가는 소리를 듣고는 함성을 지르겠다는 계획을 그만두고 쉬었다. 어둠 속에서 그 숫자들을 반복하는 일 때문에 몽롱한 상태였기 때문이다. 그리고 스티븐 삼촌의 말대로 쉴 기회가 생겼을 때 쉬어야 한다. 다음에 쉴 기회가 금방 오지 않을 수도 있으니까.

곧 다시 문이 열리는 소리가 들려왔고, 나는 밝은 불빛 때문에 눈을 깜빡거렸다. 아르노 박사가 말했다. "오늘은 이만하자, 톰. 그리고 정말 고마워. 너와 팻을 내일 같은 시간에 또 만나고 싶어."

나는 다시 눈을 깜빡거리며 주위를 둘러봤다. "팻은 어디에 있나요? 팻은 뭐래요?"

"바깥 로비에 나가면 팻을 만나게 될 거야. 팻은 내일 네가 올 수 있을 거라고 했어. 올 수 있는 거지?"

"어, 그럴 거예요. 팻이 괜찮다면." 나는 우리가 속임수를 썼던 게 부끄럽게 느껴졌다. 그래서 내가 덧붙였다. "아르노 박사님? 귀찮게 해서 죄송해요."

아르노 박사가 내 손을 토닥이며 미소를 지었다. "괜찮아. 너에겐 조심할 권리가 있고, 훌륭한 테스트 참가자였어. 넌 우리가 가끔 만나는 진상들을 못 봐서 그래. 내일 보자."

팻은 우리가 빨간 머리 자매를 봤던 큰 방에서 기다리고 있었다. 그리고 나와 함께 발을 맞춰 하강기를 향해 걸어갔다.

"내가 내일 사례금을 더 올렸어." 팻이 우쭐한 목소리로 속삭였다.

"그랬어? 팻, 넌 우리가 이걸 해야 한다고 생각해? 무슨 말이

냐면, 재미는 있지만 우리가 속였다는 사실을 저 사람들이 알아채면 화를 낼 거야. 어쩌면 우리한테 주었던 돈을 돌려달라고 할지도 몰라."

"어떻게 돌려달라고 해? 우리가 여기까지 와서 테스트를 받는 대신 사례금을 준 거잖아. 우리는 그걸 다 했어. 속일 수 없는 테스트를 만드는 건 그 사람들이 해야 할 일이야. 만일 내가 그런 테스트를 만드는 사람이라면 절대로 깰 수 없도록 만들 수 있었을 거야."

"팻, 넌 못된 거짓말쟁이야." 난 아르노 박사에 대해 생각했다…. 그녀는 좋은 사람이었다. "난 내일 집에 있을래."

내가 그 말을 막 했을 때, 팻이 하강기로 걸어 들어갔다. 팻은 나보다 3미터 아래에서 내려갔다. 40층을 내려가야 했으므로 대답을 고민할 시간은 충분했다. 내가 팻의 옆에 내려서자, 팻이 화제를 바꿨다. "너도 피하주사 맞았어?"

"응."

"법적 책임을 인정하는 서명을 받는 건 잊지 않았지? 아니면 그냥 멍하게 맞았어?"

"뭐, 대충." 나는 주머니를 만져 봉투를 확인했다. 지금까지 그 봉투를 까맣게 잊고 있었다. "아르노 박사에게 우리한테 놓은 주사에 대해 써달라고 했어."

팻이 봉투를 잡았다. "대가님에게 내가 사과해야겠네. 내 머리와 네 행운만 있으면, 우리는 그들을 마음대로 할 수 있어." 팻이 봉투를 열기 시작했다. "마취최면제 네오펜토탈이 틀림없어.

아니면 신경안정제 바르비투르일 거야."

내가 봉투를 낚아챘다. "그건 내 거야."

"뭐, 그래, 열어봐." 팻이 말했다. "그리고 통행에 방해되지 않게 옆으로 비켜. 그 사람들이 우리한테 놓은 꿈의 약물이 뭔지 알고 싶어."

우리는 보행층에 들어간 상태였으므로, 팻이 잔소리를 할 만했다. 나는 봉투를 열기 전에 팻을 데리고 교차선들을 가로질러 서쪽으로 가는 고속선으로 올라가 방풍막 뒤에 섰다. 내가 종이를 펼치자 팻이 어깨너머로 읽었다.

"장기정책재단이 어쩌고저쩌고, 기타 등등… 테스트 대상자 7L435&-6, T. P. 바틀릿과 P. H. 바틀릿(일란성 쌍둥이)에게 주입한 주사는 각각 정상적인 염도로 염분 함량을 높인 증류수 10분의 1cc. 재단을 대신해서 도리스 아르노 심리학 박사 서명. 톰, 우리가 속았어!"

나는 종이를 노려보며, 내가 겪었던 상황과 종이에 쓰인 내용을 맞춰보려 애썼다. 팻이 희망을 담아 덧붙였다. "아니면, 이게 속임수일까? 그 사람들이 우리한테 다른 주사를 놓고는 그 사실을 인정하지 않으려는 게 아닐까?"

"아냐." 내가 천천히 말했다. 나는 아르노 박사가 '물'이라고 써놓고, 실제로 수면제를 주입하지는 않았을 거라고 확신했다. 박사는 그럴 사람이 아니었다. "팻, 우리는 약물에 취한 게 아니었어… 우리는 최면에 걸렸던 거야."

팻이 고개를 저었다. "불가능해. 나는 최면에 걸릴 수 있다고 치더라도, 너는 그럴 수 없었어. 최면을 걸 수 있는 게 아무것도 없었잖아. 그리고 나는 최면에 걸리지 않았어. 빙글빙글 도는 불빛도 없었고, 최면을 거는 손짓도 하지 않았어. 젠장, 메이블은 심지어 내 눈을 들여다보지도 않았단 말이야. 그녀는 그저 나한테 주사를 놓고, 편안히 있으면 효과가 나타날 거라고만 했어."

"유치한 소리 하지 마, 팻. 불빛을 돌리고 어쩌고 하는 건 바보들에게나 쓰는 수법이야. 그걸 네가 최면술이라고 하든 판매 수법이라고 하든 난 관심 없어. 어쨌든 그 사람들이 우리에게 최면을 걸어서 졸릴 거라고 암시를 줬어. 그래서 우리가 잠들었던 거야."

"그래, 그래서 내가 졸렸던 거였어! 아무튼 메이블은 그런 짓 안 했어. 메이블은 나한테 잠들지 말라고 했어. 그리고 내가 졸면 내 이름을 불러서 깨웠어. 그리고 그 사람들이 너를 데려왔을 때, 메이블이….'"

"잠깐만. 그 사람들이 내가 있던 방으로 너를 데려왔다는 이야기겠지….'"

"아니, 난 그렇게 이야기하려던 게 아니야. 그 사람들이 너를 데려온 후에, 메이블이 나한테 그 번호 목록을 줘서, 내가 너한테 읽어줬잖아….'"

"잠깐만." 내가 말했다. "팻, 네 말은 앞뒤가 안 맞아. 어떻게 완전히 깜깜한 방에서 네가 그걸 읽을 수 있었겠어? 메이블이 너한테 그 숫자들을 읽어준 게 틀림없어. 내 말은…." 나는 말을 멈췄다. 내 말의 앞뒤가 맞지 않는다는 사실을 깨달았기 때문이다. 글쎄, 그녀가 다른 방에서 팻에게 읽어줄 수 있었다. "너 헤드폰 쓰고 있었어?"

"그게 이거랑 무슨 상관이야? 아무튼 그 사람들이 너를 데리고 온 후에 그 방은 깜깜하지 않았어. 메이블이 자체적으로 빛이 나는 판 위에 적힌 숫자를 들고 있었는데, 숫자와 메이블의 손을 충분히 볼 수 있을 정도로 밝았어."

"팻, 말도 안 되는 소리 좀 그만해. 최면이 되었든 안 되었든, 그런 일이 일어났다는 사실을 알아채지 못할 정도로 내 정신이 흐리멍덩하지는 않았어. 나는 아무 데도 안 갔었어. 아마 그 사람들이 너를 깨우지 않고 바퀴를 이용해 내가 있는 곳으로 데려왔을 거야. 그리고 우리가 있던 방은 완전히 깜깜했기 때문에 희미한 빛도 없었어."

팻은 즉시 대꾸하지 않았다. 녀석답지 않았다. 이윽고 팻이 입을 열었다. "톰, 정말로 그렇게 확신해?"

"당연히 확신하지!"

팻이 한숨을 내쉬었다. "이렇게 말하기는 싫어. 네가 무슨 말을 할지 아니까. 하지만 이론이 하나도 들어맞지 않을 때는 어떻게 해야 할까?"

"뭐? 그게 퀴즈야? 그 이론을 던져버리고 새로운 이론을 만들어야지. 1학년 때 배운 기초적인 연구방법론이잖아."

"그렇지. 이건 내가 그냥 해보는 말이니까, 너무 구체적인 부분까지 따지지 말고 들어봐. 톰, 마음을 단단히 먹어. 우린 텔레파시 능력자야."

그 말을 곱씹어봤지만, 별로 마음에 들지 않았다. "팻, 네가 모든 걸 설명할 수 없다고 해서, 점쟁이나 찾아다니는 뚱뚱한 할머니처럼 이야기할 이유는 없잖아. 약 때문이든 최면 때문이든, 지금 우리 머릿속이 뒤죽박죽이라는 건 인정해. 그렇지만 우리는 서로의 생각을 읽을 수 없어. 할 수 있다면 오래전부터 그렇게 했겠지. 우리가 진작 알아챘을 거야."

"꼭 그렇지 않을 수도 있어. 네 머릿속 생각이란 게 별로 진행되지 않으면, 내가 어떻게 알아챌 수 있겠어?"

"하지만 그게 이치에…."

"그러면 2의 자연로그가 뭐야?" 팻이 말했다.

"네가 이야기한 건 '영 점 육 구 삼 일'이었잖아. 내가 소수점 네 자리까지 사용하는 경우는 거의 없긴 하지만 말이야. 그게 이거랑 무슨 상관이야?"

"내가 소수점 네 자리까지 불러준 건 메이블이 나한테 그렇게 줬기 때문이야. 내가 그 숫자를 불러주기 전에 그녀가 뭐라고 했는지 기억나?"

"어? 누구?" 내가 말했다.

"메이블 말이야. 메이블 리히텐슈타인 박사. 그녀가 뭐라고 했었지?"

"아무도 아무 말도 안 했어."

"톰, 노망에 걸린 내 쌍둥이야. 메이블은 나한테 무엇을 해야 하는지 말해줬어. 더 정확히 말해서, 맑고 또렷한 소프라노로 그 숫자들을 너에게 읽어주라고 했어. 그 소리를 못 들었어?"

팻이 말했다.

"응." 내가 대답했다.

"그러면 너는 나랑 같은 방에 있었던 게 아니야. 나는 그 사람들이 너를 바로 내 옆에 데려다놨었다고 기꺼이 맹세할 수 있지만, 넌 내 가청 반경 안에 없었어. 나는 네가 거기에 있었다고 생각해. 하지만 없었어. 그렇다면 이건 텔레파시야."

난 혼란스러웠다. 나는 텔레파시가 느껴지지 않았다. 그저 배가 고플 뿐이었다.

"나도 그래." 팻이 동의했다. "자, 버클리 역에 내려서 샌드위치를 사 먹자."

나는 팻을 따라 그 선에서 내렸다. 하지만 딱히 배가 고프지 않고, 오히려 더 혼란스러워졌다. 내가 입 밖으로 내지 않은 말에 팻이 대답했기 때문이다.

3

레벤스라움 프로젝트

　나는 충분히 시간을 갖고 모든 사항을 다 적으라는 이야기를 들었지만, 그것은 불가능했다. 지난 며칠 동안 이 글을 쓸 시간도 없이 바빴지만, 설령 내가 일을 하지 않았더라도 여전히 '모든 사항'을 쓸 수는 없었다. 하루에 생긴 일들을 모두 쓰려면 하루 이상이 걸릴 것이다. 노력하면 할수록 써야 할 양이 더 많이 쌓인다. 그래서 나는 괜히 애쓰는 것을 그만두고 중요한 부분만 쓰려고 한다.

＊

　모든 사람이 '레벤스라움 프로젝트'의 대략적인 계획에 대해 알았다.

우리는 부모님에게 첫날에 일어났던 일들에 대해 아무 말도 하지 않았다. 그런 이야기를 어머니와 아버지에게 털어놓을 수는 없었다. 두 분은 초조해하며 이러쿵저러쿵 지시를 내리기 시작했을 것이다. 우리는 둘째 날에도 테스트가 진행될 것이고, 아무도 우리에게 테스트의 결과에 대해 말해주지 않았다고만 이야기했다.

우리가 현재의 상황을 이해한다고 말했을 때, 아르노 박사는 놀라지 않은 것 같았다. 우리는 우리가 속였다고 생각했었지만 실은 그렇지 않은 모양이라고 말했을 때도 그녀는 놀라지 않았다. 아르노 박사가 고개를 끄덕이더니, 우리가 모든 것들을 평범하게 받아들이도록 만들 필요가 있었다고 설명했다. 설령 양쪽에서 조금씩 속임수를 쓰게 되더라도. "나한테는 길잡이 역할을 해줄 수 있는 너희의 인물 분석 자료가 있었기 때문에 유리했어." 그녀가 덧붙였다. "심리학에서는 진실에 도달하기 위해 때때로 우회하기도 해. 오늘은 좀 더 직접적인 방법을 사용해볼 거야." 그녀가 계속 말했다. "너희 둘이 서로 반대방향을 바라보도록 하겠지만, 상대방의 목소리를 분명하게 들을 수 있을 정도로 충분히 가까이 둘 거야. 그러나 가끔 너희가 알아채지 못하는 사이에 차음막을 이용해서 너희 둘을 부분적으로, 혹은 완전히 막을 거야."

두 번째 테스트는 첫 번째보다 훨씬 어려웠다. 우리는 당연히 노력했고, 당연히 망쳤다. 아르노 박사는 인내심이 깊었고, 메이블 박사도 그랬다. 메이블 박사는 키가 작고 통통했으며, 아르노 박사보다 젊었다. 소파 쿠션처럼 생겼지만, 몹시 귀여운 여성이었다. 우리는 나중에야 메이블 박사가 심지어 이 연구팀의 팀장이며, 세계적으로 유명한 학자라는 사실을 알게 되었다. '키득거리는 작고 통통한 소녀'의 모습은 보통 사람들, 즉 나와 팻 같은 사람들을 안심시키려는 그녀의 연기였다. 내게는 그 사실이 '겉모습을 무시하고, 작은 글씨로 인쇄된 세세한 항목까지 읽어야 한다'는 교훈을 증명해주는 듯했다.

메이블 팀장은 키득거리고, 아르노 박사는 엄숙한 표정이라서, 우리가 마음을 읽고 있는 것인지 아닌지 알 수 없었다. 팻이 속삭이는 소리가 들렸다. 그들은 우리에게 계속 속삭이라고 했다. 팻도 내가 속삭거리는 소리를 들을 수 있었다. 때때로 속삭임이 희미해지기도 했다. 나는 우리가 아무것도 해내지 못했다고 확신했다. 즉, 우리는 텔레파시 능력자가 아니라는 의미였다. 이건 그냥 팻과 내가 학교에서 들키지 않고 대답을 주고받을 때 사용하던 속삭임이었을 뿐이었다.

마침내 메이블 팀장이 수줍게 키득거리며 말했다. "오늘은 이 정도면 충분한 것 같아요. 박사님도 그렇게 생각하지 않으세요?"

아르노 박사가 동의했다. 팻과 나는 자리에 앉아 서로 마주 봤다. 내가 말했다. "어제는 뜻밖의 행운이었나 봐요. 저희가 두 분을 실망시켜드린 것 같네요."

메이블 팀장이 깜짝 놀란 고양이 같은 표정을 지었다. 아르노 박사가 차분한 목소리로 대답했다. "톰, 네가 어떤 걸 기대했는지는 모르겠지만, 모든 실험이 진행되는 1시간 동안, 너와 팻은 서로를 듣지 못하도록 차단된 상태였어."

"그렇지만 저는 팻의 목소리를 들었어요."

"그랬지. 하지만 네 귀로 들은 게 아니야. 우리는 차음막 양쪽을 녹음했어. 그 부분을 틀어줄게."

메이블 팀장이 키득거리며 말했다. "좋은 생각이에요." 그리고 그들이 녹음을 틀었다. 그들이 우리에게 바라는 사항을 이야기하는 동안에는 네 명 모두의 목소리가 나오면서 시작됐다. 곧 나와 팻이 셰익스피어의 희극《실수 연발》의 대사를 주고받으며 속삭이는 소리만 들렸다. 우리에게 접시형 마이크의 초점을 맞췄는지, 속삭이는 소리가 폭풍 소리처럼 크게 들렸다.

팻의 속삭임이 차츰 작아졌다. 하지만 내 속삭임은 계속 이어지며… 죽음과 같은 완전한 정적에 대답했다.

우리는 재단과 연구 계약에 서명했고, 아버지는 논쟁을 거친 뒤에 확인 서명을 했다. 아버지는 마음을 읽는 능력이 하찮은 것이라고 여겼다. 우리는 굳이 대꾸하지 않았다. 무엇보다 우리에게는 늘 돈이 궁했기 때문이다. 우리가 여름에 할 수 있는 어떤 아르바이트보다 많이 받을 수 있어서, 장학금을 받지 못하더라도 대학에 갈 수 있을 만큼 넉넉했다.

그 여름이 다 가기 전에, 그들은 우리에게 '유전학 연구'와 '레벤스라움 프로젝트'의 관련성을 알려주었다. 그 둘은 동전의 양면이었다. 우리 부모님의 관점에서 보자면 아주 지저분한 동전이었다.

그보다 훨씬 전부터 팻과 나는 이제 특별한 교육을 받지 않아도 거리에 상관없이, 말을 하는 것처럼 쉽고 정확하게 텔레파시를 할 수 있었다. 우리는 오래전부터 인식하지 못한 채 텔레파시를 해왔던 게 확실했다. 실제로 우리의 '죄수들 속삭임'(텔레파시를 시도하기 전에, 우리가 나누던 일반적인 사적인 대화)을 아르노 박사가 몰래 녹음했는데, 우리가 다른 사람들이 듣지 못하도록 작게 속삭이기 시작하자, 나와 팻조차 녹음된 소리를 전혀 이해할 수 없었다.

　아르노 박사는 우리에게 모든 사람이 잠재적으로 텔레파시가 가능하다고 말해주었다. 그러나 일란성 쌍둥이 외에는 텔레파시 능력을 발휘하는 게 어렵다고 증명되었으며, 일란성 쌍둥이 중에서도 오직 10퍼센트만 가능했다. "우리도 이유는 몰라. 하지만 전파의 주파수를 맞추는 것에 비유해서 생각해."

　"뇌파요?" 내가 물었다.

　"비유를 너무 멀리까지 밀고 가지는 마. 우리가 뇌전도 장비로 감지할 수 있는 뇌파는 아니야. 우리가 감지할 수 있는 뇌파였다면, 오래전부터 상업적인 텔레파시 기구를 판매하고 있었겠지. 그리고 인간의 두뇌는 무전기가 아니야. 하지만 그게 뭐였든, 동일한 난자에서 태어난 사람들은 그렇지 않은 사람들보다 주파수를 맞출 가능성이 엄청나게 커. 난 네 마음을 읽지 못하고, 넌 내 마음을 읽지 못하지. 아마 우리는 절대로 서로의 마음을 읽지 못할 거야. 심리학의 역사를 통틀어봐도 누군가에게 주파수를 맞출 수 있는 사례는 극히 드물고, 그조차 대부분은 잘 기록되지 않았어."

팻이 씩 웃으며 메이블 팀장에게 윙크했다. "그러면 우리는 한 쌍의 괴물인 거네요."

메이블 팀장의 눈이 동그래지며 대답을 하려 입을 열었지만, 아르노 박사가 더 빨랐다. "전혀 그렇지 않아, 팻. 너희에게는 그게 정상이야. 그런데 우리 프로젝트에는 일란성 쌍둥이가 아닌 사람들로 이루어진 텔레파시 쌍들도 있어. 어떤 사람들은 부부고, 이란성 쌍둥이 남매도 조금 있어. 이전까지는 텔레파시를 하지 못하다가 이 연구를 위해 실험하는 도중에 텔레파시가 연결된 쌍들도 있지. 그 사람들이 '괴물'이야. 그들이 어떻게 텔레파시를 하는지 우리가 알아낸다면, 아마 모든 사람이 텔레파시를 할 수 있게 될지도 모르지."

메이블 팀장이 몸을 부르르 떨며 소리쳤다. "정말 끔찍한 생각이에요! 지금도 사생활이 거의 보호되지 않는데…."

나는 이 이야기를 모디에게 반복해서 들려줬다(팻이 끼어들어 내 이야기를 수정했다). 언론사들이 '유전학 연구소'에서 무슨 일이 진행되고 있는지 알아내자, 당연히 우리 같은 '독심술사들'이 바보 같은 언론의 관심을 받게 되었고, 역시 멍청한 헤다 스테일리의 자극을 받은 모디가 자신의 사생활이 지금까지 존재하긴 했던 것인지 궁금하게 여기기 시작했기 때문이다. 물론 모디의 사생활은 지금껏 아무런 문제도 없었다. 나는 수색 영장을 가지고 그 애의 마음을 읽을 수 없었다. 팻도 할 수 없었다. 헤다가 계속 그 문제에 대해 지껄이지만 않았다면, 모디는 우리의 쉬운 설명을 믿었을 것이다. 헤다는 모디를 우리와 거의 절교시킬 뻔했다. 그러나 오히려 우리가 헤다를 몰아내고, 팻이 떠날 때까지 모디와 함께 삼각 데이트를 했다.

여름이 끝나갈 무렵, 재단에서 레벤스라움 프로젝트를 설명해주었다.

우리의 계약이 끝나기 일주일 전쯤 그들이 우리 쌍둥이들을 모아놓고 이야기했다. 첫날에는 수백 명이 있었는데, 둘째 날에는 수십 명으로 줄었다. 하지만 큰 회의실을 채울 정도의 숫자는 되었다. 빨간 머리 자매들은 마지막까지 살아남았지만, 팻과 나는 그들 옆에 빈자리가 있어도 그 자리에 앉지 않았다. 그들은 계속 얼음처럼 차가운 태도를 유지했으며, 여전히 자기중심적이었다. 그때쯤 다른 쌍둥이들과는 모두 오랜 친구처럼 지냈다.

하워드 씨가 재단을 대표해서 나온 사람으로 소개되었다. 그는 우리를 만나 기쁘고, 이 영광에 감사한다는 등 흔하고 실없는 인사를 잔뜩 늘어놓았다. 팻이 내게 말했다. 「지갑 잘 챙겨, 톰. 이놈이 뭔가 팔려는 거야.」 이제는 우리가 무엇을 할 수 있는지 알았기 때문에, 팻과 나는 다른 사람들이 있는 상황에서 예전보다 훨씬 더 많이 이야기를 나눴다. 우리가 속삭이는 소리를 듣는 게 아니라는 사실이 증명되었으므로, 더 이상 작은 소리로 속삭거리지 않았다. 우리는 마음속으로 조용히 단어들을 말했다. 그게 이해하는 데에 더 도움이 되었다. 초여름에 우리는 단어를 사용하지 않고 마음을 직접 읽는 시도를 해봤지만 되지 않았다. 아, 나는 팻의 생각을 읽을 수는 있었지만, 팻의 머릿속에

서는 생각이 아니라 바보 같고 앞뒤가 맞지 않는 소리들이 뒤죽
박죽이라서, 마치 다른 사람의 꿈속에 들어간 것처럼 혼란스럽
고 거슬렸으며 의미를 알 수 없었다. 그래서 나는 팻이 내게 '말'
을 할 때 외에는 듣지 않았고, 팻도 똑같이 했다. 우리가 텔레파
시로 대화할 때는 다른 사람들과 마찬가지로 단어와 문장을 이
용했다. 이것은 다른 사람의 마음에 있는 내용을 즉시 파악한다
는 환상적이고 불가능한 대중적인 허튼소리와 전혀 달랐다. 우
리는 그저 '대화'를 할 뿐이었다.

내가 신경 쓰이는 한 가지 사실은, 왜 팻의 텔레파시 '목소리'
가 녀석의 실제 목소리와 같으냐는 것이었다. 우리가 뭘 하고 있
는지 모를 때는 고민하지 않았었다. 하지만 일단 이 '소리'가 소
리가 아니라는 사실을 인식하게 되자 신경이 쓰였다. 내가 제정
신인지 궁금해지기 시작했을 때, 일주일 동안 팻의 '목소리'가 들
리지 않았다. 아르노 박사는 그 증상을 심리적인 요인에 의한 텔
레파시 난청이라고 했다.

듣는다는 것이 무엇인지에 대해 아르노 박사의 설명을 듣고
내 문제가 해결되었다. 듣는 것은 귀가 아니라 두뇌로 하는 것이
다. 눈으로 보지 않고, 두뇌로 본다. 무언가를 만질 때, 감각
은 손가락이 아니라 머릿속에 존재한다. 귀와 눈과 손가락은 그
저 데이터 수집 장치일 뿐이다. 데이터의 혼돈에서 질서를 이끌
어내 그 의미를 부여하는 것은 두뇌다. "신생아는 실제로 보지
못해." 박사가 말했다. "아기의 눈을 잘 살펴보면, 보지 못한다
는 사실을 알 수 있어. 눈은 작동하지만, 아기의 두뇌가 보는 법

을 배우지 못했기 때문이야. 그러나 두뇌가 '보는 것'과 '듣는 것'으로 의미를 추출해내는 습성을 습득하면, 그 습성은 오래가지. 팻이 너에게 텔레파시로 말할 때, 너는 어떤 소리를 '듣게' 될 거라고 예상했을까? 짤랑거리는 작은 종소리? 아니면 춤추는 불빛 같은 반짝거림? 전혀 그렇지 않아. 넌 단어들을 예상했었어. 네 두뇌는 단어를 '듣는' 거야. 그게 너에게 익숙한 과정이고, 어떻게 다뤄야 할지 알기 때문이지."

그 후로 나는 더 이상 그 문제를 고민하지 않았다. 우리를 향해 떠들어대는 스피커에서 흘러나오는 목소리보다 팻의 목소리를 훨씬 깨끗하게 들을 수 있었다. 틀림없이 우리 주변에는 50여 가지의 다른 대화가 진행되고 있을 것이다. 그러나 나는 팻의 목소리 말고는 어떤 목소리도 듣지 못했다. 연설을 하고 있는 하워드 씨는 어떤 목소리도 듣지 못하는 게 분명했다. 그리고 연설 내용으로 볼 때, 그는 텔레파시에 대해 거의 알지 못했다.

"이렇게 멋진 여러분들이…." 하워드 씨는 기분 나쁜 미소를 지으며 이 말을 했다. "…지금 내 머릿속을 읽고 있겠죠. 그러지 않기를 바랍니다. 만일 여러분이 벌써 제 마음을 읽었다면, 제가 직접 털어놓을 때까지는 부디 비밀을 지켜주세요."

「내가 뭐랬어?」 팻이 끼어들었다. 「내가 서명하기 전에 너는 어떤 것에도 서명하지 마.」

「닥쳐.」 내가 팻에게 말했다. 「나는 무슨 말인지 듣고 싶어.」 팻의 목소리는 마치 속삭이는 소리처럼 들려서, 지금 스피커를 통해 나오는 진짜 목소리를 듣는 데 방해가 되었다.

하워드 씨가 계속 말했다. "여러분은 왜 장기정책재단이 이 연구를 후원하는지 궁금하셨을 겁니다. 재단은 언제나 인류의 지식에 도움이 되는 일이라면 무엇이든 관심이 있었습니다. 그러나 그보다 더 중요한 이유가 있습니다. 엄청나게 중요한 이유지요…. 여러분이 대단히 중요한 사람이 될 수 있는 위대한 목표가 있습니다."

「봤지? 돈 확실히 간수해.」

「조용히 해, 팻.」

"제가 장기정책재단의 선언문을 인용해보고자 합니다." 하워드 씨가 계속 말했다. "우리 후손들의 복리를 위해 전념한다." 그는 말을 멈췄다(내 생각엔 하워드 씨가 극적인 효과를 노린 것 같았다). "신사숙녀 여러분, 우리의 후손들에게 가장 필요한 게 뭘까요?"

「조상이오!」 팻이 즉시 대답했다. 나는 잠깐 동안 팻이 목소리를 이용해 대답했다고 생각했지만, 다른 사람들은 아무도 그 소리를 듣지 못한 것 같았다.

"한 가지 대답만이 가능할 것입니다. 생활공간 말입니다! 성장할 공간, 가족을 양육할 공간, 비옥한 곡식을 생산하기 위한 드넓은 토지, 공원과 학교와 집을 위한 공간. 이 행성에 50억이 넘는 인간이 있습니다. 백 년 전 그 숫자의 절반밖에 없을 때도 기아에 이를 정도로 붐볐습니다. 그런데 오늘 오후에도 어제의 같은 시간보다 25만 명이 더 늘어났습니다. 한 해에 9천만 명이 더 늘어납니다. 간척과 보존을 위한 엄청난 노력과, 나날이 어려워지고 있는 인구 통제 정책을 통해 기아를 간신히 모면하고 있습니다. 우리는 사하라에 바다를 만들고, 그린란드의 빙하를 녹였으며 거친 스텝 지대에 물을 공급했지만, 매년 끝도 없이 늘어나는 사람들을 위해 필요한 더욱더 많은 공간에 대한 압력이 커지고 있습니다."

나는 그의 연설에 관심이 없었다. 모두 케케묵은 사실이었다. 제기랄, 팻과 나는 그 사실을 누구보다 잘 알았다. 우리는 태어나지 말았어야 하는 아이들이었다. 우리 집의 노인네가 우리라는 존재 때문에 매년 벌금을 냈다.

"행성 간 여행이 시작된 이후 한 세기가 흘렀습니다. 인류가 태양계 이곳저곳으로 흩어졌습니다. 너무 번식이 왕성해서 한 행성으로는 부족하더라도, 아홉 개의 행성이면 충분할 거라 생각했던 겁니다. 그러나 여러분은 모두 그렇지 않다는 사실을 알고 있습니다. 아버지 태양의 딸들 중 진정으로 인류에게 적합한 행성은 우리 아름다운 지구밖에 없습니다."

「틀림없이 광고 선전문을 만드는 사람일 거야.」

「엉망진창인 문장들만 만들겠지.」 내가 동의했다.

"우리는 다른 행성들을 개척했지만, 엄청난 비용이 들었습니다. 바다를 헤치고 나갔던 불굴의 네덜란드인들도 화성과 금성, 가니메데를 개척하는 사람들만큼 냉혹하고 거의 희망이 없는 임무와 맞닥뜨리지는 않았습니다. 인류에게 필요한 공간은 이렇게 얼어붙거나 불타오르거나 공기도 없이 황폐한 행성이 아닙니다. 우리에게는 지금 발을 딛고 서 있는 이 온화한 대지 같은 행성들이 더 필요합니다. 그리고 그런 행성은 훨씬 더 많이 존재합니다." 하워드 씨가 천장을 향해 손을 흔들더니 올려다보며 말했다. "수십 수백 수천 셀 수 없이 많은 행성이 있습니다… 저 너머에. 신사숙녀 여러분, 이제 별들을 향해 나아갈 때입니다!"

「이제 공이 날아올 거야.」 팻이 조용히 말했다. 「안쪽으로 꺾이는 빠른 커브로.」

「팻, 저 사람은 대체 뭘 팔려는 걸까?」

「저 사람은 부동산업자야.」

팻의 말이 아주 틀린 건 아니었다. 그러나 나는 하워드 씨의 나머지 말을 여기에 그대로 적지 않을 것이다. 나중에 우리가 하워드 씨를 소개받고 만나보니, 좋은 사람이었다. 하지만 당시는 그가 자신의 목소리에 취해서 넋을 놓고 떠들어대는 상황이었기 때문에, 여기는 요약해서 적겠다. 토치선* 아방가르드호가 6년 전에 켄타우루스자리 프록시마를 향해 날아갔다. 팻과 나는 뉴스를 통해서뿐만 아니라, 그 일에 참여하기 위해 신청했던 스티븐 외삼촌을 통해 들어서 그 이야기를 잘 알았다. 외삼촌은 탈락했지만, 한동안 우리는 그 사업과 관련된 사람과 관계가 있다는 이유로 학교에서 유명했었다. 우리가 학교에서 스티븐 삼촌이 선발될 게 확실하다는 인상을 주었던 탓일 것이다.

그 후 아무도 아방가르드호의 소식을 듣지 못했다. 그 우주

---

* Torchship, 하인라인이 여러 작품에서 사용한 개념으로서, 질량을 에너지로 바꾸는 질량변환기를 이용해 광속에 근접하는 속도로 비행할 수 있는 가상의 로켓우주선이다.

선은 15년에서 20년 후에 돌아올 예정이다. 어쩌면 돌아오지 못할 수도 있다. 하워드 씨가 지적했고 모두가 알고 있듯, 우리가 아방가르드호의 소식을 못 듣는 것은 수 광년 떨어진 우주선이 광속에 가깝게 항해하고 있을 때 무선 메시지를 전달할 방법이 없기 때문이다. 수 광년 너머로 무선 메시지를 보낼 수 있을 정도로 커다란 동력 장치를 우주선에 실을 수 있다 하더라도(어떤 우주론적 관념에서는 가능할 수도 있겠지만, 현대 공학의 측면에서는 확실히 불가능하다), 그 메시지를 보낸 우주선 자체보다 아주 약간 빠르게 도착하는 정도에 불과한 소식을 보내는 게 무슨 소용이 있겠는가? 어떤 보고서를 보내더라도, 심지어 전파로 보내도 아방가르드호가 거의 비슷한 속도로 지구에 도착할 것이다.

어떤 아둔한 녀석이 메시지를 전달하는 전령 로켓에 관해 물었다. 하워드 씨가 곤혹스러운 표정을 지으며 대답해주려 노력했지만 나는 듣지 않았다. 전파도 충분히 빠르지 않은 상황에서 어떻게 전령 로켓이 더 빠를 수 있겠는가? 아인슈타인 박사가 무덤 속에서 탄식을 쏟아냈을 게 틀림없다.

하워드 씨는 바보 같은 소리가 더 끼어들기 전에 서둘렀다. 장기정책재단은 열두 척의 우주선을 사방으로 보내서, 개척할 수 있는 지구형 행성들을 찾기 위해 태양형 항성계들을 탐사할 계획을 세웠다. 그 우주선들은 오랜 시간 동안 항해할 것이며, 각 우주선은 항성계를 하나 이상 탐사하게 될 예정이었다.

"신사숙녀 여러분, 여러분은 이제 생활공간을 위한 이 위대한 프로젝트에 없어서는 안 될 존재가 될 것입니다. 여러분이 그 우주선들의 선장이 발견한 사실들을 지구에 보고하는 수단이 될 것이기 때문입니다!"

팻마저 침묵에 빠졌다.

잠시 후 회의실 뒤쪽에서 한 사람이 일어섰다. 우리 중에 가장 나이가 많은 쌍둥이로서, 그와 형제는 30대 중반쯤 되었다. "실례합니다, 하워드 씨. 질문을 해도 될까요?"

"물론이죠."

"저는 그레고리 그레이엄입니다. 이쪽은 제 형제 그랜트 그레이엄이고요. 저희는 물리학자입니다. 지금 저희가 우주 현상에 대한 전문가라고 주장하려는 건 아니지만, 통신 이론에 대해서는 조금 압니다. 논의를 위해 텔레파시가 성간 거리를 넘어서까지 작동한다고 치더라도(저는 그렇게 생각하지 않습니다만, 그렇게 작동되지 않는다는 증거도 없으니까요), 그게 무슨 도움이 될지 이해가 되지 않습니다. 텔레파시, 빛, 전파, 심지어 중력도 빛의 속도가 한계입니다. 이는 물리적 우주의 가장 기본적인 특질로서 모든 통신의 궁극적인 한계입니다. 다른 어떤 견해도 '원격작용*'이라는 고대의 철학적 모순에 빠지게 됩니다. 조사 결과를 보고하기 위해 텔레파시를 이용한 후, 우주선을 새로운 탐사 여행에 떠나도록 하는 것은 가능할 겁니다. 하지만 그 메시지도 지구까지 수 광년의 거리를 돌아와야 합니다. 아무리 텔레파시를

---

* 고전 역학까지 유지되던 개념으로서, 멀리 떨어진 두 물체가 순간적으로 힘을 주고받는다는 의미이다. 상대성이론 이후에는 폐기된 개념이다. 단, 양자역학에서는 '양자 얽힘'을 설명할 때 원격 작용과 비슷한 개념이 이용된다.

이용하더라도 우주선과 지구 사이에 통신을 주고받는 것은 완전히 불가능하며, 실증된 물리 법칙과 어긋납니다." 그는 미안한 표정을 지으며 자리에 앉았다.

나는 그레이엄이 하워드 씨의 급소를 찔렀다고 생각했다. 팻과 나는 물리 성적이 좋은 편인데, 그레이엄의 이야기는 이치에 맞는 설명이었으며, 물리학 교과서에 나온 그대로였다. 그러나 하워드 씨는 개의치 않는 표정이었다. "전문가에게 답변을 넘기겠습니다. 메이블 팀장님? 괜찮으시면…."

메이블 팀장이 일어나 발그레한 얼굴로 키득거리며 당황한 표정으로 말했다. "진심으로 죄송합니다, 그레이엄 씨. 진심이에요. 하지만 텔레파시는 전혀 그렇게 작동하지 않습니다." 팀장이 다시 키득거리더니 말했다. "여러분은 텔레파시를 하지만 저는 못 하니까, 제가 그런 식으로 말하면 안 되겠네요. 그렇지만 텔레파시는 빛의 속도를 완전히 무시하고 전달됩니다."

"하지만 그럴 리가 없어요. 물리 법칙이…."

"아, 이런! 혹시 저희가 여러분에게 텔레파시가 물리적인 현상이라는 인상을 줬나요?" 메이블 팀장이 양손을 비비 꼬면서 말했다. "아마 안 그랬을 거예요."

"모든 것들은 물리학적입니다. 물론 생리학적인 것도 포함해서 말한 겁니다."

"그런가요? 그렇게 생각하세요? 아, 저도 그렇게 확신할 수 있으면 좋겠어요…. 그러나 저한테 물리학은 언제나 너무도 깊은 학문이었어요. 하지만 저는 그레이엄 씨가 텔레파시를 물리적 현상이라고 어떻게 그리 확신할 수 있는지 모르겠군요. 저희는 지금껏 어떤 장비로도 텔레파시를 감지하지 못했거든요. 이런 세상에, 우리는 심지어 의식이 어떻게 물질을 이용하는지도 아직 모르잖아요. 의식이 물리적인가요? 제가 모른다는 사실은 확실합니다. 하지만 우리는 텔레파시가 빛보다 빠르다는 사실은 알고 있습니다. 우리가 측정을 해봤거든요."

팻이 갑자기 몸을 똑바로 펴며 앉았다. 「자리에 딱 붙어 있어. 두 번째 쇼가 시작되려는 것 같아.」

그레이엄이 놀란 눈으로 쳐다보자, 메이블 팀장이 서둘러 말을 이었다. "아, 물론 제가 실험을 한 건 아니에요. 애버내시 박사님이 하셨죠."

"호레이쇼 애버내시 말인가요?" 그레이엄이 물었다.

"네, 그 이름 맞아요. 하지만 전 그렇게 불러본 적이 없어요. 상당히 영향력 있는 박사님이잖아요."

"노벨상감이네요." 그레이엄이 씁쓸한 표정으로 말했다. "장이론 분야에서요. 계속 말해주세요. 그 사람이 뭘 알아냈나요?"

"음, 우리는 쌍둥이 중 한 명을 목성의 위성 가니메데로 보냈어요. 엄청나게 먼 거리죠. 그리고 전파를 이용한 무선 전화와 텔레파시로 동시에 메시지를 보냈어요. 쌍둥이가 가니메데에서 부에노스아이레스에 있는 다른 쌍둥이에게 무선 전화로 말하면서 텔레파시로 직접 말했죠. 텔레파시로 보낸 메시지는 항상 무선 메시지보다 40분가량 먼저 도착했습니다. 그 시간이 맞을 거예요, 그렇지 않나요? 제 사무실에 오시면 정확한 숫자를 보여드릴게요."

그레이엄은 근질거리는 입을 간신히 참은 모양이었다. "그 일이 언제 일어났나요? 왜 그 사실이 발표되지 않았죠? 누가 그걸 비밀로 감추고 있는 건가요? 이건 마이컬슨-몰리 실험* 이래 가장 중요한 실험이에요. 정말 끔찍하네요!"

메이블 팀장이 당황하자, 하워드 씨가 끼어들며 분위기를 진정시켰다. "그레이엄 씨, 누구도 지식을 감추지 않았습니다. 애버내시 박사는 〈물리학 리뷰〉에 발표할 논문을 준비 중입니다. 그러나 재단이 긴급한 다른 프로젝트를 추진할 수 있는 시간을 벌기 위해 애버내시 박사에게 그전까지 실험 결과를 발표하지 말아달라고 요청했다는 사실은 인정하겠습니다. 여러분이 '유전학 연구'라고 알고 있는 이 프로젝트 때문입니다. 우리는 그 문제에 관해 온갖 심리학 연구소와 야망에 찬 흥행사들이 우리를 앞질러 가려 시도하기 전에, 우리가 먼저 잠재적인 텔레파시 능력자들을 찾고 계약을 맺을 권리가 있다고 생각했습니다. 애버내시 박사도 기꺼이 동의해주셨습니다. 그분은 어설프게 서둘러서 발표하는 걸 좋아하지 않거든요."

"이 사실을 알려드리면 그레이엄 씨의 마음이 조금이나마 나아질지 모르겠네요." 메이블 팀장이 자신 없는 말투로 말했다.

* 1887년 마이컬슨과 몰리는 '에테르'의 존재를 증명하기 위해 간섭계를 이용해 실험했다. 그 실험이 실패함으로써 역으로 에테르가 존재하지 않는다는 사실이 증명되었다. 이 실험은 상대성이론 등에 영향을 미쳤으며, 마이컬슨은 1907년 노벨 물리학상을 받았다.

"텔레파시는 역제곱 법칙*도 무시합니다. 5억 킬로미터 떨어진 곳에서 보낸 텔레파시 신호의 강도는 바로 옆방에 있는 텔레파시 능력자가 보내는 신호의 강도만큼 강력합니다."

그레이엄이 자리에 털썩 앉았다. "그 이야기에 제 마음이 편해질지 모르겠네요. 제가 지금까지 믿어왔던 모든 것들을 다시 정리하는 것만으로도 정신이 없어서요."

그레이엄 형제의 개입으로 뭔가가 설명되긴 했지만, 이 모임의 목적에서는 벗어났다. 이 모임의 원래 목적은 하워드 씨가 우리를 설득해서 우주인으로 계약하도록 만드는 것이었다. 하지만 그는 나를 설득할 필요가 없었다. 모든 소년이 우주로 나가길 원할 것이다. 팻과 나는 우주 해병대에 입대하기 위해 가출했던 적도 있었다. 게다가 이 프로젝트는 별들을 탐사할 예정이었기 때문에, 지구-화성-금성을 오가는 여행보다 훨씬 멀리 나아간다.

별이다!

"여러분의 연구 계약이 종료되기 전에 이 프로젝트에 관해 이야기하는 이유는." 하워드 씨가 계속 설명했다. "여러분에게 프로젝트에 대해 고민할 시간을 주고, 조건과 이점에 대해 우리가 설명할 시간을 갖기 위해서입니다."

나는 이점에 대해서는 관심이 없었다. 설령 저들이 우주선 뒤

---

* 두 물체 사이에 작용하는 힘의 크기가 거리의 제곱에 반비례한다는 법칙. 중력, 전자기력 등이 역제곱 법칙을 따른다.

에 달린 썰매를 타고 쫓아오라고 해도, 나는 토치의 불꽃이나 우주복 따위는 걱정하지도 않고 그러겠다고 대답했을 것이다.

"텔레파시 쌍은 양쪽 모두 동등하게 좋은 대우를 받게 됩니다." 하워드 씨가 우리를 설득했다. "별을 향해 탐사를 떠나는 구성원은 높은 임금을 받으며, 최신 현대 토치선에서 심리적인 친화성이 높고, 특별한 훈련을 받아 선발된 승무원들과 함께 훌륭한 노동 조건에서 일하게 될 겁니다. 지구 쪽 구성원은 미래의 재정적인 상황뿐만 아니라 육체적인 건강도 보장받습니다." 그가 미소를 지었다. "과학이 유지할 수 있는 한 오래 살며 건강해야 하기 때문에, 무엇보다 확실히 신체적인 안녕을 보장할 겁니다. 이 계약에 서명하면, 여러분의 수명이 30년 연장될 것이라는 말은 결코 과장이 아닙니다."

나는 그제야 왜 그들이 테스트한 쌍둥이들이 어린 사람들이었는지 깨달았다. 별을 향해 날아가는 쌍둥이는 나이가 거의 들지 않을 것이고, 광속으로 날아갈 경우에는 전혀 나이가 들지 않을 것이다. 설령 한 세기 동안 날아가더라도 그 사람에게는 그렇게 길게 느껴지지 않을 것이다. 그러나 지구에 남겨진 쌍둥이는 늙어간다. 이들은 지구에 남은 쌍둥이를 왕족처럼 애지중지하며 살려야 한다. 그러지 않으면 '무전기'가 망가질 테니.

팻이 말했다. 「은하수여, 여기 내가 간다!」

하워드 씨는 아직도 계속 말하고 있었다. "우리는 여러분이 이 제안을 신중하게 생각해주시길 바랍니다. 이것은 여러분의 인생에서 가장 중요한 결정이 될 겁니다. 여기에 있는 소수의 여러분, 그리고 전 세계 여러 도시의 여러분과 비슷한 다른 텔레파시 능력자들의 어깨 위에, 모두 해봐야 인류의 1퍼센트도 채 안 될 정도로 지극히 적고 소중한 소수의 여러분에게 전 인류의 희망이 달려 있습니다. 그러니 신중하게 생각하시고, 어떤 고민이든 저희에게 물어주시면 설명해드리겠습니다. 성급하게 결정하지 마세요."

빨간 머리 쌍둥이가 자리에서 일어나더니 도도한 자세로 걸어나갔다. 우주 탐사처럼 천박하고 야만적이고 거친 일은 절대로 관여하지 않겠다고, 그들이 입으로 굳이 말하지 않아도 명확히 알 수 있었다. 침묵에 둘러싸인 그들이 행진을 진행하는 동안 팻이 내게 말했다. 「개척의 어머니들이 가시네. 저게 미국을 발견한 개척자 정신이지.」 자매가 우리를 지날 때 팻이 큰 소리로 야유 소리를 내기 시작했다. 빨간 머리들의 표정이 굳으며 발걸음을 서두르기 시작하자, 나는 팻이 텔레파시로 야유한 게 아니라는 사실을 깨달았다. 어색한 웃음소리가 터져 나왔다. 하워드 씨는 마치 아무 일도 없었다는 듯 재빨리 본론으로 돌아갔고, 나는 팻을 꾸짖었다.

하워드 씨는 재단의 대표들이 자세한 설명을 해줄 테니 내일 평소와 같은 시간에 와달라고 했다. 그는 우리의 변호사를 데려오거나, 부모나 부모의 변호사와 함께 와도 좋다고 했다(거기에 모인 쌍둥이 중 절반 이상이 미성년자였다).

우리가 회의장에서 나올 때, 팻은 너무 들떠 있었지만 나는 열의를 잃었다. 하워드 씨의 연설이 진행되는 동안 나는 아주 밝은 여명을 보는 듯했다. 그러나 우리 중 한 명은 지구에 남아야 했다. 빵에 버터를 바른 면이 항상 바닥에 떨어지듯, 나는 그 한 명이 누가 될지 명확히 알았다. 수명이 30년 늘어날 가능성은 내 마음을 전혀 끌지 못했다. 안락하게 30년을 더 산다는 게 무슨 소용인가? 남은 쌍둥이는 우주로 나갈 수 없다. 태양계 내의 여행조차 허용되지 않을 것이다…. 그런데 난 달에도 못 가봤다.

나는 흥분한 팻을 가라앉히고 정정당당하게 담판을 지으려 했다. 이번에도 논쟁을 거치지 않고 케이크의 작은 조각을 먹어야 한다면 기분이 지독하게 나쁠 것 같았기 때문이다.

"이것 봐, 팻. 제비뽑기를 하거나 동전을 던지자."

"뭐? 무슨 소리야?"

"내가 무슨 소리를 하는지 알잖아!"

팻은 그냥 그 말을 무시하고 활짝 웃었다. "넌 걱정이 너무 많아, 톰. 저 사람들은 자기들이 원하는 대로 팀을 선발할 거야. 그건 우리가 결정할 일이 아니야."

나는 팻이 가기로 결심했다는 사실을 알아챘다. 그리고 내가 질 것이라는 사실도.

4
빵의 반 덩어리

우리 부모님은 예상했던 대로 발끈해서 야단법석이었다. 바틀릿 가족회의는 언제나 먹이 시간의 동물원처럼 시끄러웠지만, 이번에는 새로운 기록을 세웠다. 나와 팻에 더해서, 페이스 누나, 호프 누나, 채러티 누나, 그리고 우리 부모님과 페이스 누나가 얼마 전에 결혼한 새 남편 프랑크 뒤부아, 그리고 호프 누나가 갓 사귄 새 약혼자 로타르 셈브리치까지 가족회의에 참가했다. 프랑크 매형과 로타르는 회의 구성원에 포함시키지 않았다. 내가 보기에 이 두 사람은 한 소녀가 결혼을 하기 위해 어디까지 가는지 보여주는 사례라고 할 수 있었다. 그들은 자리를 차지하고 앉아 논의의 쟁점을 흐리는 발언을 종종 했다. 거기에다 지구로 휴가를 나온 스티븐 외삼촌도 잠깐 들러서 가족회의에 참석했다.

팻이 어머니와 아버지를 한 번에 한 명씩 설득할 수 있을 때까지 기다리지 않고, 곧바로 솔직하게 터놓고 이야기를 꺼낸 것은 스티븐 삼촌이 있었기 때문이다. 부모님은 스티븐 삼촌이 우리에게 안 좋은 영향을 준다고 여겼지만, 그래도 두 분은 삼촌을 자랑스럽게 생각했다. 어쩌다 한 번씩 삼촌이 방문하면 늘 축제였다.

하워드 씨가 집에 가져가서 살펴보라고 계약서 견본을 우리에게 주었다. 저녁 식사 후에 팻이 말했다. "그건 그렇고, 아빠, 재단이 오늘 새로운 계약서를 줬어요. 장기 계약서예요." 팻은 주머니에서 계약서를 꺼냈지만, 아버지에게 건네지 않았다.

"재단에 너희 새 학기가 곧 시작될 거라고 이야기했지?"

"그럼요, 말했어요. 그렇지만 그 사람들이 이 계약서를 집으로 가져가서 부모님께 보여드리라고 고집하더라고요. 알았어요, 아빠의 대답이 어떨지 알겠어요." 팻이 계약서를 주머니에 넣기 시작했다.

내가 팻에게 비밀리에 말했다. 「무슨 바보 같은 생각으로 그런 거야? 아빠가 '안 돼'라고 말하게 만들었잖아. 이제 아빠가 그 말을 철회할 수 없게 됐어.」

「아직 아빠가 안 된다고는 안 했어.」 팻이 우리의 비밀 회로를 통해 대답했다. 「보채지 마.」

아버지는 이미 한쪽 팔을 내밀고 있었다. "이리 줘봐. 사실을 확인하지도 않고 결정을 내려서는 안 되지."

팻이 계약서를 건네지 않고 꾸물거렸다. "저기, 장학금 조항이 있어요." 팻이 말했다. "하지만 톰과 제가 지금처럼 함께 학교에 다닐 수는 없을 거예요."

"그게 꼭 나쁜 건 아니야. 너희 둘은 서로에게 너무 의존적이잖아. 언젠가 때가 되면 너희도 냉철하고 잔인한 세계를 홀로 마주해야 돼…. 그리고 서로 다른 학교에 가는 건 괜찮은 시작이야."

팻이 계약서를 두 번째 페이지로 펼쳐서 내밀었다. "10항을 보세요."

아버지는 팻의 말대로 10항을 먼저 읽고 눈이 커졌다. 10항에 따르면, 갑인 장기정책재단은 계약 기간 동안 혹은 을이 선택한 단기적인 기간 동안, 을이 어떤 학교를 선택하든 모든 비용을 책임질 것이며, 을의 활동 기간이 종료한 후에는 병에게도 동일한 혜택을 줄 것이다. 추가로, 활동 기간 동안 가정교사도 지원한다. (이는 재단이 지구에 남는 한 사람을 계속 학교에 보내주고, 별을 향해 떠나는 사람도 귀환했을 때 학교에 다니도록 해준다는 이야기를 길게 늘어놓은 것이었다.) 이 모든 혜택과 더불어, 우리에게 별도의 임금을 지급한다. 7항을 참조할 것.

그래서 아버지가 7항을 펼쳤다. 아버지가 눈동자가 더 커지더니, 파이프 담배를 꺼냈다. 아버지가 팻을 쳐다보며 물었다. "아무런 경력도 없는 너희 둘을 그 사람들이 '10등급 통신 기술자'로 임명하겠다는 거냐?"

스티븐 삼촌이 자세를 고쳐 앉다가 의자가 넘어질 뻔했다.

"매형, 방금 '10등급'이라고 했나요?"

"그랬지." 아버지가 대답했다.

"장기정책재단의 규정에 따른 임금을 지급하나요?"

"응. 그게 얼마인지는 모르겠지만, 재단에서는 보통 숙련된 기술자를 3등급부터 채용한다고 들었어."

스티븐 삼촌이 휘파람을 불었다. "매형, 10등급 임금이 얼마나 많은 금액인지는 말해주기 싫지만, 명왕성의 전자추진기 팀장이 10등급을 받는데…, 10등급까지 올라가려면 20년 동안 근무하고, 박사 학위가 있어야 해요." 스티븐 삼촌이 우리를 쳐다봤다.

"털어놔, 이 녀석들아. 그 사람들이 어디에다 시체라도 숨긴 거냐? 이건 입을 닫는 대가로 주는 뇌물이야?" 팻은 대답하지 않았다. 스티븐 삼촌이 아빠 쪽을 돌아보며 말했다. "작은 글자로 쓰여 있는 건 신경 쓰지 말아요, 매형. 이 녀석들에게 그냥 서명하라고 해요. 매형이랑 제가 합친 것보다 한 녀석이 더 많이 벌 거예요. 산타클로스와는 절대로 논쟁하는 거 아니에요."

그러나 아버지는 벌써 세부항목 1항 a)부터 위약 조항까지 작은 글씨들을 읽기 시작했다. 계약서는 변호사의 용어로 적혔지만, 그 내용은 장기정책재단 우주선의 1회 항해를 위한 승무원으로 계약한다는 것이었다. 단, 둘 중 한 사람은 지구에서 임무를 수행해야만 했다. 지구에 남은 사람을 옴짝달싹하지 못하게 만드는 조항들이 많았지만, 그게 전부였다.

계약서에는 그 우주선이 어디로 가는지, 항해가 얼마나 오래 지속될 것인지에 대해서는 적히지 않았다.

이윽고 아버지가 계약서를 내려놓자, 채러티 누나가 집어 들었다. 아버지는 누나에게서 계약서를 빼앗아 어머니에게 건네주며 말했다. "얘들아, 이 계약은 우리에게 너무 유리해서 틀림없이 함정이 있을 거라는 의심이 든다. 내일 아침에 홀란드 판사를 만나 이 계약서를 검토해달라고 부탁해야겠어. 하지만 내가 제대로 읽은 게 맞는다면, 너의 중 한 명이 루이스클라크호*를 타고 항해를 떠날 경우에 이 모든 혜택과 터무니없는 월급을 제공받는다는 말이야."

스티븐 삼촌이 갑자기 끼어들었다. "루이스클라크호 말인가요, 매형?"

"루이스클라크호 혹은 할당되는 자매 우주선. 왜? 그 우주선에 대해 알아?"

스티븐 삼촌이 무표정한 얼굴로 대답했다. "그 우주선에 타 본 적은 없어요. 새로운 우주선일 거예요. 좋은 장비를 갖춘 거로 알아요."

"그 소리를 들으니 다행이네." 아버지가 엄마를 바라보며 말했다. "어때, 여보?"

어머니는 대답하지 않았다. 어머니는 계약서를 읽으며 얼굴이 점점 창백해졌다. 스티븐 삼촌이 내 눈을 보더니 머리를 아주 살짝 흔들었다. 내가 팻에게 말했다. 「스티븐 삼촌이 계약서 안에 있는 함정을 알아챘어.」

---

* Lewis and Clark, 19세기 초 미국 대륙을 횡단했던 탐험대 이름

「삼촌은 우리를 방해하지 않을 거야.」

마침내 어머니가 고개를 들더니 아버지에게 높은 목소리로 말했다. "당신은 동의할 거라는 거야?" 무척이나 속상한 말투였다. 어머니가 계약서를 내려놓자 채러티 누나가 다시 움켜잡았고, 다른 쪽에서 손을 뻗은 호프 누나도 움켜잡았다. 결국 큰 매형인 프랑크가 계약서를 붙잡았고, 다른 사람들은 매형의 어깨 너머로 읽었다.

"자, 여보." 아버지가 부드럽게 말했다. "저 아이들이 자란다는 사실을 잊지 마. 나도 가족이 영원히 함께 있으면 좋겠지만, 그럴 수 없다는 건 당신도 알잖아."

"여보, 아이들을 우주로 내보내지 않겠다고 약속했었잖아." 엄마가 말했다.

외삼촌 스티븐이 어머니를 힐끗 쳐다봤다. 삼촌의 가슴팍에는 우주에서 받은 약장이 수놓여 있었다. 그러나 아버지가 부드러운 목소리로 말했다. "꼭 그렇게 약속했던 건 아니야, 여보. 아이들이 성인이 되기 전에 평화군에 입대하는 데에 동의하지 않겠다고 약속했었지. 난 애들이 학교를 마치길 바랐고, 당신을 화나게 하고 싶지 않았으니까. 하지만 이건 다른 문제야…. 그리고 우리가 거부하더라도 얼마 지나지 않아 우리가 좋아하든 말든 애들은 마음대로 입대할 수 있어."

어머니가 스티븐 삼촌을 돌아보며 매섭게 말했다. "스티븐, 네가 아이들에게 헛된 망상을 품게 한 거지."

외삼촌은 짜증이 난 듯했지만, 곧 아버지처럼 부드럽게 대답했다.

"진정해, 누나. 난 지구에 없었잖아. 이걸 내 탓으로 돌리면 안되지. 어쨌든 누나야말로 아이들에게 망상을 주입하지 마. 애들은 성장하기 마련이야."

매형 프랑크가 헛기침하더니 큰 소리로 말했다. "이건 가족회의인 것 같으니까, 제가 의견을 말해도 되겠죠."

내가 대꾸했다, 팻에게만 몰래. 「아무도 네 의견 안 물었어! 이 돼지 대가리야!」

팻이 대답했다. 「말하게 둬. 어쩌면 우리의 비밀 무기가 될지도 모르잖아.」

"경험 많은 사업가가 심사숙고해서 내리는 판단을 원하신다면, 이 계약서는 짓궂은 장난이거나, 너무 터무니없어서 모욕으로 받아들일 만한 제안을 담고 있습니다. 제가 추측하기에 쌍둥이는 괴물 같은 재능을 가진 모양이네요. 저는 그 증거를 보지 못했습니다만, 쌍둥이에게 어른들이 받는 것보다 많은 돈을 지급한다는 발상은, 글쎄요, 아이들을 올바르게 기르는 방법이 아닙니다. 이 쌍둥이가 제 아들이었다면, 전 못 하게 했을 겁니다. 물론, 얘들은 제 자식이 아니니…."

"그렇지. 자네 자식은 아니니." 아버지가 동의했다.

프랑크 매형이 아버지를 날카롭게 쳐다봤다. "아버님, 그건 비꼬는 소리인가요? 저는 그저 도우려는 것뿐입니다. 하지만 제가 언젠가 말씀드렸듯이, 쌍둥이가 좋은 실업학교에 가서 열심히 공부한다면, 제가 제과점에서 아이들이 일할 자리를 찾아보겠습니다. 쌍둥이가 성공을 한다면, 저처럼 잘해내지 못할 이유가 없습니다." 프랑크 매형은 자기 아버지의 자동화된 제과점에서 하급 직원으로 일했다. 매형은 항상 사람들에게 자신이 얼마나 돈을 많이 버는지 자랑했다. "그렇지만 우주 밖으로 나간다는 이 생각에 대해서는, 저는 언제나 사람이 스스로 뭔가를 해내려면 가정에 머물면서 일해야 한다고 말해왔습니다. 죄송해요, 스티븐 삼촌."

스티븐 삼촌이 무표정하게 말했다. "기꺼이 용서해줄게."

"네?"

"됐어, 됐어. 자넨 우주에 나가지 마. 나는 절대로 빵을 굽지 않겠다고 약속할 테니. 그건 그렇고, 프랑크 자네 옷깃에 밀가루 묻었어."

프랑크 매형이 허둥지둥 아래를 내려다봤다. 페이스 누나가 그의 재킷을 털며 말했다. "저런, 이건 그냥 화장품이 묻은 거예요, 삼촌."

"물론, 그렇지." 프랑크 매형이 맞장구치며 그 가루를 털어냈다. "스티븐 삼촌, 제가 보통은 너무 바빠서 제빵소에 자주 내려가지 않는다는 사실을 말씀드리고 싶네요. 저는 사무실 밖으로 거의 나가지 않아요."

"그럴 거라 생각했어."

프랑크 매형이 참석해야 하는 다른 약속에 늦었다는 사실을 깨닫고, 그 약속에 가기 위해 부부가 자리에서 일어났을 때, 아버지가 두 사람을 멈춰 세웠다.

"프랑크, 아까 우리 애들을 '괴물'이라고 불렀나?"

"네? 그런 말은 안 했는데요."

"그렇다면 다행이군."

페이스 누나네 부부는 난감한 표정을 지으며 말없이 떠났다. 팻이 〈검투사의 입장〉을 마음속으로 크게 흥얼거렸다. 「우리가 이겼어, 톰!」 팻이 텔레파시로 말했다.

내가 보기에도 그런 것 같았지만, 팻이 과욕을 부렸다. "그러면 동의한 거죠, 아빠?" 팻이 계약서를 집어 들며 말했다.

"음…. 홀란드 판사와 상의를 해야겠어. 그리고 너희 엄마의 생각마저 내가 마음대로 말할 순 없어." 우리는 그 문제에 대해서는 걱정하지 않았다. 아버지가 동의하면, 특히 스티븐 삼촌이 함께 있어준다면, 어머니는 고집을 부리지 않을 것이다. "그렇지만 내가 그 문제에 대해 반대하는 건 아니라고 알아둬." 아버지가 인상을 찌푸렸다. "그건 그렇고, 계약서에 기한이 안 적혀 있네."

스티븐 삼촌이 우리를 위해 수비를 맡았다. "그건 상업적인 우주선의 관례예요, 매형…. 법적으로 그렇게 되어 있어요. 항해에 참여하겠다고 계약하면, 고향 행성에서 출발해서 고향 행성으로 돌아오는 거죠."

"어, 그렇겠지. 하지만 애들아, 그 사람들이 너희한테는 뭔가 말해주지 않았어?"

팻이 툴툴대는 소리가 들렸다. 「이제 진짜 시작이야. 아빠에게 뭐라고 말하면 좋을까, 톰?」 아버지는 기다렸고, 스티븐 삼촌은 우리를 바라봤다.

마침내 스티븐 삼촌이 입을 열었다. "솔직히 털어놓는 게 더 좋아, 얘들아. 나도 그 우주선 중 한 척에서 일자리를 구할 생각이라고 말해주는 게 좋겠구나. 특별 임무 같은 거지. 그래서 나도 알아."

팻이 웅얼거리자, 아버지가 날카롭게 말했다. "크게 말해."

"그 사람들 말로는 항해가 아마도… 한 세기가량 걸릴 거라고 했어요."

졸도하는 어머니를 스티븐 삼촌이 붙잡았고, 모두 냉찜질할 수건을 찾으려 사방으로 뛰었으며, 우리는 너무 당황했다. 어머니가 깨어나자 스티븐 삼촌이 아버지에게 말했다. "매형, 여기서 걸리적거리지 않게 아이들을 데리고 나가 톡 쏘는 탄산음료나 사줄게요. 어차피 오늘 밤에는 더 할 이야기도 없잖아요."

아버지가 멍한 얼굴로 좋은 생각이라고 동의했다. 아버지는 우리 모두를 사랑했다. 그렇지만 막상 일이 터지면, 아버지에게 어머니 외에는 아무도 중요하지 않았다.

스티븐 삼촌은 탄산음료보다는 자신의 취향에 더 어울리는 곳으로 우리를 데려가더니, 팻이 맥주를 주문하려 하자 막았다. "어이, 청소년, 까불지 마. 나를 어린 조카들에게 술 권하는 삼촌으로 만들지 마."

"맥주는 몸에 나쁘지 않잖아요."

"그래? 난 아직도 나한테 맥주가 청량음료라고 말했던 녀석을 찾고 있어. 그 녀석을 큰 맥주잔으로 곤죽이 될 때까지 패줄

생각이야. 닥쳐." 그래서 우리는 탄산음료를 고르고, 외삼촌은
화성 샨디라는 끔찍한 혼합주를 마시면서 레벤스라움 프로젝트
에 관해 이야기를 나눴다. 그때까지 언론에 전혀 발표되지 않았
는데도, 삼촌은 그 프로젝트에 대해 우리보다 훨씬 많이 알았다.
나는 삼촌이 그 일과 관련된 참모장실에서 일했던 게 아닐까 짐
작했지만, 삼촌은 말해주지 않았다. 곧 팻이 걱정스러운 얼굴로
물었다. "있잖아요, 스티븐 삼촌. 과연 부모님이 저희를 보내줄
까요? 아니면 톰과 제가 그냥 포기하는 게 나을까요?"

"어? 물론 너희를 보내줄 거야."

"네? 오늘 밤의 상황으로는 그렇게 안 보이는데요. 제가 아빠
를 제대로 알고 있다면, 엄마를 불행하게 만들기보다는 차라리
우리 껍질을 벗겨서 양탄자로 만들 분이에요."

"물론 그렇지. 그리고 그거 괜찮은 생각 같아. 하지만 내 말
을 믿어, 얘들아. 이건 확실해…. 너희가 제대로 주장을 한다면
말이야."

"어떻게요?"

"음…. 얘들아, 난 참모로 지내면서 수많은 고위 장교 아래
에서 근무해봤어. 내가 옳고 장군이 틀렸을 경우 장군의 마음
을 바꾸는 방법은 하나밖에 없어. 입 닥치고 왈가왈부하지 않
는 거야. 사실 그 자체를 군더더기 없이 명확히 밝히고, 상대방
이 자신의 결정을 뒤집을 논리적인 이유를 찾을 수 있도록 시간
을 주면 돼."

팻이 납득되지 않는다는 표정을 지었다. 스티븐 삼촌이 계속

말했다. "내 말을 믿어. 너희 아버지는 이성적인 사람이야. 그리고 너희 어머니는 감성적이지만, 사랑하는 사람을 불행하게 만들기보다는 차라리 자신이 아파할 사람이야. 그 계약서는 전적으로 너희에게 유리하기 때문에, 너희 부모님은 거절할 수가 없어. 너희는 두 사람에게 생각을 바꿀 시간을 주기만 하면 돼. 하지만 너희가 지금껏 흔히 그랬듯이 억지로 조르고 밀어붙이고 우겨대면, 두 사람은 힘을 모아서 너희와 싸울 거야."

"네? 하지만 전 조른 적이 없어요. 그저 논리적으로….."

"그만둬. 넌 정말 나를 지치게 하는구나. 팻, 너는 자기 마음대로 하려고 야단법석을 떨어대는 가장 애정이 안 가는 녀석이야. 그리고 톰, 너도 이 녀석보다 나은 건 아니야. 너희는 철이 안 들었어. 그저 더 교묘해졌을 뿐이지. 지금 너희는 내가 오른팔과 맞바꿔도 아깝지 않은 것을 공짜로 제공받았어. 옆으로 비켜서서 너희가 그 상황을 말아먹도록 놔두는 게 낫겠지만, 난 그러지 않을 거야. 펄럭거리는 그 주둥이를 다물고 느긋하게 진행하면 너희가 이길 거야. 하지만 평소처럼 짜증나는 수법을 쓰면 너희가 져."

우리는 다른 사람들이 그런 소리를 했으면 가만두지 않았을 것이다. 상대가 삼촌이 아니라 다른 사람이었다면 팻이 내게 신호를 주었을 테고, 팻이 상대의 위쪽을 때리면 나는 아래를 때렸을 것이다. 하지만 세레스 무공훈장을 받은 사람과 그런 식으로 싸울 수는 없었다. 삼촌의 말을 들어야 했다. 팻은 삼촌의 말에 대해서는 투덜거리지도 않았다.

그래서 우리는 레벤스라움 프로젝트에 대한 대화로 넘어갔다. 우주선 열두 척이 지구에서 출발해 태양을 중심으로 12면체 각 면의 중심축에 가깝게 열두 방향으로 뻗어 나갈 예정이었다. 하지만 대략 그렇다는 것이고, 각 우주선의 임무는 우주 공간을 수색하는 게 아니라 가능한 한 짧은 시간에 태양형 항성들을 최대한 많이 방문하는 것이다. 스티븐 삼촌이 재단에서 각 우주선을 위해 작업의 오류를 최소화하는 '미니맥스' 수색 곡선을 어떻게 만들었는지 설명해줬지만, 난 이해를 못 했다. 그 공식에는 우리가 아직 배우지 못한 계산방법이 포함되었다. 그건 별로 중요하지 않았다. 그 공식은 각 우주선이 최대한 긴 시간을 탐사에 보내고, 가능한 한 최소한의 시간을 도약에 사용할 거라는 의미였다.

　하지만 팻은 우리 부모님을 어떻게 설득할 것이냐는 고민에서 벗어나지 못했다. "삼촌, 느긋하게 진행하라는 삼촌의 생각이 맞는다고 치고요, 엄마와 아빠가 들어줄지도 모르는 주장이 떠올랐어요. 삼촌이 부모님께 이렇게 이야기하면 어떨까요?"

　"음?"

　"글쎄요, 빵의 반 덩어리라도 있는 게 아예 없는 것보다 낫잖아요. 두 분은 우리 중 한 명이 집에 남는다는 사실을 깨닫지 못한 것 같아요." 나는 팻이 하려던 말이 무엇인지 알아챘다. 그것은 '우리 중 한 명이 집에 남는다'가 아니라, '톰이 집에 남는다'였다. 나는 반대하려다 일단 내버려두었다. 팻은 그렇게 말하지 않았다. "부모님은 우리가 우주에 가고 싶어 한다는 걸 알잖아요. 부모님이 우리에게 허락해주지 않아도, 우리는 방법을 찾아서 할 거예요. 우리가 삼촌 부대에 입대하면, 아마 휴가 때나 집에 올 수 있겠죠. 하지만 자주 오지는 못할 거예요. 우리가 다른 행성으로 이주하면, 사실 두 분에게는 죽은 거나 마찬가지일 거예요. 아주 적은 이주민들만이 지구로 돌아올 능력이 되는데, 그나마 부모님이 살아계시는 동안 돌아오기는 힘들잖아요. 그래서 만일 부모님이 우리를 집에 가둬둔다면, 우리가 성년이 되자마자 다시는 우리를 보지 못하게 될 거예요. 하지만 부모님이 동의해준다면, 한 명이 집에 머물 뿐만 아니라, 언제나 다른 한 명과 연락을 취할 수 있어요. 그게 재단에서 텔레파시 능력자인 우리를 이용하는 목적이니까요." 팻이 애타는 표정을 지으며 스티븐 삼촌을 바라봤다. "저희가 그걸 지적했어야 하는 거 아닌가요? 아니면 삼촌이 슬쩍 말해볼래요?"

스티븐 삼촌은 곧바로 대답하지 않았지만, 나로서는 논리적으로 잘못된 부분을 찾을 수 없었다. 2에서 2를 빼면 0이 남는다. 하지만 2에서 1을 빼면 여전히 1이 남는다.

이윽고 삼촌이 천천히 대답했다. "팻, 네 우둔한 머리로는 가만히 두는 게 더 낫다는 걸 이해하기 힘들어?"

"제 논리에 무슨 문제가 있는지 모르겠어요."

"감정적인 주장을 논리로 이기는 거 봤어? 솔로몬 왕이 아기를 둘로 나누자고 제안했던 이야기를 읽어봐." 삼촌이 술잔을 들이켜고 입을 닦았다. "내가 지금부터 너희한테 말해주려는 내용은 기밀 사항이야. 행성연맹이 이 우주선들을 전투용 함선으로 주문할지 고민했었다는 거 알아?”

“네? 왜요? 하워드 씨는 그렇게 말하지 않던데….”

“목소리를 낮춰. 레벤스라움 프로젝트는 평화군의 최고 관심 사항이야. 다른 요소가 끼어들더라도, 전쟁의 근본 원인은 기본 적으로 언제나 인구 과잉이었으니까.”

“그렇지만 인류는 전쟁을 없앴잖아요.”

“그랬지. 숲 전체를 태워버리기 전에 작은 불씨를 발로 밟아 서 끄는 일로 나 같은 녀석들이 먹고살아. 얘들아, 내가 남은 이 야기를 마저 해줄게. 너희는 이 이야기에 대해 앞으로 영원히 비 밀을 지켜야 해.”

나는 비밀을 좋아하지 않는다. 차라리 돈을 빌리는 게 좋다. 비밀은 되갚아줄 수 없기 때문이다. 그래도 우리는 약속을 했다.

“좋았어. 장기정책재단의 요구를 받고 평화군에서 만든 라벤 스라움 프로젝트 평가서를 본 적이 있어. 아방가르드호를 보낼 당시 그들은 귀환할 확률을 9분의 1로 계산했어. 이제는 장비 가 더 나아졌으니까, 각 항성계를 방문할 때마다 귀환할 확률을 6분의 1로 계산해. 계획된 일정표에 따르면 각 우주선은 평균 여섯 개의 항성을 방문할 예정이야. 그러면 각 우주선이 귀환할 확률은 36분의 1이 되는 거지. 우주선이 열두 척이니까, 그중 한 척이 귀환할 확률이 3분의 1이라는 의미야. 그래서 너희 괴물들 을 태우는 거야.”

“우리를 ‘괴물’이라고 부르지 말아요!” 나와 팻이 동시에 대 꾸했다.

"괴물." 삼촌이 반복했다. "그래서 모든 사람들이 너희 괴물들을 대단히 반길 거야. 너희가 없이는 프로젝트가 불가능하거든. 우주선과 승무원은 대체할 수 있어. 우주선은 그냥 돈 문제일 뿐이고, 나처럼 분별력보다는 호기심이 더 많은 사람을 찾아서 언제라도 우주선을 채울 수 있어. 그러나 우주선은 대체 가능하더라도, 그들이 수집할 지식은 대체할 수 없어. 윗사람 중에 이 우주선들이 돌아올 거라 기대하는 사람은 아무도 없어. 그래도 우리는 지구형 행성들을 찾아야 해. 인류에게 그 행성들이 필요하니까. 그게 너희가 하게 될 일이야. 보고서를 보내는 것. 그러면 우주선이 돌아오지 못하더라도 괜찮으니까."

"난 안 무서워요." 내가 단호하게 말했다.

팻이 나를 힐끗 쳐다보더니 눈길을 다른 곳으로 돌렸다. 나는 텔레파시를 통하지 않고, 우리 중 누가 갈지 아직 결정되지 않았다고 분명하게 말했다. 스티븐 삼촌이 나를 진지하게 바라보며 말했다. "너희가 겁을 먹을 거라고는 생각지 않았어. 그 나이에는 그렇지. 나도 그 나이엔 겁내지 않았으니까. 나는 열아홉 살 이후로는 덤으로 사는 거야. 이제는 내 운을 너무도 확신해서, 만일 우주선이 한 대만 돌아온다면, 틀림없이 내가 탄 우주선일 거라고 믿어. 그런데 너희 어머니에게 쌍둥이 중 반을 갖는 것이 전혀 없는 상태보다는 낫다고 말하는 게 왜 바보 같은 소리인지 알겠어? 너희 주장은 감정적으로 완전히 잘못됐어. 성경에서 잃어버린 양의 우화를 읽어봐. 너희는 너희 어머니한테 둘 중 하나가 집에서 안전하게 지낼 거라고 지적하면, 다른 하나는 집을 떠나 안전하지 않을 거라는 사실을 쉽게 받아들일 거라고 생각해. 너희 아버지가 어머니를 안심시키려고 애쓰다 보면, 이 사실들을 알게 될 확률이 높아. 통계학자들이 예측하기 위해 이용한 사실 자료들은 기밀이 아니니까. 이 프로젝트에 대한 홍보는 긍정적인 부분을 강조하고, 부정적인 부분의 강도를 줄이는 것에 불과해."

"스티븐 삼촌." 팻이 대꾸했다. "어떻게 그들이 대부분의 우주선을 잃게 될 거라고 확신할 수 있는지 이해가 안 돼요."

"그 사람들도 확신은 할 수 없어. 하지만 이것들은 인류가 실제로 낯선 곳들을 탐사하는 과정에서 얻은 경험에 기초한 낙관적 추정이야. 이런 거야, 팻. 네가 반복해서 올바르게 결정할 수도 있겠지만, 낯선 곳을 탐사할 때는 네가 처음으로 잘못 내린 판단이 너의 마지막 판단이 되는 거야. 죽는 거지. 이 작은 태양계에서 이루어진 탐사들에 관한 수치를 본 적 있어? 탐사는 러시안룰렛 같은 거야. 너는 이기고 또 반복해서 이길 수 있지만, 게임을 계속 진행하면 죽을 게 확실해. 그러니 너희 부모님에게 그 문제의 이런 측면을 자극하지 않도록 해. 난 상관없어. 인간은 자신이 원하는 방식으로 죽을 권리가 있다고 생각하거든. 그 권리에는 세금이 붙지 않잖아. 하지만 너희 둘 중에 한 사람이 돌아오지 않을 거라는 사실을 주목하게 하는 건 쓸데없는 짓이야."

5
을의 이야기

아버지와 어머니가 포기할 거라던 스티븐 삼촌의 말이 맞았다. 3주 후 팻이 훈련 과정을 위해 떠났다.

나는 아직도 떠날 사람이 팻으로 어떻게 결정되었는지 모르겠다. 우리는 그 문제를 놓고 대결을 펼친 적도 없었고, 끝장 토론을 한 적도 없었으며, 나는 한 번도 그렇게 동의하지 않았다. 그러나 팻이 갔다.

나는 몇 차례 팻과 그 문제를 결정하려 했었지만, 언제나 팻은 나를 막아서며 걱정하지 말고 기다리면서 어떻게 진행되는지 보자고 말했다. 얼마 지나지 않아 팻이 가고 나는 남는다는게 당연하게 받아들여지고 있다는 사실을 알아챘다. 어쩌면 우리가 계약서에 서명하던 날 맞서 싸웠어야 했는지도 모른다. 팻이 망설이며 내게 먼저 서명을 하도록 해서, 계약서에 집에 머무르는 '을'로서 이름을 적게 되었다. 우주로 가려면 '병'으로 서명을 했어야 했다. 하지만 당시는 을과 병을 계약의 세 당사자 사이에 동의를 통해 교체할 수 있었기 때문에 굳이 그 자리에서 난리를 피울 가치가 없을 것 같았다. 우리가 서명하기 직전에 팻이 그 점을 나한테 언급했는데, 우리 부모님이 가만히 참고 있을 때 계약서에 서명을 받아야 하는 게 중요했다. 다행히 두 분의 서명을 받았다.

그때 팻은 나를 속이려던 걸까? 혹시 그랬는지 몰라도, 나는 팻의 생각을 읽지 못했다. 반대로, 내가 그런 생각을 해냈다면 나도 팻에게 똑같이 했을까? 모르겠다. 정말로 모르겠다. 어찌 됐든, 나는 차츰 그 문제가 정해져버렸다고 인식하게 되었다. 가족들이 그 사실을 당연하게 받아들였고, 재단 사람들도 마찬가지였다. 그래도 나는 팻에게 아직 결정되지 않았다고 말했다. 팻은 그저 어깨를 으쓱하며 자신이 정한 게 아니라는 점을 내게 상기시켰다. 어쩌면 내가 부모님과 재단의 생각을 바꿀 수 있을지 모른다…. 내가 그 계약이 망가지든 말든 상관하지 않았다면 말이다.

나는 그렇게 하고 싶지 않았다. 당시 우리는 재단이 젊고 건강한 텔레파시 능력자 한 쌍을 놓치기보다는 차라리 무릎을 꿇고 눈물 흘리며 사정하는 쪽을 선택하리라는 것을 알지 못했다. 우리는 그들이 선택할 쌍둥이가 많은 줄 알았다. 나는 소란을 피우면 재단에서 계약서를 찢어버릴지 모른다고 생각했다. 재단에서는 출발하는 날까지 소액의 위약금을 지급하고 계약을 취소할 수 있었기 때문이다.

대신 나는 아버지를 혼자 찾아가 말했다. 이는 당시 내가 얼마나 절박했는지는 보여준다. 팻과 나는 부모님을 따로 찾아가 서로에 대해 고자질한 적이 없었다. 나는 마음이 편치 않아 말을 더듬는 바람에, 내가 속임수에 당했다고 느끼는 이유를 아버지에게 이해시키는 게 쉽지 않았다.

아버지가 걱정스러운 표정으로 바라보며 말했다. "톰, 나는 그 문제를 너와 팻이 함께 결정한 줄 알았는데?"

"그게 제가 말하려던 거예요! 우리는 결정을 한 적이 없어요."

"그러면 내가 어떻게 해주길 바라는 거냐?"

"글쎄요, 아빠가 팻에게 그 문제를 공정하게 처리하라고 해줬으면 좋겠어요. 저희는 그 문제에 대해 결판을 지어야 해요. 아니면 아빠가 저희를 위해 결정해줄 수도 있겠죠. 공명정대하게. 그렇게 해주실래요?"

아버지는 시간을 끌 때 늘 그러듯 담배 파이프를 만지작거렸다. 마침내 아빠가 말했다. "톰, 모든 게 결정된 상황에서 지금 네가 어떻게 되돌려놓겠다는 건지 모르겠구나. 설마 내가 계약을 파기하길 바라는 건 아니겠지? 네가 굳이 원한다면, 쉽지 않겠지만 할 수는 있어."

"하지만 계약을 깰 필요는 없어요. 제가 원하는 건 균등한 기회를 달라는 것뿐이에요. 제가 지면 입을 닫을게요. 제가 이기더라도, 제가 가고 팻이 남는다는 사실 외에는 아무것도 바뀌지 않아요."

"흠…." 아버지는 파이프를 뻐끔거리다 생각에 잠긴 얼굴로 말했다. "톰, 최근에 너희 엄마를 본 적이 있니?"

어머니를 보기는 했다. 하지만 대화를 많이 나누지 않았다. 어머니는 비탄에 잠기고 고통스러운 얼굴로 좀비처럼 걸어 다녔다.

"왜요?"

"난 너희 엄마한테 이 짓을 못 하겠다. 너희 엄마는 이미 팻을 떠나보내는 고통을 마음으로 겪었어. 너를 위해 또 그런 일을 겪게 할 수는 없어. 너희 엄마는 버티지 못할 거야."

어머니가 슬퍼한다는 사실은 알고 있었지만, 우리가 바뀐다고 해서 뭐가 다르다는 것인지 나는 이해가 되지 않았다. "아빠의 이야기는 엄마가 현재의 방식을 원한다는 이야기인가요? 엄마가 저보다 팻을 보내길 바란다는 건가요?"

"그런 의미로 말한 게 아니야. 너희 엄마는 둘 다 똑같이 사랑해."

"그러면 엄마에게는 똑같은 거잖아요."

"그렇지 않을 거야. 너희 엄마는 아들 하나를 잃는 슬픔을 겪었어. 만일 이제 너희가 바뀐다면, 다른 아들을 잃는 고통을 또다시 겪게 될 거야. 그건 온당치 않아." 아버지가 파이프를 재떨이에 털었다. 마치 이 대화의 종료를 선언하는 망치 소리 같았다. "애야, 네가 동의했던 내용을 그대로 유지해야 되어서 유감이다만, 그러면 안 돼."

나는 단념하고 입을 닫았다. 아빠가 엄마의 행복으로 주제를 돌리는 것은 막판에 에이스 카드를 꺼내는 것과 마찬가지였다.

나흘 후 팻이 훈련원으로 떠났다. 나는 함께 트랜스루나 건물에서 몇 시간을 보낸 것 외에는 팻과 별로 만나지 못했다. 팻이 매일 밤 나를 빼놓고 모디와 데이트를 했기 때문이다. 팻은 이게 자기가 모디와 만나는 마지막일지 모르지만, 내게는 넉넉한 시간이 있다는 사실을 지적하며 말했다. "그러니 꺼져줄래."

나는 대꾸하지 않았다. 그 말이 그 자체로 타당할 뿐만 아니라, 그런 상황에서 두 사람의 데이트를 따라다니고 싶진 않았다. 팻과 나는 그 마지막 날들에 우리 평생 어느 때보다 멀리 떨어져 있었다.

하지만 우리의 텔레파시 능력에는 영향이 없었다. 일부의 사람들만 할 수 있다는 이 '주파수 맞추기'가 무엇이든 상관없이 제대로 작동했으며, 말하는 것처럼 쉽게 할 수 있었고, 역시 말처럼 쉽게 중단할 수 있었다. 우리는 '집중'하거나, '마음을 맑게' 만들거나, 동양의 신비주의 같은 터무니없는 일을 전혀 할 필요가 없었다. 우리는 '말'하고 싶을 때 말했다.

나는 팻이 떠난 후 마음의 갈피를 잡을 수 없었다. 물론 하루에 4시간, 그리고 녀석을 부를 마음이 내킬 때마다 연락할 수 있었지만, 평생을 둘이 함께해왔기 때문에 혼자 지내야만 하는 상황이 되었을 때 엉망이 되는 것은 당연했다. 아직 새로운 습관을 익히지 못했다. 어딘가로 갈 준비를 하고는 문 앞에 멈춰 서서 뭔가를 잊어버렸다는 생각이 들곤 했다. 그건 팻이었다. 누군가와 항상 같이 하다가 혼자 어딘가로 가야 할 때는 몹시 외로워지기 마련이다.

게다가 어머니가 밝고 명랑하게 그리고 다정하게 굴어서 견디기 힘들었다. 그리고 내 수면은 완전히 엉망이 되었다. 훈련원은 스위스 시간대에서 운영되었다. 나뿐만 아니라 남게 되는 쌍둥이는 지구의 어디에 있든 스위스 시간에 맞춰 연습 메시지를 받아야 했다. 매일 새벽 2시에 팻이 내 귀에 휘파람을 불어서 깨우면, 새벽까지 일하고 낮에 잠을 보충하느라 힘들었다.

불편하지만 필요한 일이었고, 나는 많은 월급을 받았다. 태어나서 처음으로 넉넉한 돈을 만질 수 있었다. 우리 가족 모두가 그랬다. 나는 아버지의 반대에도 불구하고 식비를 넉넉하게 지급하기 시작했다. 그리고 난 가격에 대한 걱정도 하지 않고 시계를 샀다(팻이 우리의 시계를 가져가버렸다). 그리고 우리는 좀 더 큰 집으로 이사하는 문제에 대해 논의하기 시작했다.

그러나 장기정책재단이 내 삶 속으로 점점 더 많이 밀고 들어왔다. 그래서 나는 계약서가 내 쌍둥이가 보낸 메시지를 기록하는 것 이상의 내용을 담고 있다는 사실을 깨닫기 시작했다. 노인의학 프로그램이 곧 시작되었다. 아직 투표할 나이도 되지 않은 사람에게 '노인 의학'이라는 용어를 사용하는 게 재미있긴 했지만, 여기에는 지체 없이 시작해서 나를 최대한 오래 살 수 있게 만들려는 특별한 의미가 담겨 있었다. 내가 먹는 음식은 더 이상 내가 관여할 수 있는 문제가 아니었다. 나는 그들이 지시하는 식단을 따라야 했기 때문에, 간편하게 집어 들곤 했던 샌드위치는 더 이상 먹지 못했다. 내가 절대로 하지 말아야 하는 '특별 위험'의 기다란 목록도 있었다. 재단은 하녀무릎병부터 앵무새열 병까지 모든 질병에 대한 예방주사를 놓았다. 그리고 재단이 내게 실시한 신체검사는 너무도 철저하게 진행되어서, 다른 검사들이 안수 기도에 불과한 것처럼 보일 정도였다.

유일하게 위로가 되는 부분은 팻이 재단에서 자신에게도 똑같은 짓을 하고 있다고 이야기해준 것이었다. 우리는 그럭저럭 흔해빠진 존재일 수도 있었지만, 재단에는 대체 불가능한 통신 장비였다. 그래서 우리는 상을 받은 경주마나 총리 같은 대우를 받았으며, 이는 일반인들이 거의 받을 수 없는 수준이었다. 몹시 귀찮았다.

나는 팻이 떠난 후 일주일, 열흘이 지날 때까지도 모디에게 연락하지 않았다. 모디에게 편안한 느낌이 들지 않았기 때문이다. 결국 모디가 내게 전화해서 자신에게 화가 났는지, 아니면 자신이 차단조치를 당한 건지 물었다. 그래서 우리는 그날 저녁 데이트를 했다. 그다지 즐거운 시간은 아니었다. 모디는 나를 두 번이나 '팻'이라 불렀다. 모디는 예전에도 자주 그랬는데, 사람들이 팻과 내 이름을 혼동하는 일이 많았기 때문에, 지금까지는 별로 중요한 문제가 아니었다. 그러나 지금은 그게 거북했다. 팻의 유령이 잔치의 흥을 깨버렸기 때문이다.

모디가 두 번째로 나를 팻이라 불렀을 때, 내가 화난 목소리로 말했다. "팻에게 이야기를 하고 싶으면, 내가 0.5초 내로 팻을 연결해줄 수 있어."

"뭐? 이런, 톰!"

"아, 넌 내가 팻이었으면 좋겠다고 생각한다는 거 알아! 내가 차선책이라는 처지를 즐기고 있다고 생각한다면, 다시 생각해 보는 게 좋을 거야."

모디의 눈에 눈물이 맺히자, 나는 부끄러워졌다. 그리고 상황이 더 힘들어졌다. 우리는 신랄한 말싸움을 했다. 그 후 내가 팻에게 어떻게 속았는지 모디에게 말해주었다.

모디의 반응은 내 예상과 달랐다. "아, 톰, 톰! 팻이 너한테 그런 게 아니라는 걸 모르겠어? 이건 네가 자초한 거야."

"뭐?"

"팻의 잘못이 아니야. 네가 잘못한 거야. 넌 팻이 너에게 못되게 굴도록 내버려두잖아. 나는 그게 지긋지긋했어. 넌 팻이 못살게 구는 걸 좋아해. 너에겐 '패배하려는 의지'가 있어."

나는 너무 화가 나서 대꾸를 제대로 못 했다. "무슨 소리를 하는 거야? 벽난로 구석에서 떠들어대는 싸구려 심리치료사 같은 소리를 하고 있어. 그다음에는 나한테 '죽음에 대한 소망'이 있다고 하겠네?"

모디가 눈물이 맺힌 눈을 닦았다. "아냐. 아마 그 소망은 팻이 가지고 있을 거야. 팻은 언제나 그 프로젝트에 대해 농담을 했어. 그렇지만 나는 그게 얼마나 위험한지 알아. 내가 팻을 다시 보지 못하게 될 거라는 것도."

나는 그 말을 곱씹었다. "네가 말하려는 게." 내가 천천히 말했다. "내가 가는 게 두려웠기 때문에, 팻이 나를 대신해서 가도록 내버려뒀다는 거야?"

"뭐? 젠장, 톰. 제발, 난 그런 이야기를 하려는 게 아니야."

"나한테는 그렇게 들려." 곧 나는 왜 그렇게 들렸는지 깨달았다. 아마도 내가 두려워한 모양이었다. 어쩌면 팻이 이기기에 충분할 정도까지만 내가 저항을 했었는지 모른다…. 우주선을 타고 나가는 사람에게 어떤 일이 일어날지 알고 있었으니까.

어쩌면 내가 겁쟁이였는지 모른다.

우리는 화해했다. 덕분에 그 데이트는 만족스럽게 끝난 것 같았다. 나는 모디를 집에 데려다줄 때 작별의 키스를 시도할 생각이었다. 한 번도 모디와 키스를 해본 적이 없었다. 팻과 나는 늘 서로를 구석구석까지 알고 있었기 때문에 그럴 수 없었다. 모디도 내 키스를 기대했던 것 같은데… 갑자기 팻이 내게 휘파람을 불었다.

「이봐! 내 짝, 깨어 있어?」

「당연하지.」 내가 짧게 대답했다. 「하지만 바빠.」

「얼마나 바쁜데? 너 혹시 지금 내 여자 친구랑 데이트하고 있는 거야?」

「어째서 그렇게 생각하는데?」

「맞네. 아니야? 그럴 줄 알았어. 어떻게 진도를 나갈 거야?」

「네 일이나 신경 써!」

「아, 물론이지! 모디한테 내 안부나 전해줘. 안녕, 모디!」

모디가 말했다. "톰, 뭘 그렇게 열중해서 생각해?"

내가 대답했다. "아, 팻이야. 너한테 안부를 전해달래."

"아…. 뭐, 그래. 팻에게 내 안부 전해줘."

그래서 내가 전해줬다. 팻이 낄낄거리며 말했다. 「나를 대신해서 모디에게 작별 키스해줘.」

그래서 키스를 하지 않았다. 나는 우리 둘 중 누구를 위해서도 하고 싶지 않았다.

하지만 다음 날 내가 모디에게 다시 전화했고, 그 뒤 우리는 정기적으로 데이트를 했다. 모디와 관련된 일들이 매우 즐거워지기 시작했다. 나는 너무 즐거워서 대학생들도 종종 결혼한다는 사실을 떠올리기도 했다. 만일 상황이 그 방향으로 풀려간다면, 이제 내게는 결혼할 수 있는 경제력도 있었다. 아, 내가 그렇게 어린 나이에 정말로 구속되고 싶었는지 완벽하게 확신할 수는 없지만, 항상 누군가와 함께 있다가 혼자 있게 되면 몹시 외로워지기 마련이다.

＊

얼마 지나지 않아 재단에서 팻을 왕복선에 태워 집으로 보냈다.

그 왕복선은 특별히 대여한 환자수송용 비행선이었다. 그 바보가 훈련원에서 몰래 빠져나가 스키를 타려 했는데, 스키에 대한 녀석의 지식은 내가 진주조개 채취에 대해 아는 정도와 비슷했다. 심하게 굴러떨어진 것은 아니었다. 팻은 사실 자기 발에 걸려 넘어졌다. 그러나 허리 아래의 하반신이 마비되어 다리를 못 움직이는 상태가 되는 바람에 들것에 실려 집으로 왔다.

팻을 병원으로 데려가야 했지만, 녀석은 집으로 오고 싶어 했고 어머니도 집으로 데려오길 원했으므로, 아버지가 그렇게 요구했다. 팻은 페이스 누나가 비운 방을 차지했고, 나는 다시 소파에서 잠을 잤다.

집안이 아주 어수선했다. 팻이 떠날 때보다 더 안 좋았다. 프랑크 매형이 이 우주여행이라는 터무니없는 짓은 이제 그만두고, 회계담당자는 휠체어를 탄 상태에서도 일할 수 있으니까, 만일 팻이 회계를 공부한다면 자기가 아직 일자리를 마련해볼 수 있을 거라고 말하자, 아버지가 매형을 거의 집 밖으로 던질 뻔했다. 나는 모르겠다. 어쩌면 프랑크 매형은 좋은 의도였을 수도 있다. 하지만 종종 '좋은 의도'에 사형 선고를 내려야 한다는 생각이 들 때가 있다.

그러나 나를 완전히 짜증나게 만든 것은 어머니가 그 상황을 받아들이는 방식이었다. 어머니는 눈물과 연민으로 범벅이 되었다. 그리고 팻을 위해 뭐든지 하려 했다. 어머니는 쓰러지기 직전까지 팻의 다리를 마사지했다. 그런데 아버지는 알아채지 못했어도 나는 알 수 있었다. 어머니는 내심 행복해했다. '아기'가 돌아왔기 때문이다. 그렇지만 어머니의 눈물은 가짜가 아니었다… 여성들은 울부짖으면서 동시에 행복할 수 있는 것 같았다.

우리 모두가 그 '우주여행이라는 터무니없는 짓'이 가망 없어졌다는 사실을 알았지만, 그 문제에 관해서는 서로 이야기를 꺼내지 않았다. 심지어 팻과 나도 그 문제를 이야기하지 않았다. 팻은 무기력하게 드러누워 있었으며, 나보다 훨씬 더 나쁜 상태일 게 틀림없었다. 일을 게걸스럽게 독차지하더니 우리의 기회를 망쳤다며 팻을 비난하고 있을 시간이 내게는 없었다. 비통한 느낌이 들더라도 팻에게 그런 말을 할 수는 없었다. 나는 장기 정책재단의 두툼한 월급이 곧 중단될 상황이 걱정되었다. 우리에게 돈이 가장 필요한 때였는데, 다시 궁해질 상황이었다. 나는 비싼 시계를 사고 한 번도 가볼 수 없던 곳에 모디를 데려가느라 돈을 낭비한 짓을 후회했지만, 그런 일에 대한 생각을 의식적으로 피했다. 이미 쏟아진 우유였다. 하지만 내가 대학에 가지 않고 어떤 일자리를 구할 수 있을지 고민스러웠다.

전혀 예상치 못하고 있을 때 하워드 씨가 방문했다. 나는 팻이 수술을 마칠 때까지 장기정책재단이 우리에게 임금을 계속 지급해주지 않을까 반쯤 기대했었다. 비록 그 사고가 재단의 잘못이 아니었고, 팻이 재단의 규칙을 지키지 않은 탓이었지만, 재단에는 돈이 많으니 관대하게 처리해줄 수도 있다고 생각했었다.

그러나 하워드 씨는 재단이 팻의 부상에 대해 비용을 지급할 것인지 아닌지 하는 문제는 아예 꺼내지도 않았다. 그저 내게 얼마나 빨리 훈련원에 갈 준비가 될지 물었을 뿐이었다.

나는 혼란스러웠고 어머니는 히스테리를 일으켰으며 아버지는 화를 냈지만, 하워드 씨는 침착했다. 하워드 씨의 이야기를 듣고 있으면, 마치 아무 일도 일어나지 않았으며 우리의 계약을 파기해야 한다는 생각은 전혀 하지도 않은 것 같았다. 을과 병은 바꿀 수 있었다. 팻이 가지 못하게 되었으므로, 자연히 내가 가게 되었다. 통신팀으로서 우리의 능력을 방해할 만한 일은 아무것도 일어나지 않았다. 물론 그들은 슬픈 사고를 고려해서 우리에게 며칠 정도 평정을 되찾을 시간을 주었다. 하지만 내가 즉시 훈련원에 참여할 수 있을까? 시간이 얼마 없었다.

아버지는 붉으락푸르락하는 얼굴로 거의 횡설수설했다. "이 정도로 우리 가족을 괴롭혔는데, 이걸로 충분하지 않은 거요? 당신들에게는 예절이라는 것도 없소? 배려라는 게 뭔지 모르는 건가?"

내가 새로운 상황에 적응하려 애쓰며 뭐라 말하면 좋을지 고민하고 있을 때, 팻이 조용히 나를 불렀다. 「톰! 이리 와!」

나는 양해를 구하고 팻에게 서둘러 갔다. 팻이 다친 이후로 나와 팻은 텔레파시를 거의 하지 않았다. 가끔 밤에 팻이 나를 불러 물 같은 것을 가져다달라고 부탁하긴 했지만, 입말이든 마음속으로든 실질적인 대화는 전혀 하지 않았었다. 이 암담하고 우울한 침묵이 내 입을 막았다. 지금껏 둘 중 한 사람만 아픈 것은 이번이 처음이었기 때문에, 나는 어떻게 대처해야 할지 몰랐다.

그런데 내가 방으로 서둘러서 들어갔더니, 팻이 소리쳤다. "문 닫아."

내가 문을 닫자 팻이 험악한 표정으로 쳐다봤다. "네가 뭔가 약속하기 전에 내가 불러낸 거지?"

"응."

"나가서 아빠한테 내가 지금 보고 싶다고 전해줘. 그리고 엄마한테는 제발 이제 그만 울라고 말해줘. 엄마 때문에 미치겠어." 팻이 냉소적인 미소를 지었다. "하워드 씨에게는 내가 부모님과 따로 이야기를 나누고 싶어 한다고 말해줘. 그리고 넌 꺼져."

"뭐?"

"가라고. 작별 인사하려고 내 방에 들르지 말고, 네가 어디로 가는지도 말하지 마. 내가 너한테 말하고 싶을 때 내가 부를 거야. 네가 어슬렁거리고 있으면, 엄마가 너를 설득해서 뭔가를 약속하게 만들 거야." 팻이 암울한 눈빛으로 나를 바라보며 계속 말했다. "넌 의지력이라는 게 없잖아."

나는 팻의 비꼬는 소리를 못 들은 척했다. 팻은 아프니까. "팻, 이번에 넌 연합팀과 싸워야 할 거야. 엄마는 뭐가 됐든 마음 내키는 대로 할 테고, 아빠는 너무 흥분해서 하워드 씨를 찌르지 않은 게 놀라울 지경이었다니까."

"엄마는 내가 감당할 수 있어. 아빠도. 하워드 씨는 멀리 떨어져 있는 게 좋을 거야. 빨리 가. 그 사람들을 찢어놔. 그리고 꺼져."

"알았어." 내가 거북한 말투로 말했다. "어…, 있잖아, 팻. 고마워."

팻이 나를 쳐다보더니 입술을 삐죽거렸다. "내가 너를 위해 이 짓을 하는 것 같아?"

"그게, 내 생각엔…."

"넌 생각하지 마…. 그리고 난 며칠간 다른 일을 전혀 못 했어. 내가 불구가 될 경우에 평생을 공공 병동에서 보내는 게 좋겠니? 아니면 여기에서 내게 실없는 소리를 늘어놓는 엄마와 인색하게 구는 아빠, 그리고 나를 볼 때마다 넌더리를 내는 누나들과 살까? 나는 그렇게 살지 않을 거야! 내가 이렇게 지내야 한다면, 난 모두 최고로 가질 거야…. 내가 손가락만 까닥해도 달려올 간호사들과 나를 즐겁게 해줄 춤추는 아가씨들까지. 그리고 넌 재단에서 그 비용을 지급하는 모습을 보게 될 거야. 우리는 계약을 유지할 수 있고, 유지할 거야. 아, 네가 가기 싫어한다는 건 알아. 하지만 이제 네가 갈 수밖에 없어."

"내가? 넌 크게 착각하고 있어. 네가 나를 밀어냈잖아. 넌…."

"알았어. 내 말은 잊어버려. 네가 가고 싶어서 근질거리는 거로 해두자." 팻이 손을 들어 내 옆구리를 때리더니 씩 웃었다. "그러면 우리는 둘 다 가는 거야. 네가 가는 걸음걸음마다 나를 데리고 갈 테니까. 자, 이제 나가서 끝내."

＊

나는 이틀 후에 떠났다. 팻이 어머니에게 뒤틀어진 다리를 내밀자 어머니는 전의를 상실했다. 어머니의 아픈 아이에게 적절한 보살핌을 제공하고 그 아이가 원하는 모든 것들을 제공하기 위해 돈을 버는 것이 내가 우주로 나가야 한다는 의미라면, 뭐 애석하지만 어쩔 수 없었다. 어머니는 나를 떠나보내는 게 얼마나 가슴이 아픈지 말했지만, 나는 어머니가 그렇게까지 심란해하지 않는다는 것을 알았다. 하지만 나는 심란했다. 어느 정도는 그랬다. 만일 내가 팻의 처지였다면 현재의 상황이 어떠했을지 궁금해졌다. 어머니는 내가 원하는 것들을 해주기 위해 이렇게 쉽고 간단히 팻을 보냈을까? 하지만 나는 그런 생각을 하지 말자고 결심했다. 부모님은 편애를 하면서도 자신들이 그런다는 사실을 알지 못할 것이기 때문이다.

내가 떠나기 직전에 아버지가 따로 불러 남자 대 남자로 대화를 나눴다. 아버지는 헛기침을 하고 말을 꺼내지 못해 주저하더니, 이전에 나와 이야기를 나누지 못한 것에 대해 사과했다. 아버지는 나보다 더 쩔쩔매는 듯했다. 그 정도면 충분했다. 아버지가 허둥대고 있을 때, 내가 우리 고등학교 수업 과목에서 아버지가 말하려는 것들을 대부분 다뤘다고 알려줬다(그 과목이 용두사미로 끝나는 실망스러운 수업이라는 점은 말하지 않았다). 아버지의 얼굴이 밝아지더니 내게 말했다. "그렇구나. 아들아, 너희 엄마와 나는 옳고 그른 것들을 가르치려 노력했어. 너는 바틀릿 가문이라는 걸 잊지 마. 그러면 실수를 그다지 많이 하지 않을 거야. 다른 문제라면, 뭐 누군가를 집으로 데려올 때 엄마에게 자랑스럽게 소개해줄 수 있는 여자인지 너 스스로 항상 물어본다면, 나는 그걸로 만족해."

나는 그러겠다고 약속했다. 곧 나는 나쁜 친구들과 어울릴 기회가 별로 많지 않으리라는 사실이 떠올랐다. 심리학자들이 레벤스라움 프로젝트에 참여하는 모든 사람을 샅샅이 분석하는 상황에서는 어렵다. 썩은 사과는 절대로 통 안에 들어오지 못한다.

부모님이 얼마나 순박한지 깨닫게 되자, 나는 인류가 지금껏 어떻게 계속 대를 이어왔는지 궁금해졌다. 그런데도 감동적이었다. 아버지가 나를 떠나보내기 위해 겪었을 마음고생이 고마웠다. 아버지는 언제나 친절하고 선한 사람이었다.

나는 모디와 마지막으로 데이트했지만, 언급할 만한 일은 없었다. 우리는 팻의 침대 옆에 앉아 시간을 보냈고, 모디가 내게 작별의 입맞춤을 했다. 팻이 모디에게 그렇게 하라고 시켰기 때문이다. 아, 젠장!

제 2 부

6

토치선 루이스클라크호

스위스에서는 이틀밖에 지내지 않았다. 나는 그동안 취리히의 호수를 휙 둘러봤다. 그게 다였다. 팻이 몇 주 동안 공부했던 모든 내용을 서둘러 돌아보는 것만으로도 시간은 빡빡했다. 그래도 다 끝낼 수가 없어서 재단이 내가 항해를 출발한 후에 공부할 수 있도록 미니테이프를 잔뜩 주었다.

그래도 내게는 한 가지 유리한 점이 있었다. 행성연맹의 보조 언어는 우리 고등학교에서 1학년 필수 과목이었는데, 레벤스라움 프로젝트에서는 행성연맹 언어가 사용되었다. 내가 그곳에 갔을 때는 내가 그 언어를 할 수 있다고 말할 수준이 안 되었지만, 어렵지 않았다. 아, 지금껏 'gone'이라고 말하다가, 'goed'라고 하려니 조금 바보 같긴 했지만 익숙해졌다.* 물론, 모든 전문 용

* go는 불규칙 동사라서 과거분사가 gone이지만, 행성연맹에서는 모든 동사가 규칙이라서 go에 ed를 붙이는 방식으로 바뀌었다는 의미다.

어는 언제나 그래왔듯이 제네바 국제 언어를 사용했다.

사실, 하위 프로젝트를 담당하는 브륀 교수가 지적했듯, 우주선에 승선하기 전에 텔레파시 통신원이 알아야 할 사항은 별로 많지 않았다. 훈련원의 주요한 목적은 승무원들을 모아 함께 먹고 지내도록 해서, 심리학자들이 테스트를 진행하는 동안 감지하지 못했던 성격 마찰을 발견할 수 있도록 하는 것이었다.

"너에 대해서는 의심할 여지가 전혀 없어. 우리는 네 형제에 대한 기록이 있고, 네 테스트가 네 형제와 얼마나 유사한지 알아. 너희 텔레파시 능력자들은 일반적인 표준에서 엄청나게 벗어나지만 않는다면 실격시키지 않을 거야."

"네?"

"모르겠어? 우리는 아침 식사 전에 저혈당이 나타나서 아침을 먹기 전까지 성마른 성향을 보이는 잠재적인 경향이 있다는 이유만으로도 우주선의 선장을 거부할 수 있어. 승무원을 스무 배 넘게 뽑아서, 그들이 서커스팀처럼 호흡이 잘 맞을 때까지 이리저리 효율적으로 조직할 수도 있지. 하지만 텔레파시 능력자는 그렇지 않아. 너희는 너무도 희귀하기 때문에, 우주선을 위험에 빠뜨리지 않는 한 어떤 기행을 저지르더라도 용납해줄 수밖에 없어. 나는 네가 점성술을 믿더라도 신경 쓰지 않을 거야. 안 믿지? 믿니?"

"맙소사, 안 믿어요!" 내가 충격을 받은 말투로 대답했다.

"봤지? 넌 정상적이고, 지적인 소년이야. 넌 잘해낼 거야. 이것 참, 만일 우리에게 너라는 대안이 없었다면, 들것에 실려 있는 네 쌍둥이라도 고용했을 거야."

내가 취리히에 도착했을 때는 텔레파시 능력자들만 남아 있었다. 선장과 우주 항해사, 토치 담당 승무원은 우주선에 가장 먼저 승선했고, 곧이어 과학자와 승무원들이 탔다. 우리를 제외한 당직 외의 승무원들은 모두 승선했다. 나는 동료 텔레파시 능력자들과도 교제를 나눌 시간이 거의 없었다.

텔레파시 능력자들은 다양했다. 우리 괴물들에게는 약간의 일탈이 허용될 거라던 브뢴 교수의 말이 무슨 뜻인지 이해되기 시작했다. 우리는 열두 명이었다. 루이스클라크호에 배정된 사람들 말이다. 전체 선단의 우주선 열두 척에는 텔레파시 능력자가 150명 승선했다. 이들은 재단이 계약을 채결할 수 있었던 텔레파시 쌍 전부였다. 나는 그들 중 한 사람이었던 베른하르트 반 호우텐에게 우주선에 그렇게 많은 텔레파시 능력자를 데려가는 이유를 물었다.

베른하르트가 나를 불쌍한 눈으로 쳐다보며 말했다. "머리를 써, 톰. 무전기의 진공관이 타버리면 어떻게 해야 될까?"

"뭐, 교체하지."

"그게 바로 네 질문에 대한 답이야. 우리는 예비 부품이야. 텔레파시 쌍의 한쪽이 죽거나 무슨 일이 생기면, 그 '무전기'는 타버린 거야, 영원히. 그러면 저들이 우리 중 다른 사람을 꽂아 넣는 거지. 재단에서는 항해를 마치는 날까지 작동하는 텔레파시 쌍이 적어도 하나 이상 유지되도록 확실히 처리하고 싶은 거야…. 그 사람들의 희망사항이지."

나는 이동하기 전까지 그들의 이름을 익힐 시간조차 빠듯했다. 루이스클라크호에는 나, 베른하르트 반 호우텐, 중국계 페루인 소녀 메이링 존스, 루퍼트 하우트만, 안나 호로센, 글로리아 마리아 안토니타 도캄포, 샘 로하스, 프루든스 매튜스가 승선했다. 거의 나와 비슷한 또래였다. 그리고 열두 살처럼 보이지만 열네 살이라고 우기는 더스티 로즈도 있었다. 나는 장기정책재단이 어떻게 부모를 설득해서 저런 아이가 떠날 수 있도록 허락을 받아냈는지 궁금했다. 어쩌면 부모가 저 아이를 싫어했을지도 모른다. 그럴 가능성이 컸다.

그리고 세 사람은 우리 또래보다 나이가 많았다. 감마 퍼트니, 카스 워너, 알프레드 맥닐. 감마는 서른 살이 넘었다는 사실을 절대로 인정하지 않는 괴짜였다. 그녀는 세쌍둥이 중 우리에게 배정된 한 명이었다. 장기정책재단은 텔레파시 능력이 있는 세쌍둥이 네 팀을 간신히 모아 떠나도록 설득할 수 있었다. 그들은 열두 척의 우주선을 네 그룹으로 나눴을 때, 각 그룹에 있는 세 척을 연결하는 역할을 했다. 그리고 각 그룹은 쌍둥이 네 팀으로 연결했다.

세쌍둥이는 쌍둥이에 비해 86배 희귀하므로, 그들이 괴짜든 아니든, 텔레파시 능력이 있으면서 이 항해를 떠나려는 세쌍둥이들을 충분히 찾아낼 수 있었다는 사실이 놀라웠다.

루이스클라크호는 그룹의 한쪽 구석에 배치된 우주선이었는데, 카스 워너가 측면으로 연결하는 쌍둥이였다. 카스는 그의 쌍둥이를 통해 다른 그룹에 속한 바스코다가마호에 연락해 세 척씩 모인 두 그룹을 연결했다. 다른 측면 연결 쌍둥이들이 다른 구석의 우주선들과 연결했다. 우주선과 우주선을 연결해주는 텔레파시 능력자들은 나이가 어릴 필요가 없었다. 그들의 쌍둥이 혹은 세쌍둥이 중 지구에 남는 사람이 없었기 때문이다. 지구에 남은 짝은 우주선에 탑승한 자기 형제나 자매들이 상대성이론에 따라 젊은 상태를 유지할 때 늙어간다. 카스 워너는 마흔다섯이지만, 우리 같은 아이들과도 즐겁게 식사를 하는 차분하고 좋은 사람이었다.

열두 번째 텔레파시 능력자는 알프레드 맥닐인데, 그는 우리에게 '알프레드 아저씨'로 부르라고 했다. 알프레드 아저씨는 흑인으로, 사랑스러운 노인이었다. 나이는 65세 이상이었는데, 나로서는 그 나이를 짐작하는 것조차 힘들었다. 알프레드 아저씨에게는, 뒤틀리거나 자기중심적이지 않은 노인들이 가진 고결함이 있었다. 아저씨를 지켜보면 누구라도 그가 교회의 집사인 게 틀림없다고 장담할 것이다.

취리히에 도착한 첫날 저녁에 향수병에 빠져 있을 때, 알프레드 아저씨가 알아채고는 저녁 식사 후 자기 방으로 나를 초대해 달래준 덕분에 아저씨와 친해지게 되었다. 나는 알프레드 아저씨가 브륀 교수처럼 장기정책재단의 심리학자인 줄 알았다. 하지만 아니었다. 아저씨도 텔레파시 능력자였는데, 그 나이에도 측면 담당 쌍둥이가 아니었다. 아저씨의 텔레파시 짝은 지구에 머물렀다.

나는 알프레드 아저씨가 짝의 사진을 보여주기 전까지 그 사실을 믿을 수 없었다. 머리를 땋고 즐겁게 눈웃음을 짓고 있는 어린 소녀였다. 마침내 나는 이들이 쌍둥이가 아닌 희귀한 텔레파시 쌍이라는 사실을 아둔한 머리로 이해했다. 소녀의 이름은 셀레스타인 레지나 존슨으로 아저씨에게는 조카의 딸인 종손녀였다. 알프레드 아저씨는 내게 사진을 보여준 후 종손녀를 '슈가 파이'라고 불렀다. 그리고 나에 대해 그 아이에게 말해주었다.

나는 팻이 이미 그들을 만났었다는 사실을 잊고는 녀석에게 그 일에 관해 이야기할 뻔했다.

알프레드 아저씨는 은퇴한 후 조카 부부와 함께 살았기 때문에, 종손녀의 놀이친구가 되었다. 그는 아기에게 말하는 것을 가르쳤다. 그런데 아이의 부모가 둘 다 사고로 사망하자, 아저씨는 그 아이를 남에게 입양시키지 않고 본인이 다시 일터로 돌아가는 길을 택했다. "그러다 슈가 파이를 계속 지켜볼 수 없을 때도, 그 아이에게서 눈길을 떼지 않을 수 있다는 사실을 알게 됐단다. 슈가 파이는 언제나 착한 아기였지만, 내가 떨어져 있을 때도 그 애를 지켜볼 수 있다는 의미였지. 나는 그게 선물이라고 믿었어. 무한한 은총을 베풀어주는 신이 내게 어린아이를 돌볼 수 있도록 주신 선물이라고 생각했지."

알프레드 아저씨가 걱정하는 유일한 문제는 자신이 충분히 오래 살지 못할 수 있다는 점이었다. 더 큰 문제는 슈가 파이가 성장해서 제대로 된 삶을 시작할 때까지 자신이 충분히 오래 일하지 못할 수도 있다는 사실이었다. 그때 레벤스라움 프로젝트가 모든 문제를 해결해줬다. 아저씨는 슈가 파이와 헤어지는 것은 상관없었다. 아저씨는 절대로 아이에게서 떨어지지 않을 테니까. 아저씨는 슈가 파이와 언제나 함께 있었다.

나는 알프레드 아저씨가 실제로 텔레파시를 통해 슈가 파이를 볼 수 있다는 인상을 받았지만, 묻고 싶지 않았다. 어쨌든 아저씨에게는 수 광년 떨어진 거리조차 아무런 장벽이 되지 않았다. 아저씨는 이렇게 먼 거리에서도 그들을 하나로 묶어주는 무한한 은총이, 그에게 주어진 임무를 마칠 때까지 오래오래 그들을 하나로 묶어줄 거라 믿었다. 그 뒤에 일어날 일은 신에게 달렸다.

나는 그렇게 차분하고 평온하며 행복한 사람을 만나본 적이 없었다. 아저씨와 헤어지고 침대로 돌아갈 때까지 향수를 느끼지 않았다. 그래서 나는 팻을 불러 알프레드 아저씨와 친해졌다고 말해주었다. 팻은 당연하다며, 알프레드 아저씨는 상냥하고 나이 많은 괴짜라고 했다. 그리고 나에게는 내일 힘든 날이 될 것이므로, 당장 입 닥치고 잠자리에 드는 게 좋을 거라고 했다.

✳

장기정책재단은 우리를 남태평양으로 데려갔다. 우리는 루이스 클라크호에 승선하기 전에 칸톤 산호섬에서 하룻밤을 보냈다. 샘 로하스가 나를 위해 야외 파티를 준비했고, 메이링과 글로리아가 참가하기로 했지만, 재단에서는 환초로 둘러싸인 해변에서 수영하지 못하게 금지했다. 그들이 생각하기에 수영은 불필요하게 위험한 활동이었다. 할 수 없이 우리는 일찍 잠자리에 들었다가 새벽에 동트기 2시간 전에 깨어났다. 하루 중 가장 끔찍한 시간이었다. 여러 개의 시간대를 너무 빠르게 가로질러 시간 감각이 엉망일 때라 특히 그랬다. 나는 여기서 무엇을 하고 있으며, 왜 그것을 하고 있는지 궁금해지기 시작했다.

루이스클라크호는 그곳에서 수백 킬로미터 동쪽, 남태평양에서 사람이 오가지 않는 지역에 있었다. 나는 공중에서 바라보기 전까지 얼마나 바다가 넓은지 알지 못했다. 하지만 공중에서는 우주선의 꼭대기밖에 보지 못했다. 사람들이 미시시피 유역을 개발했듯이 해양을 완벽하게 사용할 방법을 알아낼 수 있다면, 다른 행성들은 필요 없을 것이다.

하늘에서 보는 루이스클라크호는 물에 떠 있는 농구공처럼 생겼다. 위에서 보면 우주선이 사실 순무처럼 생겼다는 사실을 알 수 없었다. 우주선은 토치를 아래로 하고 떠 있었다. 보이는 거라곤 반구형 윗부분밖에 없었다. 내가 우주선을 봤을 때는 우주선 주변에 상대적으로 자그마한 화물수송용 잠수정들이 떠 있었다. 곧 우리가 탄 에어버스가 루이스클라크호 위에서 멈췄다. 그리고 우리는 사다리에서 발을 조심하고, 버스에서 내릴 때 아무것도 남겨두지 않도록 주의하라는 말을 들었다. 우리가 물건을 놔두고 내린다면, 나중에 분실물 취급소에 신고를 해봐야 아무 소용이 없다는 생각이 문득 들었다. 으스스한 생각이었다…. 나는 여전히 향수병에서 벗어나지 못한 듯했지만, 거의 들뜬 상태였다.

두어 차례 헤매기는 했지만, 마침내 내 선실을 찾았을 때 스피커에서 큰 소리가 울려 나왔다. "전원 가속 준비. 당직 외 승무원은 안전띠 착용. 가속 부서에서는 순차적으로 보고할 것. 14분 남았음." 그 남자는 마치 "다른 지역으로 이동하는 승객들은 버밍엄에서 환승하시기 바랍니다"라고 말하는 양 너무 사무적으로 말했다.

선실은 매우 넓었다. 2인용 옷장, 모니터와 녹음기가 붙박이로 달린 책상과 작은 세면대, 위로 접을 수 있는 침대 두 개가 있었다. 침대들은 내려진 상태로 방의 면적을 상당 부분 차지했다. 나 말고는 아무도 없었기 때문에, 그 침대 중 하나를 골라서 드러누워 안전띠 세 개를 착용했다. 내가 막 안전띠 착용을 마쳤을 때, 꼬맹이 더스티 로즈가 머리를 삐죽 내밀었다. "이봐! 그거 내 침대야!"

나는 대꾸를 하려다 가속이 곧 시작될 예정이라 논쟁할 시간이 없다고 판단했다. "좋을 대로 해." 나는 대답하고 안전띠를 풀었다. 그리고 다른 침대로 가서 다시 안전띠를 맸다.

더스티는 화가 난 표정이었다. 아마도 녀석은 논쟁을 하고 싶은 모양이었다. 더스티는 내가 비워준 침대에 올라가지 않고, 문 밖으로 고개를 내밀어 이리저리 둘러봤다. 내가 말했다. "안전띠를 묶는 게 좋을 거야. 지시사항을 전달했잖아."

"헛소리야." 더스티가 돌아보지 않고 대답했다. "시간은 많아. 난 제어실에 잠깐 구경하러 갈래."

나는 더스티에게 아예 우주선 밖으로 나가보는 게 좋겠다고 권하려 했는데, 우주선의 승무원이 점검하기 위해 선실로 왔다. "들어가." 승무원은 뒤를 따르는 개에게 지시를 내리듯 간단명료한 말투로 딱딱하게 말했다. 더스티는 입을 열었다가 닫고는 침대로 올랐다. 곧 승무원이 '유아용 안전띠'를 더스티에게 채웠다. 그는 버클을 당겨 침대에 누운 더스티의 손에 닿지 않도록 했다. 심지어 가슴띠로 더스티의 팔까지 묶어버렸다.

그 후 승무원이 내 안전띠들을 확인했다. 나는 팔이 띠의 바깥에 있었지만, 그는 "가속이 진행될 동안 매트리스 위에 팔을 내려놔"라는 말만 하고 떠났다.

스피커에서 여성 목소리가 말했다. "특수 통신원들은 모두 텔레파시 짝과 연결하세요."

나는 잠자리에서 일어난 이후로 줄곧 팻과 연결한 상태였다. 나는 루이스클라크호를 처음 봤을 때의 모습을 설명하고, 내부에 대해서도 말해줬었다. 어쨌거나 내가 팻에게 말했다. 「내 말 들려, 팻?」

「당연하지. 난 아무 데도 안 갔어. 무슨 일이야?」

「10분 이내에 가속한대. 가속이 진행되는 동안 짝과 연결하라고 지시했어.」

「연결한 상태를 유지하는 게 좋을 거야. 안 그러면 내가 네 귀를 뜯어버릴 테니까! 난 아무것도 놓치고 싶지 않아.」

「알았어, 알았다고. 닦달하지 마, 팻. 이건 내가 생각했던 방식과는 좀 달라.」

「뭐? 어떻게 달라?」

「모르겠어. 난 관악대나 연설 같은 것들을 기대했었나 봐. 아무튼 오늘은 대단한 날이잖아. 그런데 어젯밤에 칸톤 산호섬에서 재단 사람들이 사진을 찍어준 것 외에는, 예전에 보이스카우트 야영을 시작할 때보다 조용한 것 같아.」

팻이 키득거렸다. 「네가 있는 곳으로 관악대가 가면 바닷물에 흠뻑 젖을 거야. 중성자를 뒤집어쓰는 건 말할 것도 없고.」

「그래, 그래.」 토치선이 가속을 하기 위해서는 주변에 여유 공간이 필요하다는 이야기까지 듣고 있을 필요는 없었다. 그들은 우주정거장이 아니라 지표면에서 직접 가속할 방법을 완성했지만, 여전히 사방으로 수천 제곱킬로미터의 바다가 필요했다. 그래도 토치 후폭풍으로 역류한 조류가 영향을 미쳐서 기후에 변화를 주기 때문에 정부가 뭔가 조치를 취해야 한다는 군소리를 들었다.

「아무튼 관악대와 연설은 엄청나게 많이 진행되고 있어. 우리는 지금 J. 딜베리 에그헤드 의원의 연설을 보고 있는데⋯. 내가 읊어줄까?」

「아, 그럴 필요 없어. 그런데 '우리'라니, 누구랑 있어?」

「우리 모두. 조금 전에 페이스 누나와 프랑크 매형도 왔어.」

내가 모디에 관해 물어보려는 순간 스피커에서 새로운 목소리가 들렸다. "여러분, 탑승을 환영합니다. 저는 선장입니다. 우리는 중력의 세 배로 느긋하게 가속하며 지구를 벗어날 겁니다. 그렇다 하더라도, 몸을 이완시키고 팔을 침대 위에 두기를 권합니다. 3g의 가속은 6분 동안만 지속될 겁니다. 그 후에는 자리에서 일어나도 좋습니다. 가장 먼저 헨리허드슨호가 출발하고, 그 직후 우리가 두 번째로 출발합니다."

나는 선장이 말한 내용을 거의 비슷한 속도로 팻에게 반복해서 전달했다. 이것은 팻이 훈련원에서 지내는 동안 우리가 연습했던 훈련 중 하나였다. 생각을 제어해서 다른 사람이 말하고 있는 내용을 반복하면, 텔레파시 쌍은 거의 마이크와 스피커처럼 작용했다. 아마 팻도 반대편에서 나와 똑같이 내가 말하자마자 곧바로 선장의 말을 가족들에게 반복하고 있을 것이다. 연습하면 어려운 일은 아니었다.

선장이 말했다. "헨리허드슨호가 마지막 카운트다운을 진행합니다…, 10초…, 5초…, 발사!"

나는 닫힌 방 안에 있었는데도 번개처럼 번쩍하는 뭔가가 보였다. 몇 초 후 창문에 싸라기눈이 떨어지는 듯, 먼 곳에서 부드럽게 들리는 소리 같은 치찰음이 스피커를 통해 들려왔다. 팻이 말했다. 「맙소사!」

「무슨 일이야, 팻?」

「우주선이 마치 벌을 깔고 앉은 사람처럼 불쑥 튀어나갔어. 물에 구멍이 생기고 빛줄기가, 잠깐만…, 카메라 중계소가 우주 정거장에서 달로 바뀌었어.」

「네가 나보다 훨씬 잘 보네. 내가 볼 수 있는 건 이 방의 천장뿐이야.」

여자의 목소리가 들렸다. "카스 워너 씨! 감마 퍼트니 씨! 다른 우주선에 있는 쌍둥이와 연결해서 기록 시작하세요."

선장이 말했다. "전원, 가속 준비. 카운트다운 대기." 다른 목소리가 카운트다운을 시작했다. "60초⋯, 55초⋯, 50초⋯, 45초⋯, 45초 대기⋯, 45초 대기⋯, 대기⋯, 대기⋯." 이 소리는 내가 비명을 지르기 직전까지 계속되었다.

「톰, 무슨 일이야?」

「내가 어떻게 알겠어?」

"40초⋯, 35초⋯. 30초⋯."

「톰, 엄마가 너한테 조심하라고 전해달래.」

「엄마는 내가 뭘 할 수 있을 거라고 생각하는 거야? 난 그냥 여기에 묶인 채로 누워 있을 뿐이야.」

「알아.」팻이 키득거렸다. 「질주하는 우주선에 딱 붙어 있어. 넌 운 좋은 녀석이야. 그 사람들이 사다리를 치우기 직전이야.」

"⋯ 4! 3! 2! 1!"

번쩍거리는 빛도 보이지 않았고, 아무 소리도 들리지 않았다. 나는 그저 너무 무거워서, 경기장 바닥에 넘어진 상태에서 미식축구 선수들이 위로 잔뜩 쌓여 있는 느낌이었다.

「네 우주선이 있던 곳에는 수증기밖에 안 남았어.」

나는 대답하지 않았다. 숨 쉬는 게 힘들었다.

「방송사에서 중계소를 옮겼어. 지금 망원렌즈로 네가 탄 우주선을 쫓고 있어. 네가 이걸 봐야 하는데⋯. 우주선이 마치 태양 같아. 화면을 다 태워버릴 것 같아.」

「내가 그걸 어떻게 보겠어?」 내가 심술궂게 말했다. 「난 그 안에 타고 있잖아.」

「네 소리가 꼭 숨이 막힌 사람 같아. 괜찮아?」

「가슴 위에 모래주머니를 쌓아 올리면, 너도 숨 막힌 사람 같은 소리를 낼 거야.」

「그렇게 나빠?」

「좋지는 않지만, 괜찮아. 괜찮을 거야.」

팻은 나에 대한 태도를 누그러뜨리고, 텔레비전에서 보이는 모습을 훌륭하게 묘사했다. 우리가 출발한 직후 리처드 E. 버드호가 출발했다. 우리 우주선이 지구 탈출 속도를 내기 위해 진행했던 가속을 마치기 전이었다. 팻이 내게 그런 사실들을 모두 이야기해줬지만, 어찌 됐든 나는 할 말이 없었다. 나는 아무것도 볼 수 없었고, 잡담할 기분도 아니었기 때문이다. 난 그냥 가만히 쓸쓸한 기분을 느끼고 싶을 뿐이었다.

가속은 6분밖에 진행되지 않았지만, 내게는 1시간처럼 느껴졌다. 아주 아주 긴 시간이 흐른 후, 제어장치가 망가져서 계속 고가속 상태를 유지할 거라는 생각이 들 때쯤 갑자기 압박이 느슨해졌다. 나는 눈송이처럼 가벼운 느낌이 들었다. 안전띠가 없었다면 천장으로 붕 떠올랐을 것이다.

"지구 중력의 110퍼센트로 가속을 낮췄습니다." 선장이 쾌활하게 말했다. "순항 가속은 나중에 더 높일 예정이지만, 신참자들에게 잠시 익숙해질 시간을 주려 합니다." 선장의 말투가 바뀌더니 사무적으로 말했다. "모든 부서는 발사 후 안전 확보하고, 3반 우주 당직 근무 시작할 것."

나는 안전띠를 풀고 몸을 일으켜 앉았다가, 발을 딛고 일어섰다. 지구에 있을 때보다 10퍼센트 더 무거워졌겠지만 그런 느낌은 들지 않았다. 편안하게 느껴졌다. 나는 승선할 때보다 주위를 더 둘러볼 작정으로 문을 향해 걸어가기 시작했다.

더스티 로즈가 내게 소리를 질렀다. "이봐! 이리 와서 날 풀어 줘! 그 바보가 버클을 내 손이 닿지 않게 조여 놨어."

내가 돌아서서 아이를 쳐다보며 말했다. "'부탁합니다'라고 말해야지."

더스티의 대답은 '부탁합니다'가 아니었다. 그런데도 난 녀석을 풀어주었다. 당시 그 꼬마에게 그렇게 말하도록 만들었어야 했다. 그랬다면 그 후 골치가 덜 아프게 지냈을 것이다.

7
19,900가지 방법

　루이스클라크호에서 처음 일어난 일 때문에 나는 지금 꿈을 꾸고 있는 게 아닐까 하는 생각을 했다. 스티븐 외삼촌과 마주쳤던 것이다.

　나는 내 선실이 있는 갑판과 이어진 순환 복도를 따라 걸으며 우주선의 중심축으로 가는 중앙 통로를 찾고 있었다. 그러다 모퉁이를 돌 때 어떤 사람과 부딪혔다. 내가 "죄송합니다"라고 말하며 지나가기 시작했을 때, 그 사람이 내 팔을 잡더니 어깨를 철썩 때렸다. 고개를 들자 스티븐 삼촌이 싱글거리며 내게 소리쳤다. "안녕! 승무원 동료! 승선을 환영해!"

　"삼촌! 여기서 뭘 하세요?"

　"참모부로부터 너를 곤란한 상황에서 지켜주라는 특명을 받았어."

"네?"

삼촌의 설명을 듣자 모든 의문이 다 풀렸다. 스티븐 삼촌은 레벤스라움 프로젝트를 위해 장기정책재단에서 근무하는 특별 임무에 신청했던 게 승인되었다는 사실을 한 달 전부터 알고 있었다. 삼촌은 가족들에게 말하지 않은 채, 그동안 팻과 같은 우주선에 타기 위해 다른 사람들과 배정된 우주선을 바꾸며 시간을 보냈다. 그런데 이제 팻 대신 내가 그 우주선에 타게 된 것이었다.

"내가 자기 아들을 지켜본다는 사실을 너희 엄마가 알게 되면 마음을 좀 편하게 먹지 않을까 하는 생각이 들었어. 다음에 팻과 연결할 때 이 일을 엄마한테 이야기해도 좋아."

"엄마한테 지금 말할게요." 나는 그렇게 대답하고, 마음속으로 팻에게 소리를 질렀다. 팻은 그다지 관심이 없는 듯 보였다. 이제 반발이 시작된 모양이었다. 팻은 자신이 있어야 할 곳에 내가 있다는 사실이 언짢은 것이었다. 하지만 어머니가 곁에 있으므로, 전달하겠다고 했다. "됐어요, 엄마도 아셨어요."

스티븐 삼촌이 나를 이상한 눈으로 바라봤다. "그게 그렇게 쉬운 거야?"

나는 그냥 말하는 것과 비슷하다고 설명했다. 아마 약간 더 빠를 것이다. 익숙해지기만 하면, 입으로 말하는 것보다는 단어를 생각하는 게 빠르니까. 그런데 삼촌이 내 말을 막았다. "괜찮아. 이건 시각장애인에게 색을 설명하려는 거나 마찬가지야. 난 누나에게 알려주고 싶었을 뿐이야."

"뭐, 네, 알았어요." 그때 나는 삼촌의 제복이 예전과 다르다는 사실을 알아챘다. 약장은 동일했지만, 장기정책재단의 제복을 입고 있었다. 내 제복과 같았다. 그것은 놀랍지 않았지만, 삼촌의 갈매기 계급장이 사라졌다. "스티븐 삼촌…. 소령 이파리로 바뀌었네요!"

외삼촌이 고개를 끄덕였다. "촌놈이 출세했지. 열심히 일하고, 건전하게 살고… 뭐, 그런 거지."

"햐, 멋져요!"

"군에서 나를 예비역 장교로 전임시켜준 거야. 그리고 이례적으로 시험을 잘 봤다고 한 계급 더 승진시켜줬어. 사실, 내가 계속 부대에 남아 있었으면, 기껏해야 함선의 주임상사로 제대했을 거야. 평화로운 시기에는 진급이 어려우니까. 그런데 이 프로젝트에서는 특정한 계급을 가진 사람이 아니라, 특정한 역할을 할 사람들을 찾고 있었어. 마침 내가 손발이 정상적으로 달려 있어서 그 일을 맡을 수 있었을 뿐이야."

"삼촌이 여기서 하는 일이 뭔데요?"

"우주선의 경비대장."

"어? 경비대가 왜 필요해요?"

"좋은 질문이야. 1, 2년 후에 다시 물어보면 훨씬 나은 대답을 해줄게. 사실, '착륙부대 지휘관'이라고 부르는 게 더 맞을 거야. 우리가 가능성 있는 행성을 혹시라도 발견하게 된다면, 너처럼 소중한 사람들이 우주선 안에서 안전하고 안락하게 대기하는 동안, 나는 먼저 나가서 형세를 살피고 토착생물들이 우호적인지 확인하는 일을 하지." 삼촌이 손목시계를 힐끗 보더니 말했다. "밥 먹으러 가자."

나는 배가 고프지 않아서 우주선을 구경하고 싶었지만, 스티븐 삼촌이 내 팔을 꽉 잡고 식당으로 향했다. "너도 나처럼 오랜 시간 군인으로 살아보면, 잘 수 있는 기회가 왔을 때 자고, 절대로 식당의 줄에는 늦지 말아야 한다는 사실을 알게 될 거야."

카페 형태로 된 식당에 실제로 사람들이 줄을 서 있었다. 루이스클라크호는 서빙해주는 사람도 없고 어떤 종류의 개인적인 서비스도 제공하지 않았다. 단, 선장과 당직인 사람은 예외였다. 우리가 선 줄이 짧아지기 시작하자 나도 배가 고파졌다. 이번 식사시간에만 특별히 스티븐 삼촌이 부서장들 식탁으로 나를 데려갔다. "신사숙녀 여러분, 이쪽은 머리 두 개 달린 제 조카 톰 바틀릿입니다. 다른 머리는 지구에 놔두고 왔죠. 이 녀석은 텔레파시 쌍둥이입니다. 톰이 뭔가 해서는 안 되는 짓을 하거든, 저한테 이야기하지 말고 그냥 흠뻑 때려주세요." 삼촌이 나를 힐끗 쳐다봤다. 나는 얼굴이 빨개졌다. "'안녕하세요' 해야지…. 말하기 힘들면 그냥 고개라도 숙여."

나는 고개를 꾸뻑하고 자리에 앉았다. 아기들이 안기고 싶어할 것 같은 상냥한 아줌마가 내 옆자리에 있었다. 그녀가 미소를 짓더니 말했다. "만나서 반갑구나, 톰." 그녀는 생태학부의 팀장 오툴 박사였다. 하지만 아무도 그렇게 그녀를 부르지 않았다. 그녀의 남편은 상대성이론 과학자였다. 그래서 사람들은 그녀를 오툴 부인이라 부르고, 남편을 오툴 씨라고 불렀다.

스티븐 삼촌이 식탁을 돌며 누가 누구이고 무슨 일을 하는지 말해줬다. 기관장, 상대성이론 과학자(스티븐 삼촌은 그 사람을 일반적인 우주선에서 부르듯 '우주항해사'라고 불렀다), 행성학부 팀장 해리 게이츠, 그리고 외계인학 과학자, 기타 등등, 기타 등등(나는 당시 그 이름들을 다 기억할 수 없었다). 그리고 예비 선장 우르크하르트. 나는 '예비'라는 말을 놓치고는 선장이 너무 젊어서 놀랐다. 하지만 스티븐 삼촌이 내 착각을 바로잡아주었다. "아냐, 아니라고! 이분은 현재 선장이 아니야. 우리에게 여분의 선장이 필요해질 때 선장이 될 분이지. 네 건너편에 있는 분은 함선 의사야. 하지만 이분은 절대로 수술을 직접 하지 않아. 데브루 박사님은 머리를 눌러 짜는 의사야."

내가 아리송한 표정을 짓자, 스티븐 삼촌이 계속 말했다. "무슨 말인지 감이 안 와? 정신과 의사 말이야. 데브루 박사님은 얼마나 빨리 구속복과 주사를 가져와야 할지 궁리하면서, 우리의 모든 움직임을 감시하고 있어. 맞습니까, 박사님?"

데브루 박사가 롤빵에 버터를 바르며 말했다. "기본적으로는 맞아요, 소령님. 그래도 식사는 끝내세요. 오늘 늦게까지는 소령님을 잡으러 갈 계획이 없어요." 그는 작고 뚱뚱한 두꺼비처럼 매우 못생겼는데, 평온하고 흔들림 없이 차분했다. 박사가 계속 말했다. "소령님, 조금 전에 당황스러운 생각이 떠올랐어요."

"박사님이 '생각' 때문에 당황하셨다고요? 그런 분이 아닌 줄 알았는데."

"들어보세요. 여기서 난 소령님처럼 괴상한 기질의 사람들을 제정신으로 지켜주는 일을 맡고 있죠…. 그런데 재단에서는 내 정신을 제대로 지켜줄 사람을 배정하는 걸 까먹었어요. 내가 어 떻게 해야 할까요?"

"흠…." 삼촌이 곰곰이 생각하더니 말했다. "정신과 의사가 제 정신이어야 하는지는 몰랐네요."

데브루 박사가 고개를 끄덕였다. "정곡을 찔렀군요. 소령님, 당신의 직종처럼 이 직업에서도 미친 게 유리하죠. 그 소금 좀 건네주세요."

스티븐 삼촌은 입을 다물고 피를 닦는 시늉을 했다.

한 남자가 식탁으로 다가와 앉았다. 스티븐 삼촌이 나를 소 개하고, 내게 말했다. "프릭 중령님으로 통신 장교야. 네 상관이 야, 톰."

프릭 중령이 고개를 끄덕이고 말했다. "자넨 3반 소속이지?"

"어, 모르겠습니다." 내가 대답했다.

"내가 알아…. 자네도 알아야 할 거야. 통신실에 가봐."

"어, 지금 말인가요?"

"지금 당장. 자넨 30분 늦었어."

나는 "실례합니다"라고 인사하고, 바보가 된 기분을 느끼며 서둘러 일어섰다. 스티븐 삼촌을 힐끗 쳐다봤지만, 삼촌은 내 쪽 을 보지 않았다. 그 소리를 못 들은 것 같았다.

＊

　　통신실은 두 갑판 위, 제어실 바로 아래에 있었다. 나는 금방 못 찾고 헤맸다. 통신실에는 베른하르트와 메이링, 그리고 트래버스라는 이름의 남자가 있었다. 트래버스는 당직 통신담당자였다. 메이링은 종이를 읽느라 고개를 들지 않았다. 나는 그녀가 텔레파시를 보내고 있다는 사실을 알아챘다. 베른하르트가 말했다. "대체 어디에 있다가 온 거야? 배고파."

　　"난 몰랐어." 내가 항의했다.

　　"알았어야지."

　　베른하르트가 떠나자 내가 트래버스에게 말했다. "내가 뭘 해야 하나요?"

　　트래버스는 자동 송신기에 테이프를 집어넣었다. 그는 그 일을 마치고 나서야 내게 대답했다. "메이링이 끝내면, 송신 자료들을 들고, 뭘 하는지 몰라도 아무튼 그걸 해. 별로 중요한 일은 아니야."

　　"제 쌍둥이에게 그 자료를 읽으라는 건가요?"

　　"내 말이 그거야."

　　"제 쌍둥이에게 기록하라고 할까요?"

　　"송신한 자료는 항상 기록하는 거야. 그 사람들이 아무것도 안 가르쳐줬어?"

　　시간이 없었기 때문에 배우지 못했다고 설명하고 싶은 생각이 들었지만, 아, 그래 봤자 무슨 소용이 있겠는가? 트래버스는 내가 팻이라 생각하고는, 내가 모든 과정을 마쳤을 거라 지레짐작한 게 틀림없었다. 나는 메이링이 끝마친 종이들을 집어 들고 자리에 앉았다.

그런데 트래버스가 계속 말했다. "난 너희 괴물들이 지금 여기서 뭘 하는 건지 모르겠어. 너희는 필요 없어. 우리는 아직 무선 유효 반경 안에 있으니까."

내가 종이를 내려놓고 똑바로 서서 말했다. "우리를 '괴물'이라고 부르지 마세요."

트래버스가 나를 힐끗 보더니 말했다. "햐, 넌 정말 키가 크구나. 앉아서 일이나 해."

우리는 키가 거의 비슷했지만, 트래버스는 나보다 열 살이 많았고, 15킬로그램가량 무게가 더 나갔다. 우리만 있었다면 나도 그 정도에서 지나갔겠지만, 메이링이 있었기 때문에 그럴 수 없었다.

"저는 우리를 '괴물'이라고 부르지 말라고 했어요. 그건 무례하잖아요."

트래버스는 피곤한 얼굴이었고 즐거운 표정이 아니었지만, 일어서지는 않았다. 그가 싸울 생각이 없다는 생각이 들자 마음이 놓였다. "알았어, 알았어." 트래버스가 대답했다. "너무 민감하게 굴지 마. 그 통신이나 부지런히 보내."

나는 자리에 앉아 보내야 할 자료를 훑어봤다. 곧 팻을 불러 기록을 시작하라고 말했다. 이것은 연습 메시지가 아니었다.

팻이 대답했다. 「30분 후에 다시 불러. 저녁 먹는 중이야.」

「나도 점심을 먹다가 다 못 먹고 왔어. 시간 끌지 마, 팻. 네가 서명하고 싶어서 안달했던 계약서를 봐.」

「너도 안달했잖아. 무슨 일이야, 인마? 벌써 겁나?」

「그럴 수도 있고, 아닐 수도 있고. 이게 즐거운 장거리 소풍이 될 것 같지는 않다는 예감이 들기 시작했어. 하지만 벌써 배운 게 하나 있어. 선장이 페인트 한 양동이를 가져오라고 보냈을 때는 양동이 가득한 페인트를 원하는 거야. 변명은 소용없어. 그러니까 녹음기 켜고, 수치를 기록할 준비해.」

팻은 투덜거리다 항복했다. 그리고 잠시 꾸물거리더니 준비가 됐다고 알려왔다. 어머니가 팻에게 저녁을 다 먹고 가라며 한소리를 한 게 틀림없었다. 「준비됐어.」

통신 내용은 대체로 숫자와 암호였다. 내 추측엔 이륙 관련 자료인 것 같았다. 자료를 보낸 후, 나는 팻에게 전부 복창하도록 시켜야 했다. 어렵지는 않았지만 지루했다. 평문인 메시지는 선장이 호주 브리즈번에 있는 뎃웨일러 부인에게 장미 선물을 주문하며 남긴 메시지였다. 비용은 장기정책재단에 있는 자신의 계좌로 처리했다. "멋진 작별의 만찬 고마웠소."

다른 사람들은 아무도 개인적인 메시지를 보내지 않았다. 지구에 매듭지을 일을 남겨놓지 않은 모양이었다.

나는 모디에게 장미를 보낼까 하는 생각을 해봤지만, 팻을 통해 그 일을 하고 싶지는 않았다. 메이링을 통하면 할 수 있겠다는 생각이 떠올랐지만, 곧 내 돈이 은행에 있는 동안 팻을 법정 대리인으로 지명했다는 사실이 기억났다. 내가 장미를 주문하면, 팻이 그 비용을 지급해야 했다.

나는 이미 돌아갈 다리를 불태워버린 상태에서는 앞으로 갈 수밖에 없다고 결론 내렸다.

✳

루이스클라크호에서의 생활은 익숙해졌다. 가속은 15퍼센트 더 증가해서 내 몸무게가 72킬로그램이 되었다. 적응할 때까지 다리가 아팠다. 하지만 나는 금세 적응했다. 마른 사람에게 유리한 부분이었다. 우리 괴물들은 한 번에 두 명씩 다섯 팀으로 교대하며 근무했다. 감마 퍼트니와 카스 워너는 우리의 목록에 없었다. 그들은 측면으로 다른 우주선들과 연결하는 역할을 했기 때문이다. 처음에 우리에게는 여유 시간이 아주 많았다. 하지만 선장이 그런 여유 시간을 없애버렸다.

장기정책재단이 실제로는 우리가 돌아오리라 기대하지 않는다는 사실을 알게 된 후, 나는 탐사 기간 동안 가정교사를 제공한다는 계약서의 조항에 대해 별로 생각하지 않았다. 그러나 선장은 그 조항을 잊을 생각이 없었다. 우리처럼 아직 학교에 다녀야 할 연령대의 텔레파시 능력자뿐만 아니라 모든 사람을 위한 학교가 개설되었다. 선장은 데브루 박사와 오툴 부인 그리고 크리슈나무르티를 교육위원으로 지명하고, 수업 과정에는 그림 그리기부터 고대 역사까지 사실상 모든 것들이 포함되었다. 선장 본인은 고대 역사를 가르쳤다. 그는 아시리아의 사르곤 2세와 소크라테스에 대해 마치 함께 자란 형제처럼 빠삭하게 정통했다.

알프레드 아저씨는 모든 과정에 등록하려 했지만, 설령 아저씨가 먹지 않고, 잠자지 않고, 당직까지 서지 않더라도 불가능했다. 아저씨는 어렸을 때 원하는 교육을 받을 수 있는 시간이 없었다고, 나중에 내게 말해줬다. 그런데 이제 마침내 교육을 받을 수 있게 된 것이었다. 심지어 스티븐 삼촌도 두 개의 교육 과정에 등록했다. 내가 그 사실을 알게 된 후 놀란 표정을 지었던 모양인지, 삼촌이 이렇게 말했다. "이것 봐, 톰. 나는 우주를 견뎌내려면 배우고 또 배울 뭔가가 있어야 한다는 사실을 첫 항해에서 깨우쳤어. 대개는 방송통신을 통해 배우는 교육을 받았었는데, 이 우주선에는 네가 평생 만나봤던 사람들보다 훨씬 똑똑하고 훌륭한 사람들이 잔뜩 있잖아. 이런 기회를 이용하지 않으면 바보지. 예를 들어, 오툴 부인의 요리 교실 말이야. 여기가 아니면 어디에서 일류 요리학교 졸업자가 무료로 그 고급 예술을 가르쳐주겠어? 너한테 하는 말이야!"

나는 고급 요리 방법을 배울 필요는 없을 거라며 거절했다.

"그게 무슨 상관이야? 배움은 목적을 위한 수단이 아니야. 배움은 그 자체가 목적인 거라고. 알프레드 아저씨를 봐. 새로운 새총을 받은 꼬마처럼 행복해하시잖아. 어쨌든 네가 어려운 과정에 등록하지 않으면, 데브루 박사가 널 바쁘게 만들 방법을 찾아낼 거야. 설령 그게 대갈못의 숫자를 세는 일이 되는 한이 있더라도. 넌 선장이 데브루 박사를 교육위원회의 위원장으로 만든 이유가 뭘 거라고 생각해?"

"그건 생각해보지 않았어요."

"그래? 그러면 생각해봐. 우주에서 가장 큰 위협은 폐소 공포로 미쳐가는 거야. 오랜 시간 동안 작은 공간에 갇히고, 밖에는 희박한 진공 외에는 아무것도 없어⋯. 가로등도 없고, 볼링장도 없지. 안에는 언제나 똑같은 얼굴들인데, 그 사람들이 싫어지기 시작하는 거야. 그래서 영리한 선장은 승무원들에게 계속 관심을 쏟고 피곤하게 만들 뭔가를 반드시 주기 마련이야. 그리고 우리 선장은 몹시 영리한 분이지. 그렇지 않았으면 이 탐사에 참여하지 못했을 거야."

나는 그제야 루이스클라크호에서 진행되는 많은 계획이 우리를 건강하고 비교적 행복하게 지내도록 보살펴주기 위한 것들이라는 사실을 깨닫기 시작했다. 학교뿐만 아니라 다른 것들도 그랬다. 예를 들어, 우리 우주선에 탄 인원은 2백 명가량이다. 스티븐 삼촌은 열 명 정도면 루이스클라크호가 우주선으로서 기능할 수 있다고 했다. 선장 한 명, 제어실 승무원 세 명, 기관실 승무원 세 명, 통신 담당 한 명, 농민 한 명, 요리사 한 명. 제기랄, 그 숫자를 다섯으로 줄여도 된다. 제어실 승무원 두 명(한 명은 지휘관), 토치 담당 승무원 두 명, 그리고 농민 겸 요리사 한 명.

그렇다면 왜 2백 명일까?

첫째, 공간이 충분했다. 루이스클라크호와 다른 우주선들은 재단이 명왕성에 보급품을 운반하고 중요한 물질들을 지구로 싣고 오는 일에 이용하던 거대한 화물선들을 개조해서 만들었다. 둘째, 그들에게는 우리가 발견하길 바라는 행성들을 조사할 수 있는 많은 과학자가 필요했다. 셋째, 일부는 예비 선장 우르크하르트나 나처럼 여분의 승무원이었다. 우리 중 일부가 죽거나 살해당했을 경우에도 우주선은 계속 가야 하기 때문이었다.

그러나 진짜 핵심은, 내가 알게 된 것처럼, 소규모의 고립된 사회 집단은 안정적으로 유지될 수 없다는 점이다. 그 문제에 대해서는 실험식과 '측면 압력', '교류 유의성(誘意性)', '족외혼 완화(작은 마을의 젊은이들은 마을 밖에서 아내를 찾아야 한다는 의미이다)' 등을 나타내는 기호가 들어간 수학까지 있다.

혹은 이렇게 볼 수도 있다. 단독으로 수년간 항해할 수 있는 1인용 우주선이 있다고 가정해보자. 이미 어떤 식으로든 미친 사람만이 그 우주선을 운행할 수 있을 것이다. 그렇지 않다면 이내 다른 방식으로 미쳐 날뛰며, 제어판을 뜯어내기 시작할 것이다. 2인용 우주선으로 만들어보자. 설령 로미오와 줄리엣처럼 서로 사랑하는 연인을 탑승시키더라도, 그 여행이 끝날 무렵에는 줄리엣조차 악녀의 기질을 보이기 시작할 것이다.

셋은 비슷하게 나쁘거나, 더 나빠진다. 특히 그들 중 두 사람이 힘을 합쳐 한 사람을 괴롭히는 상황이라면 말이다. 인원이 많은 게 훨씬 더 안전하다. 겨우 2백 명밖에 없어도, 정확히 19,900가지 방법으로 짝을 맺거나, 친구가 되거나, 적을 만들 수 있다. 그러므로 사람들의 숫자를 올리면, 사교 가능성이 급격하게 향상된다. 더 큰 집단이 되면 친구를 찾을 수 있는 확률이 더 높고, 싫어하는 사람을 피할 방법이 더 많아진다는 의미다. 승무원을 태운 우주선에서는 이 문제가 엄청나게 중요하다.

선택 과목 외에도, 우리에게는 '우주선 업무 교육'이라는 필수 과목이 있었다. 선장은 그 수업을 통해 모든 사람에게 그들이 지원하지 않은 업무를 적어도 하나 이상 반드시 배우게 할 계획이었다. 내가 답답한 방에서 당직을 두 번 마친 후, 기관장 로크는 내가 핵물리학에 대한 재능이 본질적으로 부족한 것 같아 토치 기관사로는 적절하지 않다고 썼다. 사실, 나는 겨우 몇 미터 떨어진 곳에 불타는 지옥이 있다는 사실을 알면서 원자력 발전기에 그렇게 가까이 있는 게 불안했다.

농부로서도 그다지 잘해내지 못했다. 나는 공기정화시설에서도 2주일을 보냈다. 내가 제대로 할 수 있는 일은 닭에 사료를 주는 것뿐이었다. 생태학자 오툴 부인이 특별히 아끼는 호박과 식물들에 대한 가루받이를 내가 잘못했다는 사실을 그들이 발견했을 때, 그녀는 나를 내보내며 화를 내기보다는 오히려 슬픈 얼굴로 말했다. "톰, 너는 대체 뭘 잘하니?"

나는 곰곰이 생각한 후 말했다. "어, 저는 병을 씻을 수 있고요…. 예전에 햄스터를 길렀던 적이 있어요."

오툴 부인은 나를 연구부서로 넘겼다. 그래서 화학실험실에서 비커를 닦고, 실험동물들을 길렀다. 비커는 깨지지 않는 것들이었다. 그들은 내게 전자 현미경에는 손도 못 대게 했다. 그 정도면 나쁘지 않았다. 세탁소에 배정될 수도 있었기 때문이다.

루이스클라크호에서 19,900가지의 가능한 조합 중 더스티 로즈와 나는 안 좋은 조합이었다. 내가 스케치반에 신청하지 않은 것은 그놈이 그 과목을 가르쳤기 때문이다. 그 조그만 사마

귀 녀석은 정말 훌륭한 데생 화가였다. 나도 그림을 꽤 잘 그리고, 그 수업에 들어가고 싶었으므로 안다. 더 안 좋은 부분은, 더스티의 IQ가 불쾌할 정도로 높다는 사실이었다. 천재 이상이었고, 당연히 나보다 월등히 높았다. 그래서 더스티는 논쟁으로 나를 완전히 눌러버릴 수 있었다. 그뿐 아니라 녀석은 돼지의 예의범절과 스컹크의 사교적 태도를 갖고 있었다. 어떻게 보든 좋을 게 없었다.

'부탁합니다'와 '고맙습니다'는 더스티의 사전에 없었다. 녀석은 승무원이 옆에서 지켜보지 않을 때는 절대로 침대를 정리하지 않았다. 그리고 나는 선실에 들어갈 때마다 더스티가 내 침대에 누워서 이불을 구기고 더럽게 만드는 꼴을 봐야만 했다. 더스티는 한 번도 옷을 옷걸이에 걸지 않았고, 언제나 세면대를 더럽혔다. 녀석은 완전히 침묵하고 있을 때가 가장 괜찮았다.

게다가, 더스티는 자주 씻지도 않았다. 우주선에서 그건 범죄다.

처음에 나는 더스티를 잘 대해주었다. 곧 나는 녀석을 야단쳤고, 그 뒤에는 위협했다. 결국 나는 다음에 그놈의 물건이 내 침대에 있는 게 눈에 띄면 곧장 질량변환기에 집어넣어버릴 거라고 말했다. 더스티는 그저 빈정거리기만 했다. 그리고 다음 날 나는 내 침대 위에 놓인 녀석의 카메라와 내 베개 위에 있는 녀석의 더러운 양말을 발견했다.

나는 양말을 세면대에 던졌다. 세면대에는 더스티가 남겨 놓은 더러운 물이 가득했다. 그리고 카메라는 내 옷장 안에 넣고 잠갔다. 내가 돌려주기 전까지 녀석을 안달하게 만들려는 계획이었다.

더스티는 꽥꽥거리지 않았다. 곧 나는 녀석의 카메라가 내 옷장에서 사라진 사실을 알아챘다. 옷장은 예일앤타운사가 쾌활하게 "절대로 깰 수 없다"고 묘사했던 숫자 다이얼 자물쇠로 잠가놓았었다. 내 깨끗한 셔츠들도 사라졌다…. 즉, 더 이상 깨끗한 상태가 아니었다. 누군가가 모든 셔츠를 하나하나 세심하게 더럽혀놓았다.

나는 더스티를 고자질하지 않았다. 나는 이 문제를 스스로 처리하는 것에 내 자존심을 걸었다. 덩치는 내 반 토막이고, 나이도 훨씬 어린 녀석에게 제대로 대처하지 못한다는 생각이 마음에 들지 않았기 때문이다.

그러나 더스티가 내 옷으로 만들어놓은 난장판을 보고 나는 혼잣말을 했다. "토마스 페인 레오나르도 다빈치 바틀릿, 실패했다는 사실을 인정하고 도움을 요청하는 게 나을 거야. 그러지 않으면 정당한 살인이었다고 호소하는 일만 남게 될 거야."

그러나 나는 고자질할 필요가 없었다. 선장이 나를 호출했다. 더스티가 나를 고자질했기 때문이다.

"톰, 어린 더스티 말로는 네가 그 아이를 괴롭힌다고 하더구나. 네 관점으로 그 상황을 이야기해볼래?"

나는 화가 치밀어 오르다 뚜껑이 열려버렸지만, 곧 숨을 내쉬며 진정하려 애썼다. 선장은 상황을 실제로 알고 싶은 것이었다.

"저는 그렇게 생각하지 않습니다, 선장님. 하지만 우리가 잘 지내지 못한다는 건 사실입니다."

"더스티를 때렸어?"

"어…, 그 애를 때린 적은 없습니다. 한 번 이상 제 침대에서 그놈을 밀어낸 적은 있습니다. 제가 그 문제를 부드럽게 처리하지 못했습니다."

선장이 한숨을 뱉었다. "어쩌면 네가 그 녀석을 한 대 때리는 게 차라리 나았을지도 몰라. 물론, 내 귀에 들어오지 않게 해야지. 흠, 그 문제에 대해 이야기해줘. 사실대로 빠짐없이 말하려 노력하면서."

그래서 선장에게 말했다. 이야기를 하다 보니 그 모든 일이 사소하게 느껴져서 나 자신이 부끄러워지기 시작했다…. 내가 얼굴을 씻기 전에 세면대를 박박 문질러 닦아야 했든 말았든, 선장은 그보다 훨씬 중요한 일들을 걱정해야 하는 사람이었다. 그래도 선장은 내 이야기를 들어줬다.

선장은 내게 어린아이를 잘 다뤘어야 한다고 한마디 하는 대신 화제를 바꿨다.

"톰, 오늘 아침 우주선 신문에 더스티가 그린 그림 봤어?"

"네, 봤습니다. 정말로 대단했습니다." 내가 인정했다. 우리가 지구를 떠난 뒤 산티아고에서 일어난 대지진에 대한 그림이었다.

"음…. 우리는 특별한 재능을 가진 사람들에게는 약간의 일탈을 허용해줄 수밖에 없어. 어린 더스티를 데려온 건 그 꼬마가 그림을 받고 전송할 수 있는 유일한 텔레파시 능력자였기 때문이야."

"어, 그 재능이 중요한가요?"

"그럴 수 있어. 우리에게 그 재능이 필요해질 때까지는 알 수 없지. 하지만 결정적으로 중요해질 가능성이 있어. 그렇지 않았다면, 나는 그 버릇없이 자란 놈을 이 우주선에 태우는 걸 절대로 허락하지 않았을 거야." 선장이 눈살을 찌푸렸다. "하지만 더스티가 병적으로 자유분방한 것은 아니라는 게 정신과 의사인 데브루 박사의 소견이야."

"어, 저도 그렇게 말하지는 않았습니다, 선장님."

"들어봐. 데브루 박사의 말에 따르면, 더스티는 인격이 불균형적으로 발달했어. 성인보다 뛰어난 두뇌를 갖고 있지만, 사교성의 발달이 엄청나게 떨어져. 녀석의 태도와 안목은 다섯 살짜리 아이 수준인데, 거기에 영리한 두뇌가 달린 거지. 그런데 데브루 박사는 더스티의 인격에서 어린아이 같은 부분을 성장시키겠다고 했어. 그러지 못할 경우에는 자신의 학위를 반납하겠대."

"그래서요? 아니, 그게 아니라 '그렇습니까?'라고 말하려던 거였어요."

"그래서 넌 차라리 더스티를 한 대 때리는 게 나았을지도 몰라." 선장이 다시 한숨을 뱉었다.

"네, 선장님."

"'네, 선장님'이라니, 아이고, 머리야. 이건 우주선이 아니라, 빌어먹을 탁아소로군. 너한테 또 다른 문제는 없어?"

"없습니다."

"과연 그럴까. 더스티도 정규 통신 담당자가 너희를 '괴물'이라고 부른다고 항의했어." 선장이 나를 바라봤다.

나는 대답하지 않았다. 그 이야기를 듣고 부끄러운 느낌이 들었다.

"어쨌든 그들이 다시는 그러지 않을 거야. 나는 예전에 다른 사람을 칼로 찌르려던 승무원을 본 적이 있어. 그 사람이 계속 '대머리'라고 불렀다는 이유 때문이었지. 우리 승무원들은 신사 숙녀처럼 행동할 거야. 안 그러면 내가 정신을 차리게 만들 테니까." 선장이 눈살을 찌푸렸다. "더스티는 내 선실 건너편에 있는 방으로 옮길 거야. 더스티가 너를 건드리지 않으면, 너도 녀석을 건드리지 마. 더스티가 널 내버려두지 않는다면… 뭐, 네가 판단해. 다만 네 행동에 대해서는 네가 책임져야 한다는 점을 기억해. 그리고 난 누군가가 멍하게 당하기만 하는 꼴을 기대하는 건 아니라는 사실도 기억해줘. 그게 다야. 잘 가."

8
상대성

내가 루이스클라크호에서 일주일을 보냈을 때 팻의 수술이 결정됐다. 팻은 수술을 할 것이라고만 하고, 그에 대해 별로 말이 없었다. 팻의 태도는 억세고 무뚝뚝한 노인 같았다. 마치 의사들이 자기한테 칼질을 하는 동안 땅콩을 먹으며 만화책이나 읽을 계획이라는 것처럼 굴었다. 내가 짐작하기에 팻은 완전히 겁에 질린 게 틀림없었다…. 나라면 그랬을 것이다.

내가 자세한 사항을 알아도 이해하지는 못했을 것이다. 나는 신경외과 의사나 뭐 그런 게 아니었으니까. 기껏해야 가시나 빼는 게 내 이해 수준에 맞았다.

그런데 수술이 진행된다는 것은 우리가 한동안 당직 목록에서 빠진다는 의미였다. 그래서 프릭 중령에게 말했다. 중령은 우주선과 재단 간에 주고받은 메시지를 통해 이미 알고 있었다. 그는 내게 쌍둥이 형제가 수술하기 전날 당직 목록에서 뺄 것이라며, 팻의 회복 기간 동안에 추가 근무를 하게 될 수도 있다는 부분을 염두에 두라고 했다. 그 수술은 프릭 중령의 업무에 아무런 영향이 없었다. 다른 텔레파시 능력자들이 있을 뿐 아니라, 아직 지구와 무선으로 연결되어 있었기 때문이다.

우리가 우주로 나선 지 2주일 후 그리고 팻이 수술하기 하루 전날, 나는 내 방에 앉은 채, 통신실에 가서 쓰레기통을 비우고 서류철을 마이크로필름으로 찍는 것처럼 가치 있는 일을 할지, 아니면 그냥 누군가 부르러 올 때까지 선실에 그대로 앉아 있을지 생각하고 있었다.

나는 일을 하기로 결심했다가, 절대로 자원하지 말라는 스티브 삼촌의 조언이 떠올라 내 침대를 내려서 설치했을 때 스피커에서 큰 소리가 나왔다. "T. P. 바틀릿 특수 통신원은 상대성이론 과학자에게 가세요."

나는 침대를 다시 올리며 선실에 숨겨진 카메라가 있는 건 아닌지 궁금해졌다. 내가 업무 시간 동안 침대를 내리기만 하면 여지없이 호출이 왔다. 밥콕 박사는 제어실에 없었다. 제어실 승무원들이 나를 쫓아냈지만, 슬쩍 구경할 시간은 충분했다. 제어실은 그곳에서 일하지 않는 사람들에게는 접근이 제한된 구역이었다. 통신실 건너편에 있는 전산실에서 밥콕 박사를 찾았다. 내가 제어실을 보고 싶지 않았다면 그곳을 가장 먼저 살펴봤을 것이다.

내가 말했다. "T. P. 바틀릿 10등급 통신원, 명 받고 상대성이론 과학자를 만나러 왔습니다."

밥콕 박사가 의자에서 몸을 돌려 나를 쳐다봤다. 그는 체격이 우람하고 손발이 큰 사람이어서, 수리물리학자라기보다는 나무꾼처럼 보였다. 내 짐작에는 밥콕 박사가 고의로 탁자를 팔꿈치로 짚은 자세로 엉터리 문법으로 이야기하면서 그런 인상을 일부러 과장하는 듯했다. 스티븐 삼촌은 밥콕 박사가 가진 명예 학위의 수가 일반인들이 가진 양말의 수보다 많다고 했었다.

밥콕 박사가 나를 골똘히 쳐다보더니 웃었다. "어디서 그런 엉터리 군대식 보고 방법을 배웠냐? 앉아. 네가 톰이야?"

나는 앉으며 대답했다. "네, 그렇습니다."

"너와 네 쌍둥이는 왜 근무표에서 빠진 거야?"

"그게, 제 쌍둥이 형제가 병원에 입원했습니다. 내일 제 쌍둥이의 척추에 수술 같은 걸 할 거랍니다."

"그런데 왜 나한테 말 안 했어?" 너무 터무니없는 질문이라서 나는 대답하지 않았다. 난 밥콕 박사의 부서도 아니었다. "프릭 중령도 나한테 아무 말 안 해주고, 선장도 아무 말 안 해줘. 이제는 너까지 나한테 말을 안 해주는구나. 뭐가 어떻게 진행되는지 알아내려면, 식당을 돌아다니면서 소문을 긁어모아야 하는 거냐? 나는 내일 너를 살펴볼 계획이었어. 너도 알고 있었잖아, 그렇지?"

"어, 몰랐습니다, 박사님."

"당연히 몰랐을 거야. 내가 아무한테도 말해주지 않았거든. 우주선을 운영하는 정말 대단한 방법이야! 비엔나에 그냥 있었어야 했어. 아름다운 도시지. 비엔나의 링슈트라세에서 커피와 페이스트리를 먹어본 적이 있나?" 박사는 대답을 기다리지 않고 계속 말했다. "어쨌거나 내일 너와 네 쌍둥이를 살펴볼 계획이었어. 그러니까 이제 오늘 그걸 해야겠지. 네 쌍둥이 형제에게 대기하라고 해."

"어, 제 쌍둥이가 뭘 해주길 바라는 건가요, 박사님? 걔는 이미 병원으로 이송된 상태입니다."

"그냥 기다리라고 해. 나는 너희 둘을 측정하려는 거야. 그게 다야. 너희의 지표 오차를 계산할 거야."

"네?"

"그냥 그렇게 전해."

그래서 나는 팻을 불렀다. 아침 식사 이후로는 처음으로 팻에게 이야기한 것이었다. 팻이 이 상황을 어떻게 받아들일지 궁금했다.

그런데 팻은 이미 알고 있었다. 「그래, 그래.」 팻이 지친 말투로 말했다. 「재단에서 조금 전 내 병실에 장치를 설치했어. 엄마가 난리를 쳐서, 엄마를 내보낼 수밖에 없었어.」

「이것 봐, 팻. 이게 뭐든 네가 원하지 않으면, 이 사람들에게 아무것도 안 된다고 말할게. 이건 과도한 업무야.」

「그래 봐야 뭐가 달라지겠어?」 팻이 짜증스럽게 말했다. 「아무튼 나는 곧 16시간 동안 진행될 수술을 받아야 해. 어쩌면 이게 우리가 함께 일하는 마지막이 될지도 몰라.」

팻이 내게 겁먹은 모습을 보여준 것은 처음이었다. 나는 서둘러 말했다. 「그렇게 말하지 마, 팻. 넌 괜찮아질 거야. 다시 걷을 거야. 젠장, 네가 원한다면 언제든 스키도 다시 탈 수 있게 될 거라고.」

「그 발랄한 바보 같은 소리 그만해. 사람들에게서 내가 감당할 수 있는 양보다 훨씬 많이 그런 소리를 들었어. 이젠 그 소리만 들으면 구역질이 올라와.」

「자, 이봐, 팻….」

「그만해, 그만하라고! 저 사람들에게 우리에게 해달라는 거나 하자.」

「뭐, 그래, 알았어.」 내가 소리를 내서 말했다. "제 쌍둥이가 준비됐습니다, 박사님."

"잠깐만. 카메라를 시작해, 오툴." 밥콕 박사가 책상 위에 있는 뭔가를 건드리며 말했다. "프릭 중령?"

"네, 박사님." 프릭 중령의 목소리가 대답했다.

"우리는 준비됐어. 자네도 참여하나?"

"여기도 모든 준비가 됐습니다." 내 상관의 목소리가 들렸다. "저희도 참여합니다."

잠시 후 프릭 중령이 안나 호로센과 함께 들어왔다. 그동안 나는 방을 둘러봤는데, 전산실의 한쪽 벽이 통째로 컴퓨터였다. 로스 알라모스에 있는 컴퓨터보다 작았지만, 크게 차이가 나지 않았다. 저 깜빡거리는 불빛은 다른 누군가에겐 어떤 의미가 있겠지만, 나로서는 무슨 의미인지 알 수 없었다. 단말기 앞에 앉아 있는 사람은 오툴 부인의 남편인 오툴 씨였다. 단말기 위에 커다란 오실로스코프가 있었다. 약 1초 간격으로 화면 가운데에서 번쩍거리는 빛이 최대치로 올라갔다.

안나가 말없이 고개를 끄덕거렸다. 쌍둥이와 연결된 게 틀림없었다. 팻이 말했다. 「톰, 그 우주선에 안나 호로셴이라는 여자애가 있을 거야. 혹시 네 근처에 있어?」

「응. 왜?」

「내 안부를 전해줘. 내가 취리히에 있을 때 안나를 알았어. 그 애의 쌍둥이 베키가 지금 나랑 있어.」 팻이 키득거려서 나도 기분이 한결 가벼워졌다. 「예쁜 아이들이야, 그렇지 않냐? 모디가 질투해.」

밥콕 박사가 프릭 중령에게 말했다. "대기하라고 전해줘. 첫 번째 동조는 그쪽에서 시작할 거야."

"그쪽에 전달해, 안나." 중령이 말했다.

안나가 고개를 끄덕였다. 그들은 나와 팻을 통해 이야기할 수 있는데, 왜 텔레파시 능력자를 한 명 더 데려와서 귀찮게 하는지 이해가 되지 않았다. 나는 곧 알게 되었다. 팻과 내가 너무 바빠졌기 때문이다.

팻이 시계처럼 똑딱거리는 소리를 보냈다. 나는 그 소리를 다른 사람들에게 반복해서 말했다. 내가 말할 때마다 오실로스코프에 반짝이는 빛이 위로 올라가며 최대치를 찍었다. 밥콕 박사가 그 모습을 보더니 나를 돌려 불빛을 보지 못하게 하고, 내 목의 후두 부분에 마이크를 붙이며 말했다. "다시 해."

팻이 말했다. 「준비…」 그리고 다시 똑딱거렸다. 나는 최선을 다해 팻에 맞춰 똑딱거렸지만, 너무 바보 같은 작업이라는 생각이 들었다. 밥콕 박사가 조용히 말하는 소리가 들렸다. "피드백과 음속으로 인한 지연을 제외시켰지만, 시냅스 수준까지 근접해서 측정할 방법이 있으면 좋겠어."

프릭 중령이 말했다. "데브루 박사님께 이 문제에 대해 이야기해보셨습니까?"

나는 계속 똑딱거렸다.

"이번에는 반대로 할 거야." 밥콕 박사가 안나에게 말했다. 그리고 헤드폰을 내게 씌웠다. 곧 팻이 똑딱이며 보냈던 것과 비슷한 소리가 들렸다. "네가 듣고 있는 소리는 스펙트럼 메트로놈이야. 단색광으로 시간을 맞춘 거지. 우리가 지구에서 떠나기 전에 네 쌍둥이 형제가 사용했던 장비와 동조시켰어. 이제 네가 쌍둥이에게 똑딱거리는 소리를 보내기 시작해."

나는 시키는 대로 했다. 그러고 있으니 최면술 같은 효과가 있었다. 그 소리에 보조를 맞추며 똑딱거리는 게 보조를 맞추지 않는 것보다 쉬웠다. 그 소리를 무시하는 건 불가능했다. 졸리기 시작했지만, 계속 똑딱거렸다. 나는 멈출 수가 없었다.

"이제 그만." 밥콕 박사가 말했다. 똑딱 소리가 멈췄다. 그래서 나는 귀를 문질렀다.

"밥콕 박사님?"

"응?"

"계속 똑딱거리는데, 그걸 앞뒤의 다른 똑딱 소리와 어떻게 구분하나요?"

"뭐? 넌 구분 못 하지. 하지만 오툴은 할 수 있어. 오툴은 그 모든 과정을 필름으로 기록했어. 지구 쪽에서도 똑같이 했지. 그 문제에 대해서는 걱정하지 말고, 넌 시간을 잘 맞추기 위해 노력하기만 하면 돼."

이 바보짓을 1시간 이상 더 했다. 때로는 팻이 보내고, 때로는 내가 보냈다. 마침내 오툴 씨가 고개를 들더니 말했다. "피로 때문에 실험이 망가지고 있어요, 박사님. 2차 불일치가 지속적으로 발생하고 있습니다."

"알았어. 거기까지 하지." 밥콕 박사가 말했다. 그리고 나를 돌아봤다. "나를 대신해서 네 형제에게 고맙다고 인사를 전해 줘. 그리고 통신 끝."

프릭 중령과 안나가 떠났다. 나는 방 안을 어슬렁거렸다. 곧 밥콕 박사가 책상에서 고개를 들더니 말했다. "가도 좋아. 수고했어."

"어, 밥콕 박사님?"

"응? 크게 말해."

"혹시 이게 다 무슨 일인지 저한테 말씀해주실 수 있나요?"

밥콕 박사가 놀란 표정을 짓더니 말했다. "미안해. 내가 지금껏 실험기구들만 이용하다 보니, 기구 대신 사람을 이용하는 일에 익숙하지 않아서 내가 깜빡했어. 알았어, 앉아봐. 너희 텔레파시 능력자들을 데리고 온 것은 시간의 본질에 대해 연구하기 위해서야."

나는 눈을 동그랗게 뜨고 말했다. "네? 저는 지금껏 우리가 발견하게 될 행성에 대한 보고서를 보내기 위해 저희를 데려온 거라고 생각했어요."

"아, 그거…. 뭐, 그럴 거야. 하지만 이게 훨씬 더 중요해. 인구는 늘 너무 많았어. 그런데 왜 새로운 개척을 추진하는 걸까? 수학자 한 명이면 인구 문제를 즉각 해결할 수 있어. 모든 사람이 다른 사람을 총으로 쏘아버리면 돼."

오툴 씨가 고개를 들지 않고 말했다. "제가 팀장님의 그 크고 따뜻한 마음을 좋아하죠."

"구경꾼은 조용히 해. 오늘 우리는 시간이 무엇인지 알아내려 했던 거야."

밥콕 박사의 다음 이야기로 볼 때, 내가 어리둥절한 표정을 지은 게 틀림없다. "아, 우리는 시간이 뭔지 알지…. 하지만 시간은 너무도 다양한 방식으로 존재해. 저거 보이지?" 박사가 오실로스코프를 가리켰다. 아직도 지치지 않고 매초 반짝거리는 빛이 최대치를 찍었다. "저건 그리니치 시간에 맞춰진 거야. 무선을 통해 끌어와서 상대 속도와 속도 변화에 맞춰 수정한 거지. 그리고 네가 이어폰을 통해 듣는 시간이 있어. 그건 우주선에 맞춰진 시간이야. 또 네가 쌍둥이 형제에게서 받아 우리에게 전달하는 시간이 있지. 우리는 그 세 가지를 비교하려는 거야. 하지만 문제는 그 회로 안에 인간이 있을 수밖에 없다는 거지. 10분의 1초가 인간의 신경계에서는 짧은 시간이지만, 물리학에서는 1백만 분의 1초도 측정이 가능할 정도로 긴 시간이거든. 어떤 레이더 시스템도 네가 버터 덩어리를 잘라내듯 1백만 분의 1초를 나눌 수 있어. 그래서 우리는 수없이 반복해 실시해서 우리가 인식하지 못하는 차이까지 안정되게 하려는 거야."

"네, 그런데 박사님은 어떤 것을 알아낼 거라 예상하세요?"

"내가 '예상'이란 걸 할 수 있었다면, 이런 실험을 하지 않았을 거야. 하지만 우리가 '동시(同時)'라는 말의 의미를 찾기 위해 애쓰는 거라고 생각해도 좋아."

오툴 씨가 단말기 앞에서 고개를 들어 덧붙였다. "과연 의미라는 게 있는지 모르겠지만."

밥콕 박사가 오툴 씨를 노려보며 말했다. "자네, 아직도 여기에 있었어? '과연 의미라는 게 있는지 모르겠지만'이라니. 위대한 아인슈타인 박사 이래로 '동시'와 '동시성'은 물리학자들에게 쉽게 담을 수 없는 말이었어. 우리는 그 개념을 던져버리고, 그 단어에 어떤 의미가 있다는 사실을 부정하고, 그 개념을 사용하지 않은 채로 이론 물리학의 화려한 구조를 쌓아 올렸단다. 그런데 너희 텔레파시 능력자들이 나타나서 다시 불을 지핀 거야. 아, 죄지은 얼굴 하지 마. 모든 집은 가끔 대청소가 필요한 법이니까. 너희가 광속으로 그런 서커스 묘기를 부렸다면, 우리는 너희를 문서에 기록하고 잊어버렸을 거야. 그런데 너희가 무례하게도 광속보다 월등히 빠른 속도로 그 일을 해냈단 말이지. 그래서 너희는 결혼식장의 돼지 바비큐처럼 환영받았어. 너희가 물리학자들을 두 학파로 갈라놓았어. 첫째는 너희를 순전히 심리학적인 현상으로 분류하고 물리학과는 전혀 상관없다고 주장하는 학파야. 이들은 '눈을 감고 있으면 지나가리라' 부류지. 그리고 두 번째는 너희가 하는 이게 무엇이든 측정을 할 수 있으므로, 물리학은 그것을 측정하고 포함시켜야 한다는 사실을 깨달은 학파지…. 뭐라 해도 물리학은 사물을 측정하고, 그것에 명확한 수치를 부여하는 학문이니까."

오툴 씨가 말했다. "괜히 철학적인 척하지 마세요, 팀장님."

"자넨 그 숫자나 잘 계산해, 오툴. 자넨 영혼이 없어. 이 학파는 너희가 얼마나 빨리 텔레파시를 보내는지 측정하길 원해. 그들에게는 속도가 얼마나 빠르든 상관없어. 너희가 빛보다 빠르게 텔레파시를 보낸다는 충격에서는 이미 회복되었으니까. 하지만 정확히 얼마나 빠른지 알아내길 원하지. 그들은 너희가 텔레파시를 '동시'에 주고받는다는 생각을 받아들이지 못해. 그건 그동안 믿어왔던 것을 버리고 완전히 다른 신앙으로 바꿔야 하기 때문이야. 그들은 명확한 전달 속도를 부여하고 싶어 해. 빛의 속도보다 이런저런 배율만큼 빠르다고 표기하고 싶은 거지. 그러면 그들은 낡은 방정식을 수정하고, 곧장 예전의 관점으로 행복하게 돌아갈 거야."

"그럴 겁니다." 오툴 씨가 동의했다.

"그런데 세 번째 학파가 있어. 바로… 내 생각이지."

오툴 씨가 고개를 들지 않고 거북한 소리를 냈다.

"자네 천식이 재발한 건가?" 밥콕 박사가 걱정스럽게 물었다. "그건 그렇고, 혹시 결과 나온 거 있나?"

"텔레파시 능력자들은 여전히 순식간에 보내고 있어요. 측정된 시간은 음의 값만큼이나 양의 값이 자주 나타나지만, 고유한 관측 오차를 벗어난 적은 없습니다."

"애야, 봤지? 저게 정확한 학풍이야. 발생하는 일을 측정하고, 그 일이 어디로 가든 진행되도록 놔두고 관찰하는 거지."

"옳소!"

"조용해, 이 변절자 아일랜드인 녀석아. 게다가 너희 텔레파시 능력자들은 다른 문제를 확인할 수 있는 진짜 기회를 처음으로 우리에게 줬어. 혹시 상대성이론 변환식에 대해서 좀 아니?"

"아인슈타인 방정식 말인가요?"

"그렇지. 시간에 대한 방정식 알아?"

나는 팻과 내가 고등학교 1학년 때 배웠던 물리학을 떠올리려 애썼다. 아주 오래전의 일이기 때문이다. 나는 종이 한 장을 집어 들고 생각나는 대로 써내려갔다.

$$t_0 = t \sqrt{1 - \frac{v^2}{c^2}}$$

"맞았어." 밥콕 박사가 인정했다. "두 기준계의 상대 속도가 v일 때, 첫 번째 기준계의 시간 간격 t_0는, 상대 속도의 제곱을 광속의 제곱으로 나눈 값을 1에서 뺀 값의 제곱근을, 두 번째 기준계의 시간 간격 t에 곱한 값과 같다. 물론 이건 특별한 경우에만 적용할 수 있어. 속도가 일정한 경우지. 가속이 있는 경우에는 더욱 복잡해. 그러나 시간 방정식이 무엇을 의미하는지, 혹은 과연 의미하는 게 있는지에 대해서는 많은 의견 차이가 있었어."

내가 무심결에 내뱉었다. "네? 저는 아인슈타인 이론이 증명된 줄 알았는데요?" 만일 상대성이론 방정식이 틀렸다면, 우리는 매우 오랜 시간 항해를 다니겠다는 생각이 문득 떠올랐다. 우리가 처음으로 들를 예정인 고래자리 타우는 태양에서 11광년 떨어져 있다…. 게다가 그 별은 겨우 첫 번째일 뿐이었다. 다른 별들은 훨씬 더 멀었다.

하지만 다들 우리가 광속에 근접하기만 하면 몇 달이 며칠처럼 수월하게 지나갈 것이라고 했다. 아인슈타인 방정식에 따르면 그랬다.

"내 말 잘 들어. 새의 둥지에 새알이 있다는 사실을 어떻게 증명할래? 네 머릿속의 회색 물질을 혹사시키지 마. 나무에 올라가 확인하면 되는 거야. 그 외에 다른 방법은 없어. 지금 우리는 나무 위로 올라가고 있는 거지."

"좋습니다!" 오툴 씨가 말했다. "나무로 올라가세요."

"여기가 좀 시끄럽군. 한 학파에서는 그 방정식의 의미가, 지나가는 별의 시계를 볼 수 있다면 그 시계가 다르게 읽힐 거라는 뜻일 뿐이라고 주장했어…. 물론 그렇게 하지 못하지. 그리고 '진짜' 의미가 무엇이든 시간의 수축이나 연장은 실제로 일어나지 않는다고 주장했어. 다른 학파는 길이와 질량에 대한 방정식을 가리키며, 유명한 마이컬슨-몰리 실험에서 길이의 변화가 '진짜'라는 게 밝혀졌다고 주장했어. 그리고 질량의 증가는 입자 가속기 발사체와 이 우주선을 추진시키는 토치처럼 핵물리학에서는 어디서나 규칙적으로 계산되고 이용된다고 주장했어. 그래서 그들은 파생된 방정식들이 실제로 작동했으므로, 시간의 변화도 진짜일 수밖에 없다고 추론했지. 그러나 지금까지는 아무도 알 수 없었어. 나무에 올라가봐야 알 수 있는 거야."

"언제쯤 되어야 우리가 알 수 있을까요?" 나는 아직도 걱정되었다. 나는 이 우주선에서 아인슈타인의 시간 지연에 따라 몇 년 정도만 지내면 될 거라고 확신했었다. 스티븐 외삼촌이 말했던 것처럼 우리가 그 과정에서 죽을 수도 있겠지만, 나는 그 문제에 대해 걱정하지 않기로 결심했다. 그러나 루이스클라크호에서 늙어 죽어가리라고는 생각해본 적이 없었다. 이 강철벽 안에 갇혀 종신형을 보낸다고 생각하니 암울했다.

"언제? 이런, 우리는 지금도 알아."

"아신다고요? 해답이 뭔가요?"

"서두르지 마, 얘야. 우리는 지구 중력가속도의 124퍼센트로 2주일 동안 날아왔어. 지금 우리는 초당 14,500킬로미터의 속도에 도달했지. 아직 갈 길이 멀어. 7.5광시 정도 왔을 거야. 대략 8,770,000,000킬로미터지. 우리가 광속에 다가가려면 족히 1년은 걸릴 거야. 그렇다 하더라도 상당히 많이 따라잡았어. 광속의 약 5퍼센트야. 그 정도의 속도면 네가 원하는 해답을 알 수 있어. 너희 텔레파시 능력자들의 도움을 받아 쉽게 측정할 수 있어."

"아, 네? 그러면 진짜 시간 차이인가요? 아니면 그냥 상대적인 건가요?"

"넌 잘못된 용어를 사용하고 있어. 하지만 이건 '진짜'야. 그 말에 무슨 뜻이 있을지는 모르겠다만. 아무튼 현재 그 비율은 약 99.9퍼센트야."

"정확히 말해서." 오툴 씨가 덧붙였다. "톰의 '편차'는, 이건 조금 전에 제가 만들어낸 전문 용어예요, 톰과 쌍둥이 형제의 시간 비율 '편차'는 이제 1만 분의 12가 되었습니다."

"그래서 자네는 겨우 0.02퍼센트의 차이 때문에 나를 거짓말쟁이로 만든 건가?" 밥콕 박사가 따졌다. "오툴, 내가 왜 계속 자네와 함께 일해야 하지?"

"팀장님 대신 수학을 계산해줄 사람이 필요하니까요." 오툴 씨가 의기양양한 표정으로 대답했다.

✳

팻은 내게 자신이 수술을 받을 때 근처에 오지 말라고 했지만, 어쨌든 나는 갔다. 나는 문을 잠그고 선실에 틀어박혀 아무도 방해하지 못하게 했다. 그리고 팻의 곁에 머물렀다. 팻이 진심으로 거부하지는 않았다. 내가 말을 할 때마다 팻이 대답했다. 그리고 수술 시간이 가까워질수록 녀석이 나보다 말이 많아졌다…. 이런저런 아무것도 아닌 일들에 대해 즐겁게 조잘거렸다. 그런 것으로는 나를 속일 수 없었다.

그들이 팻을 수술실로 싣고 갈 때 녀석이 말했다. 「톰, 마취의사를 네가 봤어야 해. 햇살처럼 예쁘고 아담해.」

「그 의사의 얼굴은 마스크로 가려져 있지 않냐?」

「뭐, 완전히는 아니야. 예쁜 파란 눈동자는 볼 수 있어. 오늘 밤에 뭐 하는지 물어볼까 생각 중이야.」

「모디가 그 계획을 안 좋아할 거야.」

「지금 모디 들먹거리지 마. 환자는 특권을 누릴 권리가 있어. 잠깐만, 내가 물어볼게.」

「그녀가 뭐래?」

「'별일 없어'라고 했어. 그리고 며칠 동안은 나도 그럴 거래. 하지만 나중에 전화번호를 따낼 거야.」

「내가 장담하는데, 절대로 너한테 전화번호 안 줄 거야.」

「뭐, 시도해볼 수는 있지…, 어 어! 너무 늦었어. 의사들이 시작했어…. 톰, 넌 이 바늘이 믿기지 않을 거야. 굵기가 공기 호스만 해. 그 의사가 나한테 숫자를 세어보라고 했어. 뭐, 웃기긴 하지만…. 하나…, 둘…, 셋….」

팻은 일곱까지 셌다. 나도 팻과 함께 숫자를 셌다. 숫자를 세는 내내 참을 수 없는 긴장감과 두려움이 점점 더 강하게 휘감았다. 나는 이제 팻이 줄곧 어떤 확신을 하고 있었는지 알게 되었다. 팻은 자신이 다시는 깨어나지 못할 거라 생각하고 있었다. 팻은 일곱까지 세었을 때 정신을 잃었지만, 마음마저 조용해진 것은 아니었다. 아마 수술대를 둘러싼 사람들은 팻의 의식이 없다고 생각했겠지만, 나는 잘 알고 있었다. 팻은 그 안에 갇혀 빠져나가기 위해 비명을 지르고 있었다.

내가 팻을 부르자 팻이 대답했지만, 우리는 서로를 찾을 수 없었다. 곧 나도 팻처럼 갇히고, 길을 잃고, 혼란스러워졌다. 우리는 죽음의 장소에서 어둠과 추위, 고립감 속에서 더듬거렸다.

잠시 후 나는 등을 칼로 찌르는 게 느껴져 비명을 질렀다.

＊

그 후 내가 기억하는 것은 위에 두어 명의 얼굴이 떠 있었다는 것이다. 누군가가 말했다. "깨어나는 모양이에요, 박사님." 그것은 누구의 목소리도 아니었다. 멀리 떨어진 곳에서 나는 목소리였다.

곧 한 명의 얼굴만 있었다. 그 얼굴이 말했다. "좀 괜찮아?"

"그런 것 같아요. 무슨 일이 있었나요?"

"이거 마셔. 자, 내가 머리를 받쳐줄게."

다시 몸을 일으키자, 완전히 깨어난 기분이 느껴졌다. 그리고 내가 우주선의 의무실에 있다는 사실을 알 수 있었다. 정신과 의사 데브루 박사가 그곳에서 나를 바라보고 있었다. "거기서 빠져나오기로 한 건가, 젊은 친구?"

"제가 어디에서 빠져나온다는 건가요, 박사님? 무슨 일이 있었나요?"

"나도 정확히는 몰라. 하지만 너는 수술 쇼크로 사망하는 환자의 임상적인 증상을 완벽하게 보여줬어. 우리가 네 선실의 문을 부수고 들어갔을 때, 너는 완전히 인사불성 상태였어. 너 때문에 우리가 얼마나 힘들었는지 몰라. 무슨 일이 있었는지 이야기해줄 수 있겠니?"

나는 생각을 하려 애쓰다 떠올랐다. 팻! 마음속으로 팻을 불렀다. 「팻! 어디 있어, 인마!」

팻은 대답하지 않았다. 다시 시도했지만, 여전히 대답이 없었다. 그래서 알게 되었다. 나는 몸을 일으켜 앉으며 간신히 말했다. "제 형제… 팻이 죽었어요!"

데브루 박사가 말했다. "어이쿠! 진정해. 다시 누워. 팻은 죽지 않았어…. 지금 막 10분 사이에 죽지 않았다면 말이야. 그럴 리는 없을 거야."

"하지만 팻에게 연결이 되지 않아요!"

"네가 어떻게 알아?"

"팻에게 연결을 할 수가 없다니까요, 말했잖아요!"

"흥분을 가라앉히고 진정해. 당직을 서고 있는 텔레파시 능력자를 통해 오전 내내 팻을 확인했어. 팻은 수면제 0.4그램을 맞고 편안히 쉬는 중이야. 그래서 네가 팻에게 연결이 안 되는 거야. 내가 바보짓을 한 모양이야. 내가 바보였어. 팻에게 접근하지 말라는 경고를 너에게 하지 않았으니 말이야. 하지만 나는 오랜 기간 인간의 정신을 만지작거렸기 때문에, 상황을 고려해서 너에게 무슨 일이 일어났는지 대충 이해할 수 있었어. 굳이 변명하자면, 나도 이런 상황을 맞닥뜨린 건 처음이야."

나는 조금 안정이 되었다. 팻이 약에 취해 있는 상태라면, 내가 깨우지 못하는 게 이해가 됐다. 데브루 박사에게 질문을 받으며 나는 일어난 일에 대해 이럭저럭 말해줄 수 있었지만 완벽하지는 않았다. 머릿속에서 일어난 일을 다른 사람에게 명확하게 이야기해주기는 힘들었기 때문이다. "어, 수술은 성공적이었나요, 박사님?"

"환자는 상태가 좋아졌어. 그 이야기는 나중에 하자꾸나. 자,

뒤집어."

"네?"

"몸을 뒤집으라고. 네 등을 보고 싶어서 그래."

데브루 박사가 내 등을 살펴보더니, 직원 두 명을 불러 바라보게 했다. 잠시 후 박사가 내 몸을 만졌다. "여기가 아파?"

"아야! 어, 네. 엄청 쓰라려요. 제 등에 무슨 문제가 있는 건가요, 박사님?"

"아무것도 아냐, 정말로. 하지만 너한테 완벽한 성흔(聖痕)이 두 개 생겼는데, 맥두걸 수술을 위한 절개 자국과 정확히 일치해. 맥두걸 수술은 네 형제에게 사용된 수술기법을 말하는 거야."

"어, 그게 무슨 뜻인가요?"

"인간의 정신은 복잡해서, 우리가 아는 게 별로 없다는 뜻이지. 이제 드러누워서 좀 자. 앞으로 이틀 동안 너를 침대에 놔둘 생각이야."

나는 잘 생각이 없었지만, 잠들었다. 그리고 팻이 부르는 소리에 깨어났다. 「이봐, 톰! 어디 있어? 정신 차려.」

「여기 있어. 무슨 일이야?」

「톰⋯. 내 다리가 돌아왔어!」

내가 대답했다. 「그래, 알아.」 그리고 다시 잠들었다.

9
가족

일단 팻이 하반신 마비상태에서 벗어났으니, 나는 갖고 싶은 것을 모두 가졌으므로 세상을 다 가진 느낌이어야 했다. 하지만 웬일인지 그렇게 되지 않았다. 팻이 아프기 전에 나는 내가 왜 우울한지 알았다. 팻은 우주로 가는데 나는 못 가기 때문이었다. 팻이 아픈 뒤에 나는 죄의식을 느꼈다. 팻의 불운을 통해 내가 원한 것을 얻었기 때문이다. 팻이 장애를 입었을 때 행복하게 느끼는 것은 올바르지 않은 것 같았다. 특히 팻이 장애를 입은 덕분에 내게 원하는 것을 갖게 되었을 때는.

그렇다면 팻이 다시 회복되었을 때 나는 행복했어야 했다.

재미있을 거라 기대하고 갔던 파티에서 문득 즐겁지 않다는 사실을 깨달았던 적이 있는가? 아무런 이유 없이 그냥 재미가 없고, 세상 전체가 잿빛으로 무미건조하게 느껴진 적이 있는가?

내 식욕을 떨어뜨린 이유 중 몇 가지는 알고 있었다. 첫째는 더스티였다. 하지만 그 문제는 해결됐다. 그리고 다른 사람들의 문제가 있었다. 특히 우리와 함께 당직을 섰던 전자추진기 담당자는 우리를 괴물이라 부르고 욕지거리를 했으며, 실제로 우리가 괴물이라도 되는 양 행동했다. 하지만 그것도 선장이 해결해 줬다. 그리고 우리가 서로를 잘 이해하게 되자, 사람들은 그런 문제를 잊었다. 상대성이론 과학자인 재닛 미어스는 계산을 빨리 해내는 사람이었다. 그래서 그녀도 괴물처럼 보였지만, 모두가 그녀의 그런 특성을 당연하게 여기게 됐고, 얼마 후에는 우리가 하는 일도 당연하게 여겼다.

우리가 지구의 전파 범위를 벗어난 이후, 선장은 프릭 중령 아래에 있던 우리를 떼어내서 우리만의 독자적인 부서를 만들었다. '아저씨' 알프레드 맥닐이 팀장으로 선임되었으며, 루퍼트 하우트만이 부팀장이 되었다. 그것은 루퍼트가 당직 시간표를 짜고, 알프레드 아저씨가 우리의 식사를 책임지고 또 우리가 일탈하지 않도록 관리한다는 의미였다. 우리는 아저씨를 워낙 좋아했기 때문에 문제를 많이 일으키지 않았다. 누군가가 선을 넘을 경우에는 아저씨가 슬퍼 보여서, 다른 사람들이 그 파렴치한을 마구 비난했다. 그게 먹혔다.

나는 선장에게 데브루 박사가 이렇게 만들자고 권유했을 거라 짐작했다. 그런데 사실은 프릭 중령이 우리를 괘씸하게 여겼던 것이었다. 그는 전자공학자로서 더욱 나은 통신 장비를 위해 평생을 바쳤다…. 그런데 우리가 나타나 장비도 없이 빠르고 더 훌륭한 통신을 해내버렸다. 나는 프릭 중령을 비난하고 싶지 않았다. 나였더라도 기분이 상했을 것이다. 그러나 우리는 알프레드 아저씨와 더 잘 지냈다.

바스코다가마호도 내 문제의 일부분을 차지했다. 우주여행에서 최악의 상황은 아무 일도 일어나지 않는 것이다. 그러므로 우리에게 하루의 가장 중요한 업무는 조간신문을 만드는 일이었다. 당직을 서는 텔레파시 능력자는 통신이 바쁘지 않을 때(바쁠 일은 그다지 많지 않았다) 온종일 뉴스를 받았다. 우리는 뉴스 서비스의 모든 자료를 무료로 이용했으며, 더스티가 쌍둥이 형제 러스티에게서 사진을 받아 신문을 꾸몄다. 심야 당직을 하는 통신 담당자가 그 자료를 편집하면, 이른 아침에 당직을 맡은 텔레파시 능력자와 통신 담당자가 아침 식사 시간까지 신문을 인쇄해서 식당에 가져다놨다.

우리가 만들 수 있는 신문의 양은 한계가 없었다. 다만 그렇게 적은 사람으로 얼마나 많은 양을 준비할 수 있는가가 문제였을 뿐이었다. 우리는 우주선 신문에 태양계 소식뿐만 아니라 우주선들의 소식도 실었다. 루이스클라크호의 소식부터 다른 우주선 열한 척의 소식까지 담았다. 나만 빼고 모든 사람들이 다른 우주선에 있는 사람들을 아는 것 같았다. 취리히에서 서로 만나기도 했고, 선장과 우주선 승무원으로 오래 지낸 사람들은 오래 전부터 알고 지낸 친구와 지인들이 있었다.

우주선 뉴스는 대체로 사교적인 내용이었지만, 우리는 지구와 태양계 뉴스보다 그 소식을 더 즐겼다. 우리에게는 선단에 있는 다른 우주선들이 더욱 가깝게 느껴졌기 때문이다. 비록 수십억 킬로미터 떨어져 있고 매초 더욱 멀어져가지만 말이다. 레이프에이릭손호*에서 레이 길버티와 스미레 와타나베가 결혼을 했을 때, 선단의 모든 우주선들이 축하했다. 핀타호**에서 아기가 태어났을 때 우리 선장이 대부가 되었고, 우리 모두는 이를 자랑스러워했다.

우리는 카스 워너를 통해 바스코다가마호와 연결되었고, 감마 퍼트니가 세쌍둥이 자매인 알파와 베타를 통해 마르코폴로호와 산타마리아호를 연결했다. 우리는 그 회선들을 통해 모든 우주선의 소식을 전해 들었다. 지구 뉴스를 빼더라도 선단 뉴스가 빠진 적은 없었다. 늘 그랬듯이 오툴 부인은 신문의 분량이 조금이라도 더 많아진다면, 이불과 베개피를 일주일에 한 번만 세탁하거나, 공학자들이 신문을 씻어내기 위한 세탁기를 하나 더 만들어줘야 할 거라고 불평했다. 생태학 팀에서는 그렇게 말하면서도 새로운 신문을 발행할 수 있도록 언제나 종이를 깔끔하게 다림질해 준비해주었다.

우리는 루실 라본이 '미스 태양계'로 뽑혔을 때처럼 종종 특별호외를 발간하기도 했다. 더스티가 그녀를 그렸는데, 너무 완벽해서 사진이라고 해도 믿을 정도였다. 많은 사람들이 신문을 재생할 수 있도록 돌려주지 않고 선실 벽에 붙여놓는 바람에 일부

* Leif Eiricsson, 10세기경 아메리카 대륙을 발견했던 바이킹
** Pinta, 콜럼버스가 탔던 선박 중 한 척의 이름

가 회수되지 않았다. 실은, 나도 그랬다. 심지어 나는 더스티의 사인까지 받았다. 사인을 해달라고 하자 더스티가 깜짝 놀랐다. 녀석은 사인할 때 버릇없이 굴면서도 기뻐했다. 더스티는 심술궂은 작은 멍게 같은 녀석이지만, 예술가는 작품에 대한 찬사를 받을 권리가 있다고 내가 말해주었다.

내가 말하려는 이야기는 〈루이스클라크 일보〉를 읽는 게 일과 중 가장 즐거운 일이었고, 선단의 소식이 그중에서도 가장 중요하다는 점이다.

나는 어젯밤에 당직이 아니었다. 그런데도 아침 식사에 지각했다. 내가 서둘러 식당에 들어갔을 때, 평소처럼 모든 사람들이 〈루이스클라크 일보〉를 보느라 바빴다. 그런데 아무도 식사를 하지 않고 있었다. 나는 베른하르트와 프루든스 사이에 앉으며 물었다. "무슨 일이야? 왜 다들 표정이 안 좋아?"

프루든스가 말없이 내게 신문을 건넸다.

첫 페이지에 검은색 테두리가 둘러져 있었다. 그리고 큰 글씨로 헤드라인이 적혔다. "바스코다가마호 실종."

나는 믿기지 않았다. 바스코다가마호는 알파 켄타우루스를 향하고 있었지만, 그곳에 도착하려면 지구 시간으로 4년은 더 날아가야 했다. 그 우주선은 아직 광속에는 근접조차 못 한 상태였다. 바스코다가마호가 있는 곳에는 문제가 생길 게 전혀 없었다. 착오가 틀림없었다.

나는 2페이지로 넘겨 상세한 사연을 읽었다. 산타마리아호의 제독이 보낸 급송 공문이 박스 안에 들어 있었다. "(공식적으로) 오늘 그리니치 시간대 03시 34분. 바스코다가마호(장기정책 재단 172)와 연락이 끊어졌다. 당시 두 개의 특수 통신 회로가 작동 중이었다. 하나는 지구 쪽, 하나는 마젤란호. 메시지를 보내는 도중 아무런 사전 경고 없이 두 회선 모두 끊어졌다. 시간을 보정했을 경우 분명하게 동일한 시간이다. 바스코다가마호에는 특수 통신원이 열한 명 승선한 상태였다. 그들 중 누구든 교신을 시작할 수 있는지 확인되지 않고 있다. 그러므로 바스코다가마호는 생존자가 없는 상태로 실종되었다고 추정할 수밖에 없다."

재단의 급송 공문에는 간단히 그 우주선과 연락이 끊겼다는 사실을 인정하는 내용만 담겼다. 신문에는 우리 선장의 한마디도 실렸다. 그리고 다른 우주선들에서 보내준 발언들이 포함된 더 긴 기사도 있었다. 나는 그 기사까지 읽었지만, 전체 이야기는 헤드라인에 다 담겨 있었다. 바스코다가마호가 가버렸다. 그게 어디였든 다시는 돌아오지 않을 곳으로.

나는 문득 뭔가를 깨닫고 고개를 들었다. 카스 워너의 자리가 비었다. 알프레드 아저씨가 내 눈과 마주치자 조용히 말했다. "카스도 알아, 톰. 그 일이 일어난 직후, 선장이 카스를 깨워서 알려줬어. 지금으로선 그 일이 일어났을 때 카스가 쌍둥이 형제와 연결된 상태가 아니었던 게 유일하게 다행인 부분이야."

나는 알프레드 아저씨의 관점이 옳은 건지 확신이 들지 않았다. 만일 팻에게 그런 일이 일어났다면, 나는 그 순간 팻과 함께 있고 싶었을 것이다. 그렇지 않을까? 글쎄, 나는 그럴 것 같았다. 어찌 됐든, 슈가 파이에게 무슨 일이 일어나 아저씨보다 먼저 절명하는 일이 발생한다면, 아저씨도 아이의 손을 잡고 있기를 원할 것이다. 카스와 쌍둥이 형제 케일럽은 우애가 깊었고, 나는 그 사실을 알고 있었다.

그날 오후 선장이 추도식을 열었다. 알프레드 아저씨가 짧은 설교를 했고, 우리는 모두 〈여행자를 위한 기도〉를 불렀다. 그 이후 우리는 마치 바스코다가마라는 이름의 우주선이 존재했던 적이 없는 것처럼 행동했지만, 그것은 가식에 불과했다.

카스 워너는 우리 부서에서 떠났다. 그리고 오툴 부인이 카스를 자신의 조수로 일하도록 했다. 카스와 그의 쌍둥이 형제는 재단에서 그들을 선발하기 전까지 호텔에서 일했으므로, 카스는 오툴 부인을 많이 도와줄 수 있을 게 틀림없었다. 2백 명이 승선한 우주선의 생태적 균형을 유지하는 업무는 결코 사소한 일이 아니었다. 대기의 균형을 유지하기 위해 관리하는 일을 제외하더라도, 2백 명을 위해 식량을 재배하는 것만 해도 큰일이었다. 효소 배양과 수경 재배를 관리하는 일에만 아홉 사람이 온종일 매달려야 했다.

몇 주가 지난 후, 카스가 식량 공급과 일상 업무를 관리했다. 그래서 오툴 부인은 자신의 모든 시간을 과학적이고 전문적인 업무에 집중할 수 있게 되었다. 그러나 요리에서만은 손을 떼지 않았다.

나로서는 바스코다가마호에 대해 곱씹어 생각해야 할 이유가 없었다. 그 우주선에는 아는 사람이 전혀 없었기 때문이다. 카스도 그 사건에서 벗어나 평범하고 유익한 생활을 하는데, 내가 울적하게 지낼 이유는 없는 게 분명했다. 다른 일들만큼이나 내 생일도 영향을 미친 것 같다.

식당에는 상대성이론 과학자들의 전산실에서 제어하는 커다란 전자시계가 두 개 있는데, 시계 위에는 커다란 숫자로 날짜가 매일 바뀌는 달력이 두 개 걸렸다. 우리가 출발할 때는 시계와 달력의 쌍이 동일한 그리니치 시간과 날짜를 나타냈다. 그런데 우리가 가속을 계속하면서 우리의 속도가 광속에 더 가까워지자, 루이스클라크호와 지구 사이의 '편차'가 보이기 시작했다. 그리고 서로 어긋나며 편차가 점점 커져갔다. 처음에 우리는 그런 편차에 관해 이야기를 나눴지만, 이내 그리니치 시간에 대해 주목하지 않게 되었다…. 우주선에서는 점심시간인데, 그리니치 시간으로는 다음 주 수요일 새벽 3시라는 사실을 아는 게 무슨 소용이 있겠는가. 지구에 있을 때 시간대와 날짜변경선을 볼 때의 느낌과 비슷했다. 평소에는 전혀 중요하지 않았다. 내가 당직을 설 때 팻이 이상한 시간에 근무한다며 투덜거릴 때도 나는 알아채지 못했다.

그 결과, 한밤중에 팻이 휘파람을 불어 나를 깨우고 「생일 축하해!」라고 소리쳤을 때, 나는 무방비상태로 당했다.

「뭐? 누구 생일인데?」

「네 생일이지. 멍청아. 우리 생일. 무슨 일 있어? 숫자 세는 걸 잊었어?」

「그렇지만….」

「잠깐만. 가족들이 조금 전에 케이크를 가지고 왔어. '생일 축하합니다'를 부를 거야. 내가 반복해서 너한테 보내줄게.」

가족들이 그러는 동안, 나는 자리에서 일어나 바지를 입고 식당으로 내려갔다. 우리에게는 한밤중이었으므로 식당에는 보조등만 켜진 상태였다. 그래도 시계와 달력은 볼 수 있었다. 확실히 그리니치 달력의 날짜는 팻과 나의 생일이었다. 그리고 그리니치 시간대를 기초로 계산해봤더니 집에서는 지금쯤 저녁 시간이었다.

하지만 이날은 내 생일이 아니었다. 나는 다른 시간표에 따라 살고 있었으므로, 옳지 않은 느낌이었다.

「촛불 다 껐어, 인마.」 팻이 즐겁게 말했다. 「이게 또 한 해를 버티게 해줄 거야. 엄마가 거기에서도 너를 위해 케이크를 만들어줬는지 알고 싶대.」

「엄마한테 '네'라고 해.」 물론, 만들어주지 않았다. 그러나 설명할 기분이 아니었다. 아인슈타인 시간에 대해 설명하지 않더라도, 어머니는 쉽사리 신경과민에 빠지는 분이었다. 그리고 팻은 이보다 훨씬 잘 이해하고 있어야 했다.

가족들은 팻에게 새로운 시계를 사줬으며, 팻의 말에 따르면 나에게는 초콜릿 한 상자가 주어졌다. 팻이 그 상자를 열어서 사람들에게 나눠주는 게 좋지 않을까? 나는 기억해줘서 감사해야 할지, 아니면 내가 볼 수도 만질 수도 없는 '선물'에 짜증을 내야 할지 몰라 팻에게 계속 진행하라고 했다. 잠시 후 나는 팻에게 자러 가야 한다고 말했다. 그리고 모두에게 감사하며 좋은 밤 되라는 말을 전해달라고 했다. 하지만 나는 잠들지 않았다. 복도에 불이 들어올 때까지 자지 못하고 누워 있었다.

한 주 뒤에 사람들이 생일 케이크를 우리 식탁으로 가져와서 모두 내게 생일 축하 노래를 불러줬다. 그리고 재미있지만 쓸모는 없는 선물들을 많이 받았다. 같은 식당에서 식사를 하고, 같은 창고에서 꺼내야 하기 때문에, 우주선에 승선한 사람들은 선물을 많이 줄 수 없었다. 누군가가 "답사!"라고 소리쳐서, 나는 자리에서 일어나 감사인사를 했다. 그리고 앉아 있다가 나중에 소녀들과 춤을 추었다. 그런데도 여전히 내 생일 같지 않았다. 며칠 전에 이미 생일을 보냈기 때문이다.

스티븐 삼촌이 와서 나를 방에서 꺼내준 것은 아마 그다음 날이었을 것이다. "그동안 어디에 처박혀 있었던 거야, 꼬맹아?"

"네? 아무 데도 안 갔어요."

"그럴 것 같았어." 삼촌은 내 의자에 앉았고, 나는 침대에 드러누웠다. "내가 너를 찾을 때마다 보이지 않더구나. 설마 그 시간 내내 당직을 서거나 일을 하지는 않았을 테고, 어디에 있었던 거냐?"

나는 아무 말도 하지 않았다. 나는 지금 있는 바로 이 자리에서 그저 천장을 응시하며 지냈다. 스티븐 삼촌이 계속 말했다. "내가 깨달은 사실은, 누군가가 우주선의 한 귀퉁이에 웅크리고 있으면, 대체로 그대로 놔두는 게 최선이라는 거야. 스스로 거기에서 빠져나오거나, 어느 날 압력복을 입지 않은 채 에어록으로 걸어나가거나 둘 중 하나지. 어느 쪽이든, 그 사람은 조롱당하고 싶지 않을 거야. 하지만 넌 내 누나의 아들이잖아. 나한테는 너에 대한 책임이 있어. 문제가 뭐야? 넌 저녁 시간에 사람들이 어울려 놀거나 게임을 하는 곳에 한 번도 나오지 않더구나. 그리고 그 우중충한 얼굴을 하고 돌아다니잖아. 뭐가 널 갉아먹고 있는 거냐?"

"전 아무 문제도 없어요!" 내가 성내며 말했다.

스티븐 삼촌은 그 소리를 무뚝뚝하게 받아넘겼다. "털어놔, 꼬마야. 넌 바스코다가마호가 사라진 이후부터 정상이 아니었어. 그게 문제야? 자꾸 신경이 곤두서니? 만일 그렇다면, 데브루 박사가 알약으로 용기를 합성해줄 거야. 아무도 네가 그런 약을 먹는지 알 필요가 없고, 그 사실을 부끄러워할 필요도 없어. 다들 이따금 신경과민에 걸리기 마련이니까. 내가 처음 작전에 투입되었을 때 얼마나 혐오스러운 상태였는지는 굳이 말하고 싶지 않구나."

"아뇨, 그런 게 아닌 것 같아요." 나는 삼촌의 이야기를 곱씹었다. 어쩌면 그 말이 맞는지도 모르겠다. "삼촌, 바스코다가마호에는 무슨 일이 일어난 건가요?"

삼촌이 어깨를 으쓱하고 말했다. "토치가 제어를 벗어났거나, 뭔가에 부딪혔겠지."

"하지만 토치는 제어를 벗어날 수가 없어요…. 그렇지 않나요? 그리고 우주에서는 부딪힐 게 없잖아요."

"둘 다 맞는 말이야. 하지만 토치가 폭발했다고 가정하면 어떨까? 우주선은 몇 초 사이에 작은 규모의 신성이 되었을 거야. 하지만 그보다 더 간단한 방식은 생각나지 않아. 혹시 다른 방식이 있다면, 그것도 눈치채기 힘들 정도로 빠르게 진행되었을 거야. 이 속도로 날아가는 우주선이 운동에너지를 얼마나 많이 갖고 있는지 생각해본 적 있어? 밥콕 박사 말로는, 우주선이 빛의 속도에 도달했을 때, 우리는 즐겁게 어울려서 으깨진 감자와 그레이비 소스를 먹으며 차이를 인식하지 못하겠지만, 실은 그저 납작한 파면(波面)에 불과할 거라더라."

"하지만 우리는 절대로 빛의 속도에 도달하지 못해요."

"박사가 그 점도 지적했어. 내가 '만약'을 빼먹었네. 넌 그게 신경 쓰이는 거냐? 우리가 바스코다가마호처럼 꽝! 터져버릴까 봐 안달하는 거야? 만일 그렇다면, 내가 한마디 해줄게. 침대에서 죽어가는 건 어떤 방식이든 대체로 안 좋아…. 특히 네가 늙어서 죽을 정도로 멍청할 경우는 말할 필요도 없지. 그건 내가 절대로 피하고 싶은 운명이야."

우리는 한동안 이야기를 나눴지만 대화가 진척되지 않았다. 삼촌은 내가 정상적인 수면 시간보다 오랫동안 방에 박혀 있을 때는 억지로 끌어낼 거라 위협한 후 떠났다. 아마 스티븐 삼촌이 데브루 박사에게 나에 대해 알려줬을 것이다. 두 사람 다 그러지 않았다고 주장했지만 말이다.

아무튼 다음 날 데브루 박사가 나를 붙잡아 자신의 사무실로 데려가 앉히더니 이야기했다. 박사에게는 엉성하고 편안해 보이는 커다란 전용실이 있었다. 그는 진료실에서는 사람들을 만나지 않았다.

나는 곧 박사에게 왜 나와 이야기를 하고 싶은 건지 물었다.

데브루 박사는 개구리 같은 눈을 크게 뜨더니 천진난만한 눈빛으로 말했다. "그냥 네 순서가 되었을 뿐이야, 톰." 박사가 진료카드 더미를 집어 들었다. "이거 보여? 이번 주에 내가 대화를 나눈 사람들이 얼마나 많은지 알겠지. 월급 값을 하는 척해야 하거든."

"뭐, 저한테 시간 낭비하실 필요 없어요. 전 아주 좋아요."

"그런데 난 시간 낭비하는 걸 좋아해, 톰. 심리학은 멋진 직업이지. 수술을 위해 박박 썻을 필요도 없고, 사람들의 더러운 목구멍을 뚫어지라 쳐다볼 필요도 없잖아. 그냥 앉아서 누군가가 자신이 어렸을 때 다른 어린아이와 노는 게 싫었다는 이야기를 하는 동안 듣고 있는 척만 하면 돼. 이제 네가 쭉 말해봐. 네가 말하고 싶은 건 뭐라도 좋아. 그동안 나는 낮잠을 좀 잘 테니까. 네가 충분히 길게 이야기해준다면, 나는 어젯밤에 참가했던 포커 파티의 피로를 회복하면서도 하루치 일을 한 것으로 기재할 수 있어."

나는 말을 해보려 노력했지만, 할 말이 없었다. 내가 한참 동안 그러고 있을 때, 팻이 나를 불렀다. 내가 대답했다. 「나는 바빠.」 데브루 박사가 내 얼굴을 살펴보더니 갑자기 말했다. "그러면 조금 전에 무슨 생각했어?"

나는 내 쌍둥이가 이야기하길 원하지만, 미뤄도 된다고 설명했다.

"흠…. 톰, 네 쌍둥이에 대해 말해줄래? 내가 취리히에 있을 때 그 친구와 친해질 시간이 없었거든."

나도 모르는 새에 박사에게 우리 둘에 관해 많은 이야기를 해버렸다. 데브루 박사는 이야기 상대로 놀랍도록 편안한 사람이었다. 나는 두 번이나 박사가 잠이 들었다고 생각하고는 그때마다 이야기를 멈췄는데, 박사가 고개를 들고 다른 질문을 던져 다시 이야기를 시작했다.

마침내 데브루 박사가 말했다. "톰, 너도 알겠지만, 일란성 쌍둥이는 심리학자들이 특별히 관심을 가진 대상이야. 유전학자와 사회학자, 생화학자들 역시 말할 것도 없지. 너희는 동일한 난자에서, 두 개의 유기적 복합체로서는 가장 유사한 존재로 태어났어. 그 후 각자 두 명의 다른 사람이 되었지. 차이는 환경적인 걸까? 아니면 다른 뭔가가 작용한 걸까?"

나는 그 말을 생각해본 뒤 말했다. "영혼에 대한 이야기인가요, 박사님?"

"음…. 그건 다음 주 수요일에 물어봐. 사람은 때때로 여론이나 과학적인 견해와 다른 혼자만의 사적인 관점을 가질 때도 있는 법이야. 그냥 그런 거니까 신경 쓰지 마. 핵심은 너희 텔레파시 쌍둥이가 흥미롭다는 사실이야. 나는 레벤스라움 프로젝트에서 나타날 몽외의 결과가, 언제나 그렇듯, 의도했던 결과보다 훨씬 클 거라고 생각해."

"몽…이 무슨 뜻인가요, 박사님?"

"어? 몽외(夢外)는 꿈에도 생각하지 못했던 뜻밖의 상황이라는 의미야. 즉, 지렁이를 찾으려고 구멍을 팠다가 금을 발견한다는 거지. 과학에서는 늘 일어나는 일이야. 그래서 '쓸모없는' 순

수 연구가 언제나 '실용적인' 연구보다 훨씬 더 실용적인 거야. 하지만 너에게 이 말을 해줄게. 나는 네 문제를 도와줄 수 없어. 그 문제는 네가 스스로 해결해야 해. 나는 그 문제에 관해 논의하며 해결할 수 있는 척하는 거지. 내가 받는 월급을 정당화시키기 위해서 말이야. 자, 두 가지 문제가 눈에 띄는구나. 첫째는 네가 쌍둥이 형제를 좋아하지 않는다는 점이야."

내가 항의하기 시작했지만, 데브루 박사는 내 항의를 무시했다. "내 말을 들어봐. 너는 왜 내가 틀렸다고 확신할까? 대답해줄게. 너는 태어났을 때부터 팻을 사랑해야 한다는 말을 들어왔기 때문이야. 형제들은 언제나 서로를 '사랑'해야 하지. 그건 엄마의 애플파이처럼 우리 문명의 토대야. 사람들은 어렸을 때부터 자주 들어왔던 이야기는 무엇이든 대체로 믿어. 형제자매들은 다른 사람들보다 서로를 미워할 기회와 이유가 훨씬 더 많으니까, 사람들이 그런 이야기를 믿는 게 도움이 될 거야."

"그렇지만 저는 팻을 좋아해요. 그냥⋯."

"그냥 뭐?" 내가 말을 끝맺지 않자, 데브루 박사가 부드러운 말투로 되물었다.

내가 대답하지 않았더니, 박사가 계속 말했다. "너에겐 팻을 싫어할 온갖 이유가 있어. 팻은 너를 쥐어흔들고, 못살게 굴고, 자기가 원하는 걸 차지했잖아. 팻이 너와 일대일 대결로 그걸 차지하지 못할 때는, 너희 어머니를 통해 아버지를 움직여서 자기가 원하는 방향으로 만들었어. 왜 네가 팻을 좋아해야 하지? 만일 팻이 네 쌍둥이 형제가 아니고 아무런 관계가 없는 사람이라면, 너에게 그런 짓을 하는 사람을 좋아할까, 싫어할까?"

나는 입맛이 씁쓸해졌다. "저도 팻에게 공정하지는 않았어요, 박사님. 팻은 자신이 탐욕을 부린다는 사실을 알지 못했을 거예요…. 그리고 부모님도 편애할 의도는 없었을 거라고 확신해요. 어쩌면 그저 제가 자기 연민에 빠진 건지도 몰라요."

"그럴 수도 있겠지. 하지만 어쩌면 그 말 속에 진실이 단 한 마디도 없을 수 있어. 그리고 자기 자신이 관련된 상황에서는 원래 어떤 게 공정한 건지 알 수 없는 법이야. 그러나 중요한 사실은 네가 그 문제에 대해 느끼는 방식이 그렇다는 거야…. 너는 그런 사람을 좋아하지 않을 게 확실해. 단, 네 쌍둥이 형제는 예외인 거지. 물론, 너는 팻을 '사랑'하는 게 분명해. 두 가지 생각은 서로 모순돼. 그래서 넌 한쪽을 거짓으로 판명하고 제거하기 전까지 끊임없이 헤매게 될 거야. 그건 너에게 달렸어."

"그렇지만… 제길, 전 팻을 좋아한다고요!"

"그래? 그렇다면 팻이 예전부터 줄곧 좋은 쪽은 자기가 갖고 더러운 쪽을 너에게 떠넘겼다는 생각은 버리는 게 좋겠구나. 하지만 네가 과연 그럴지 의문이다. 넌 팻을 좋아해. 우리는 모두 익숙한 것들을 좋아하지. 낡은 신발, 낡은 담배 파이프, 심지어 이미 잘 알고 있는 악마가 낯선 악마보다는 낫잖아. 넌 팻에 대한 의리를 지키고 있어. 팻은 너에게 필요하고, 너는 팻에게 필요하지. 하지만 팻을 좋아해? 내 생각에는 절대로 그럴 것 같지는 않아. 반면에, 더 이상 팻을 '사랑'할 필요도 없고, '좋아'할 필요도 없다는 사실을 네가 이해하게 된다면, 팻을 그 모습 그대로 조금이나마 좋아하게 될 수도 있어. 네가 팻을 많이 좋아하게 될 지는 의문이지만, 확실히 팻에게 좀 더 관대해질 거야. 팻은 좋아하기가 조금 힘든 녀석이잖아."

"그건 사실이 아니에요! 팻은 항상 아주 인기가 많았어요."

"나한테는 아니었어. 음…. 톰, 아까 내가 한 말은 거짓이었어. 난 아까 네게 말했던 것보다는 팻에 대해 많이 알아. 솔직히 말해서 너희 쌍둥이 중 한 명은 썩 호감이 가지 않고, 너도 아주 비슷해. 너무 기분 나쁘게 생각하지는 마. 난 '좋은' 사람들은 질색이거든. '상냥하고 쾌활한' 사람들을 보면 구역질이 나. 난 이기심으로 똘똘 뭉친 성깔 있는 사람들을 좋아해. 내 직업을 고려한다면 다행이지. 너와 팻은 똑같이 이기적이야. 다만 팻이 너보다 좀 더 성공적이라는 차이가 있을 뿐이지. 그건 그렇고, 팻은 너를 좋아해."

"네?"

"그래. 언제나 부르기만 하면 오는 개를 좋아하듯이 널 좋아해. 팻은 너를 보호해야 한다고 느껴. 단, 자기 이익과 충돌하지 않을 때만. 하지만 팻은 너를 다소 경멸했어. 너를 약골이라고 여겼어. 그리고 팻은 온순한 사람들에게는 지구를 물려받을 권리가 없다고 생각해. 지구는 자기 같은 놈들의 몫이라는 거지."

그 말을 곱씹다보니 슬슬 화가 나기 시작했다. 팻이 나를 그런 식으로 생각했다는 사실은 의심할 여지가 없었다. 팻은 으스대며 케이크 한 조각을 내가 갖는 모습을 보고 싶어 했다. 단, 자신이 더 큰 조각을 가졌을 때만.

"눈에 띄는 게 한 가지 더 있어." 데브루 박사가 계속 말했다. "너와 팻 둘 다 이 탐사 여행을 떠나기 싫어했다는 점이야."

너무도 명백한 거짓이고 정반대의 말이라서 난 입을 쩍 벌린 채 멍하니 있었다. 데브루 박사가 나를 쳐다보며 말했다. "뭐? 할 말 있어?"

"아니, 제가 평생 들었던 소리 중에 가장 바보 같은 말이에요, 박사님! 팻과 저 사이에 유일한 진짜 문제는 둘 다 떠나고 싶은데, 둘 중 한 명밖에 가지 못한다는 사실이었다고요."

데브루 박사가 고개를 저었다. "넌 거꾸로 이해하고 있어. 너희 둘 다 지구에 남고 싶었는데, 한 명만 남을 수 있었어. 네 쌍둥이 형제가 이겼지, 언제나 그랬듯이."

"아뇨, 팻은 그러지 않았어요…, 아니, 네, 그랬죠, 하지만 팻은 갈 기회를 잡았어요. 그 반대가 아니고요. 그리고 사고만 없었다면 팻이 그 기회도 차지했을 거예요."

"그 '사고' 말이지. 흠… 그래." 데브루 박사가 고개를 앞으로 숙이고, 양팔로 팔짱을 낀 상태로 가만히 있었다. 너무 오랫동안 그대로 있어서, 나는 또다시 박사가 잠든 게 아닐까 하는 생각을 했다. "톰, 너하고 상관없는 어떤 사실을 이야기해줄게. 내 생각엔 네가 알아야 할 것 같아서 말이야. 하지만 팻에게는 그 사실을 말하지 않길 바랄게…. 만일 네가 이야기한다면, 나는 네가 거짓말을 한 것으로 만들어버릴 거야, 철저하게. 네가 말하는 게 팻에게는 좋지 않기 때문이야. 내 말이 무슨 말인지 알겠지?"

"그러면 저한테도 말하지 마세요." 내가 퉁명스럽게 말했다.

"닥치고 들어." 데브루 박사가 서류철을 집어 들었다. "여기에 팻의 수술에 대한 보고서가 들어 있어. 우리 의사들이 환자들을 헷갈리게 만드는 데 사용하는 용어들로 쓰였지. 넌 이걸 이해하지 못할 거야. 아무튼 이건 산타마리아호를 통해 우회해서 암호로 보내졌어. 그들이 네 형제를 절개했을 때 무엇을 발견했는지 알고 싶지 않아?"

"글쎄요, 그다지."

"팻의 척수에는 어떤 종류의 손상도 없었어."

"네? 팻이 다리가 마비된 것처럼 속였다는 말을 저한테 하려는 건가요? 전 안 믿어요!"

"자, 자, 진정해. 팻은 속이지 않았어. 팻의 다리는 마비됐어. 신경과 의사가 감지하지 못할 정도로 팻이 거짓 마비 연기를 해내는 건 불가능해. 나도 직접 검진했었어. 네 형제는 마비가 됐어. 하지만 척수의 손상으로 인한 마비는 아니었어. 그게 내가 아는 사실이고, 팻을 수술했던 외과의들이 아는 사실이야."

"그렇지만…." 나는 고개를 절레절레 흔들었다. "제가 바보가 된 기분이네요."

"우리 의사들은 안 그럴 것 같아? 톰, 인간의 마음은 단순하지 않아. 매우 복잡해. 맨 위에 있는 의식은 자기만의 관념과 욕망이 있어. 그중 일부는 사실이고, 일부는 선전과 교육, 그리고 다른 사람에게 좋은 인상을 주고 잘 보이기 위한 필요에 따라 새겨진 생각이야. 그 아래에 있는 무의식은 볼 수도 들을 수도 없는데, 멍청하고 교활해. 그리고 무의식은 대개 의식과는 다른 종류의 욕망과 매우 다른 동기를 가지고 있지. 무의식은 자신만의 길을 가려고 해…. 그리고 그게 되지 않을 때는 만족할 때까지 문제를 일으켜. 편하게 사는 비결은, 무의식이 자기만의 길을 가기 위해 너를 정서적으로 파탄시키기 전에, 그 무의식이 진정으로 원하는 것을 알아내서 가장 쉬운 방식으로 제공해주는 거야. 정신질환자가 뭔지 알아, 톰?"

"어…, 미친 사람이잖아요."

"'미쳤다'는 우리가 없애려 노력하는 말이야. 정신질환자는 무의식의 요구를 만족시켜주기 위해 가게를 팔아치우고 벌거벗은 채 세상 밖으로 나갈 수밖에 없는 가련한 사람이야. 무의식과 타협을 이뤘지만, 그것 때문에 파멸당한 거지. 내 업무는 사람들이 파멸당하지 않으면서 무의식과 타협할 수 있도록 돕는 거야. 좋은 변호사 같은 거지. 우리는 사람들에게 타협을 피하도록 하는 게 아니야. 가장 좋은 조건으로 처리하도록 하는 거야.

내가 하려는 말은 이거야. 네 형제는 꽤 괜찮은 조건으로 자신의 무의식과 타협했어. 팻이 전문적인 도움을 받지 않았다는 사실을 고려하면 아주 좋은 조건이지. 팻의 의식이 계약서에 서명할 때, 무의식은 그 계약을 수행하지 않겠다고 단호하게 거절했어. 그 갈등의 골이 너무 깊어서 자칫하면 여러 사람을 다치게 할 수도 있었어. 하지만 팻은 그러지 않았지. 팻의 무의식은 대신 사고를 선택했어. 마비를 일으킬 만한 사고였고, 확실히 일으켰지. 정말로 마비가 된 거야. 잘 들어둬, 그건 속임수가 아니었어. 그래서 네 형제는 자신이 수행할 수 없는 계약으로부터 훌륭하게 벗어났어. 더 이상 이 여행을 떠날 수 없게 되었고, 수술을 받았지. 외과 의사는 뼈의 사소한 상해만 치료했어. 그러나 팻은 용기를 얻어 자신의 마비가 사라졌을 거라고 생각했고, 실제로 그렇게 됐어." 데브루 박사가 어깨를 으쓱했다.

나는 그 말을 계속 곱씹다가 혼란스러워졌다. 그 의식과 무의식 어쩌고 하는 것은 나도 배웠고 시험도 잘 쳤다…. 하지만 당시 나는 그에 대해 전혀 관심이 없었다. 데브루 박사가 지칠 때까지 비유법을 이용해 장황하게 이야기할 수 있을지 몰라도, 팻과 내가 가고 싶어 했으며 팻이 남게 된 유일한 이유는 그 사고로 다쳤기 때문이라는 사실을 피해 갈 수는 없었다. 어쩌면 마비는 히스테리 때문일 수도 있었다. 아마 팻은 실제보다 훨씬 심하게 다쳤다고 생각하고는 겁을 먹었을지 모른다. 그래도 아무런 차이가 없었다.

그러나 데브루 박사는 그 사고가 우연히 발생한 것이 아니었던 것처럼 말했다. 그렇다면 뭘까? 어쩌면 팻이 겁을 먹었지만, 그런 사실을 드러내기에는 너무 자존심이 강했는지 모른다. 나는 여전히 팻이 산비탈에서 일부러 넘어졌다고는 생각하지 않는다.

어찌 됐든, 데브루 박사는 한 가지에서 완전히 틀렸다. 나는 이 여행을 가고 싶었다. 아, 어쩌면 내가 약간 겁이 났었는지도 모르겠다. 그리고 처음에 내가 집을 그리워했던 것도 기억났다. 그러나 그건 자연스러운 일이었다.

「그러면 넌 왜 그렇게 우울해 하는 건데, 바보야?」

이건 팻이 말한 게 아니었다. 내가 나한테 한 말이었다. 제기랄, 이번에는 내 무의식이 목소리를 높여 말한 건지도 모르겠다. "박사님?"

"응, 톰."

"박사님은 제가 정말로는 떠나기 싫어했다고 하셨잖아요?"

"그렇게 보여."

"하지만 무의식이 항상 이긴다면서요. 둘 중의 하나는 틀린 거 아닌가요?"

데브루 박사가 한숨을 뱉었다. "내가 꼭 그렇게 말하지는 않았어. 네 승선 과정은 급하게 진행됐잖아. 그런데 무의식은 멍청하고 종종 느려. 네 무의식은 스키 사고처럼 쉬운 뭔가를 생각해낼 시간이 없었어. 하지만 고집이 세. 그 무의식이 너한테 집으로 가라고 요구하고 있어…. 지금 네가 할 수 없는 행동이지. 그런데 무의식은 이성적인 소리를 듣지 않을 거야. 달을 보고 우는 갓난아기처럼 불가능한 일을 해내라고 너를 끊임없이 괴롭힐 거야."

내가 어깨를 으쓱하며 대답했다. "박사님의 이야기를 들으니, 제가 난감한 처지에 빠진 것 같네요."

"그렇게 지독하게 뚱한 표정 짓지 마! 정신 위생은 교정 가능한 문제들을 교정하고, 불가피한 문제들에 적응하는 과정이야. 너한테는 세 가지의 선택지가 있어."

"제가 선택할 수 있는지 몰랐네요."

"세 가지야. 무의식이 받아들일 수 있는 환상을 네 마음이 만들어낼 때까지 계속 깊게 침잠하는 방법이 있어…. 정신병적 적응이지. 네가 '미친 사람'이라고 부르는 상태야. 혹은 지금처럼 계속 되는대로 해나가는 것도 가능해. 비참하고, 너 자신에게나 동료들에게 별로 도움은 안 되는 방법이지. 그리고 자칫 선을 넘게 될 가능성이 언제나 존재해. 혹은 네 마음속을 파고 들어가 친해져서, 무의식이 정말로 원하는 게 뭔지 알아내고, 무엇이 불가능한지와 이유를 무의식에게 보여준 후, 가능한 것들을 기반으로 유익한 협상을 해볼 수도 있어. 너한테 배짱과 적극성이 있다면, 마지막 선택지를 시도해봐. 하지만 쉽지는 않을 거야." 박사는 나를 바라보며 대답을 기다렸다.

"어, 시도해보는 게 좋을 것 같아요. 하지만 제가 어떻게 해야 하나요?"

"에라, 모르겠다는 식으로 네 방에서 우울하게 보내서는 안 되지, 그건 확실해."

"저희 스티븐 삼촌도, 아니, 스티븐 루카스 소령도." 내가 천천히 말했다. "저한테 그러지 말라고 했어요. 삼촌은 제가 이리저리 돌아다니고 사람들과 어울리길 바라죠. 그래야 될 거 같아요."

"당연히 그렇지. 하지만 그것만으로는 충분하지 않아. 파티의 흥을 돋우는 사람이 되는 척하는 것만으로는 네가 빠진 구덩이에서 빠져나올 수 없어. 넌 너 자신과 친해져야 해."

"알겠습니다. 하지만 어떻게요?"

"글쎄, 매일 오후 내가 네 손을 꼭 잡고, 네가 자신에 대한 이야기를 늘어놓는 식으로는 해낼 수 없어. 음…. 네가 누군지, 그리고 네가 어디에 살았고, 어떻게 이 우주선에 오게 되었는지 글로 써봐. 네가 충분히 잘해내면 '어떻게'뿐만 아니라 '왜'가 보이기 시작할 거야. 계속 파다 보면 네가 누구인지, 네가 뭘 원하는지, 또 얼마나 원하는지 알아낼 수 있을 거야."

내가 난처한 표정을 지었던 모양인지, 박사가 이렇게 말했다. "혹시 일기를 계속 쓰니?"

"가끔요. 일기장을 가지고 왔어요."

"그 일기장을 밑그림으로 이용해. 'T. P. 바틀릿의 생애와 시대'를 쓰는 거야. 완벽하게, 그리고 전적으로 진실하게 쓰려고 노력해."

나는 그 말을 다시 생각해봤다. 다른 사람에게는 말하고 싶지 않은 일들이 있었다. "어, 박사님이 그걸 읽으실 건가요?"

"나? 그럴 리가! 나는 엇나간 사람들이 없더라도 휴식 시간이 너무 짧아. 이건 너를 위한 거야, 얘야. 너 자신을 위해 쓰는 거야…. 마치 네가 너 자신에 대해 아무것도 몰라서 모든 걸 설명해줘야 하는 것처럼 써. 네가 기억을 잃게 되었을 때, 기억을 다시 끼워 맞출 수 있을 정도로 써. 전부 다 적어." 데브루 박사가 눈살을 찌푸리더니, 마지못해 덧붙였다. "혹시 네가 뭔가 중요한 사실을 알게 되었다는 느낌이 들어서 다른 사람의 의견을 듣고 싶을 때는, 내가 짬을 내서 최소한 그 부분은 읽어줄 수 있을 것 같아. 하지만 약속은 못 해. 너 자신을 위해 써. 기억상실증에 걸린 너에게."

그래서 나는 박사에게 해보겠다고 했다⋯. 그리고 지금 이렇게 하고 있다. 나는 이게 특별히 도움이 되었는지는 모르겠다. 어쨌든 슬럼프에서는 벗어났다. 그리고 박사가 내게 권했던 방식처럼 완벽하게 쓸 시간은 없었다. 한 달 만에 처음으로 한가한 저녁이라, 나는 이 글의 마지막 부분을 서둘러 마무리할 수밖에 없다.

그러나 정말로 노력했을 때 얼마나 많은 사실을 기억해낼 수 있는지 알게 된 것은 놀라웠다.

제 3 부

10
관계

　루이스클라크호에 많은 변화들이 있었다. 우선, 우주선은 최고속도를 찍은 후 이제 가속했을 때처럼 빠르게 감속하는 중이다. 우리는 우주선 시간으로 6개월 후에 고래자리 타우에 도착할 예정이다.

　하지만 지금 이 글은 너무 앞서 나가고 있다. 내가 글을 쓰기 시작한 이후 우주선 시간으로 약 1년이 흘렀다. 우리가 지구를 떠난 이후 지구 시간으로는 약 12년이 흘렀다. 하지만 지구 시간은 잊었다. 지구 시간은 아무 의미도 없다. 우리는 우주선 시간으로 우주선 안에서 열세 달을 보냈다. 그리고 많은 일이 일어났다. 팻이 결혼했다. 아니, 그건 우주선에서 일어난 일이 아니므로, 시작을 여는 이야기로는 적절하지 않다.

　다른 결혼 이야기로 시작하는 게 나을 것이다. 텔레파시 능력자 메이링 존스가 전자추진기 담당자인 쳇 트래버스와 결혼했다. 그 결혼은 폭넓은 찬사를 얻어냈다. 메이링을 짝사랑하던 공학자 한 명은 예외였지만 말이다. 우리 괴물들과 전자추진기 담당자들은 우리 중 한 명과 그들 중 한 명을 결혼시키기 위해 화해했다. 특히 프릭 중령이 신부 메이링과 팔짱을 끼고, 마치 자신의 딸인 양 자랑스럽고 엄숙한 얼굴로 식당의 통로를 걸어올 때는, 특히 두 팀 사이가 각별했다. 두 사람은 잘 어울렸다. 트래버스는 서른이 채 되지 않았고, 내가 알기로 메이링은 적어도 스물 둘은 넘었다.

그러나 그 결과 당직 시간표가 바뀌어서, 루퍼트 부팀장은 나를 프루든스 매튜스와 함께 당직 근무에 넣었다.

나는 늘 프루든스를 좋아했지만, 큰 관심은 없었다. 그녀는 두 번은 봐야 예쁘다는 사실을 알게 된다. 하지만 프루든스가 상대를 우러러보는 방식은 나 자신이 중요하다는 느낌을 받도록 만들었다. 프루든스와 당직을 서기 시작하던 당시까지 나는 여자애들을 멀리했었다. 나는 '모디에게 신의를 지킨다'고 생각했던 것 같다. 그즈음 나는 데브루 박사 지시대로 이 고백을 쓰고 있었다. 왜 그런지 모르겠지만, 어떤 일들에 대해 글을 쓰면, 그 일에 대해 결말을 짓도록 만든다. 내가 스스로에게 말했다. "왜 안 돼? 톰, 이 녀석아, 모디는 네 인생에서 완전히 벗어난 존재야. 너희 둘 중 하나가 죽은 거나 마찬가지라고. 하지만 삶은 계속돼, 바로 여기 이 한 다발의 공기 안에서."

나는 뭔가를 맹렬하게 하는 법이 없었다. 난 프루든스와 최대한 즐겁게 어울렸을 뿐이었다…. 하지만 나중에 생각해보니 그때가 상당히 즐거웠다.

노아의 방주에 동물들을 둘씩 짝지어 태웠을 때, 노아가 그들을 우현과 좌현으로 나눴다고 들었다. 루이스클라크호는 그런 식으로 운영되지 않았다. 메이링과 트래버스는 우주선에서도 영구적으로 함께 지내고 싶을 만큼 친밀해질 수 있다는 가능성을 보여줬다. 승무원 중 절반이 채 되지 않는 이들이 기혼 부부로 승선했다. 나머지 우리는 마음을 먹기만 하면, 우리의 앞길을 막을 장애물이 전혀 없었다.

하지만 어찌 된 일인지, 우리는 그런 방해물이 없더라도 지구에 있을 때보다 더 과잉보호를 받는 것 같았다. 뭔가 조직적인 형태는 아닌 듯했지만…, 그래도 존재했다. 전등이 어둑해진 후 누군가가 복도에서 조금 길게 작별인사를 하고 있으면, 알프레드 아저씨가 하필 그즈음에 자리에서 일어나 복도를 따라 느릿느릿 걸어왔다. 혹은 오툴 부인이 "잠드는 데 도움이 될까 해서" 핫 초콜릿 한 컵을 만들기 위해 지나가기도 했다.

아니면 선장일 때도 있었다. 선장에게는 우주선에서 일어나는 모든 일을 볼 수 있도록 머리 뒤에 눈이 달린 것 같았다. 오툴 부인은 확실히 뒤에 눈이 달렸다고 확신한다. 어쩌면 알프레드 아저씨는 사실 가설적인 존재인 광범위 텔레파시 능력자이지만, 너무 예의 바르고 능수능란해서 다른 사람들이 알아채지 못한 것일 수도 있다.

혹은 데브루 박사가 가진 진료카드로 우리 모두를 너무 잘 분석한 탓에, 언제나 토끼가 어느 쪽으로 뛰어갈지 예측하고선 개들을 보내 쫓는 것일 수도 있다. 나는 박사가 그러고도 남을 사람이라고 생각했다.

하지만 딱 충분할 정도였고 너무 과하지는 않았다. 누군가가 그저 연애 기분을 느껴보고 싶어서 한두 번 입맞춤하는 것은 아무도 마땅찮게 여기지 않았다. 다른 한편으로, 대부분의 공동체에서 종종 일어나기 마련인 스캔들은 한 번도 일어나지 않았다. 나는 우리가 추문이 일어날 짓은 하지 않았다고 확신한다. 우주선 안에서 그런 일을 비밀로 할 수는 없다. 하지만 약간 소극적인 애무 정도는 못 본 척하는 것 같았다.

물론 프루든스와 나는 비판을 불러일으킬 만한 짓을 한 적이 없었다.

그런데도, 우리는 당직이 있든 없든 서로에게 점점 더 많은 시간을 빼앗기고 있었다. 나는 그 만남을 진지하게 생각하지 않았고, 결혼까지 생각할 정도도 아니었다. 하지만 그 관계가 점점 의미를 갖게 되면서 나도 진지해졌다. 프루든스는 나를 은밀히 만나기 시작했고, 조금은 소유물로 보기 시작했다. 우리가 송신 자료 더미를 넘기다 손이 닿으면 불꽃이 튀는 걸 느낄 수 있었다.

나는 기분이 좋고 생기가 넘쳤다. 덕분에 이 기록을 쓸 시간이 없었다. 나는 2킬로그램이 늘었고, 향수병은 확실히 사라졌다.

프루든스와 나는 저녁 당직을 함께 보낼 때 언제나 식료품 저장소에 잠깐 들러서 음식을 훔쳐 먹는 습관이 생겼다. 오툴 부인은 별로 개의치 않았다. 부인은 식료품 저장소를 잠그지 않고 놔둬서 간식을 원하는 사람이면 누구든 찾아서 먹을 수 있도록 했다. 오툴 부인은 여기가 우리의 집이지 감옥이 아니라고 했다. 프루든스와 나는 샌드위치를 만들거나, 창조적으로 혼합한 음식을 만들어서 먹고 이야기를 나누다 돌아갔다. 무슨 이야기인지는 중요하지 않았다. 중요한 것은 우리가 나누는 따스한 감정이었다.

어느 날 밤 우리는 자정에 당직을 마쳤는데, 식당이 텅 비어 있었다. 포커 게임을 하던 사람들은 일찌감치 파했고, 밤에 하는 체스 게임자들도 없었다. 프루든스와 나는 식료품 저장소로 들어가서 효모 치즈 샌드위치를 구울 준비를 했다. 저장소가 다소 비좁았다. 프루든스가 작은 그릴을 켜기 위해 몸을 돌릴 때, 나를 살짝 스쳤다.

나는 아름답고 깔끔한 프루든스의 머릿결에서 풍기는 은은한 향기를 맡았다. 신선한 클로버나 제비꽃 향 같았다. 내가 그녀에게 팔을 둘렀다.

프루든스는 야단법석을 부리지 않았다. 멈칫한 상태로 잠깐 있더니, 이내 느긋해졌다.

여자애들은 부드러웠다. 마치 뼈가 없는 것 같았다. 그리고 내 생각에는 체온이 우리보다 3도는 높은 것 같았다. 설령 체온계로 그 차이가 나타나지 않는다고 할지라도 말이다. 내가 아래로 내려다보자, 프루든스는 얼굴을 위로 들며 눈을 감았다. 모든 게 아름다웠다.

아마 0.5초 동안 프루든스가 내게 입맞춤을 했던 것 같다. 그리고 나는 그녀도 나만큼이나 많이 좋아했다고 믿는다. 그것은 내가 명확하게 주장할 수 있다.

곧 프루든스가 레슬링 선수처럼 내 팔에서 빠져나가더니, 건너편에 있는 계산대에 기대어 섰다. 지독하게 당황한 얼굴이었다. 뭐, 그건 나도 그랬다. 프루든스는 나를 보고 있는 게 아니었다. 그녀는 아무것도 응시하지 않았다. 뭔가를 듣는 것 같았다…. 그래서 난 알아챘다. 프루든스가 텔레파시로 연결되었을 때의 얼굴이었다. 하지만 그녀는 몹시 불쾌한 표정이었다.

내가 말했다. "프루든스! 무슨 일이야?"

프루든스는 대답하지 않고, 그냥 그 자리에서 떠나기 시작했다. 그녀가 문을 향해 두어 걸음을 걸어갔을 때, 내가 손을 뻗어 손목을 잡았다. "이봐, 나한테 화난 거야?"

프루든스가 몸을 틀더니, 그제야 내가 거기에 있었다는 사실을 깨달은 표정을 지었다. "미안해, 톰." 그녀가 쉰 목소리로 말했다. "우리 언니가 화났어."

난 페이션스 매튜스를 만난 적이 없었다. 그리고 지금은 별로 만나고 싶지 않았다. "뭐? 이런, 그 수없이 많은 바보 같은 행동 중에, 나는…."

"언니가 널 안 좋아해, 톰." 프루든스가 단호하게 대답했다. 마치 그 대답이 모든 걸 설명해준다는 듯. "잘 자."

"하지만…."

"잘 자, 톰."

아침 식사 때 프루든스는 여느 때처럼 상냥했다. 하지만 그녀가 나를 지나칠 때는 불꽃이 튀지 않았다. 그날 루퍼트 부팀장이 당직 시간표를 다시 바꿨을 때, 나는 놀라지 않았다. 이유를 묻지도 않았다. 프루든스는 나를 피하지 않았다. 댄스파티가 열리면 나와 춤도 출 것이다. 하지만 불은 꺼졌고, 우리 두 사람은 누구도 그 불을 다시 붙이려 하지 않았다.

한참 시간이 흐른 후 베른하르트에게 그에 관해 이야기했지만, 나는 공감을 얻지 못했다.

"문간에 손가락을 찧은 사람이 네가 처음일 거라고 생각해? 프루든스는 예쁜 아이야. 그건 우리 할아버지도 인정하실 거야. 하지만 원탁의 기사 갤러해드가 백마를 타고 오더라도, 프루든스와 대화를 나누기 전에 먼저 페이션스의 검사를 받아야 해…. 그리고 그 대답은 '안 돼'가 될 거라고 내가 장담할 수 있어. 프루든스는 사랑스럽고 약간 얼빠진 방식으로 나를 적극적이야. 하지만 페이션스는 완두콩 죽보다 따뜻한 것이면 뭐든 반대할 거야."

"안타까운 일이네. 기억해둬, 이제는 나로서도 상관없는 문제이긴 하지만, 그 언니가 프루든스의 인생을 망칠 거야." 내가 말했다.

"그건 프루든스의 문제야. 나는 몇 년 전에 내 쌍둥이와 타협했어. 우리는 치고받고 난 후 사업적으로 협력하기로 했어. 어쨌든 프루든스가 페이션스에게 똑같이 굴지 않을 거라고 확신할 수 있어? 어쩌면 프루든스도 이미 복수를 시작했을지 몰라."

그 사건 때문에 여자애들에 대한 내 관심이 식어버리는 일은 없었고, 텔레파시 능력자들인 쌍둥이 자매들에게도 무관심하지 않았다. 그 뒤 나는 소녀들과 즐겁게 어울렸다. 하지만 한동안 알프레드 아저씨를 더욱 자주 만났다. 아저씨는 도미노 게임을 좋아했다. 우리가 저녁 식사를 다 마치고 나면 아저씨는 슈가 파이에 관해 이야기하길 좋아했다. 물론, 슈가 파이와 이야기를 나누는 것도 좋아했다. 알프레드 아저씨와 나는 슈가 파이의 큰 사진을 바라보면서 셋이 이야기를 나누곤 했다. 아저씨가 슈가 파이와 내 말을 반복해서 서로에게 전달해줬다. 슈가 파이는 착한 꼬마 아가씨였다. 여섯 살짜리 소녀를 알게 되는 건 상당히 즐거웠다. 여섯 살짜리의 생각은 정말로 독특했다.

어느 날 밤, 평소처럼 슈가 파이의 사진을 보며 두 사람과 이야기를 나누다가, 시간이 지났으니 슈가 파이도 변했을 게 틀림없다는 생각이 문득 들었다. 그 나이 때는 빠르게 성장하니까. 나는 기발한 생각이 떠올랐다. "아저씨, 슈가 파이에게 새로운 사진을 러스티 로즈에게 보내도록 하면 어떨까요? 그러면 러스티가 더스티에게 그 사진을 전송하고, 더스티가 원래의 사진처럼 완벽하게 그려줄 거예요. 그 사진으로 현재 슈가 파이가 어떻게 생겼는지 알 수 있어요. 네? 어때요? 좋은 생각 아닌가요?"

「그럴 필요 없어요.」

나는 사진을 보고 있었는데, 그 순간 내 퓨즈가 터져버린 것 같았다. 잠깐 동안 그 사진이 바뀌었다. 아, 똑같이 쾌활한 어린 소녀였지만, 약간 더 나이가 들었다. 그 소녀는 앞니 하나가 빠진 걸 수줍어했고 머릿결도 달랐다.

그리고 그 사진은 생동감이 있었다. 그냥 입체가 아니라 생동감이 있었다. 그 둘 사이에는 차이가 있다.

그러나 내가 눈을 깜빡였을 때, 다시 예전 사진으로 돌아가 있었다.

내가 갈라진 목소리로 말했다. "아저씨, '그럴 필요 없어요'는 누가 말한 건가요? 아저씨인가요, 슈가 파이인가요?"

"응? 슈가 파이가 했지. 내가 전달해줬고."

"네, 아저씨…. 그런데 전 아저씨가 아니라, 슈가 파이의 목소리를 들었어요." 그리고 나는 사진에 대해 말해줬다.

알프레드 아저씨가 고개를 끄덕였다. "그래, 그렇게 생겼어. 슈가 파이가 그 앞니는 곧 나올 거라고 전해달래."

"아저씨…. 이건 달리 말할 수 없어요. 잠깐 동안 제가 두 사람의 사적인 주파수에 끼어들었던 거라고요." 나는 몸이 떨렸다.

"알아. 슈가 파이도 알아. 그렇지만 넌 끼어든 게 아니야. 친구는 언제든지 환영해."

나는 그 사실을 받아들이는 게 힘들었다. 그리고 그 함의 때문에 더욱 마음이 혼란스러웠다. 팻과 내가 텔레파시를 할 수 있다는 사실을 알게 되었을 때보다 더욱 혼란스러웠다. 게다가 나는 아직 그게 뭔지 몰랐다. "어, 아저씨, 우리가 다시 그걸 할 수 있을까요? 슈가 파이?"

"해볼 수 있지."

하지만 되지 않았다…. 다만, 슈가 파이가 "잘 자요, 톰"이라고 말할 때 아저씨의 목소리와 함께 그 애의 목소리를 들었던 것 같지만, 확신할 수는 없었다.

나는 침대로 가서 팻에게 그 일에 대해 말했다. 팻은 내가 그 일이 정말로 일어난 일이었다고 확신시킨 후에야 흥미를 보였다. 「이건 파고들 가치가 있어, 인마. 난 기록을 해놓는 게 좋겠어. 메이블 팀장이 그 문제에 대해 논의하고 싶어 할 거야.」

「어, 내가 알프레드 아저씨의 의견을 들을 때까지는 기다려.」

「그래, 알았어. 그 아저씨의 아이 때문일 거야… 여러 가지 의미로. 아이 이야기가 나와서 말인데, 내가 그 아이를 만나러 가면 어떨까? 우리 둘이 그 두 사람과 함께 있으면 좀 더 쉽게 다시될 수 있을 거야. 아저씨의 종손녀는 어디에 산대?」

「어, 요하네스버그.」

「음…. 한참 멀리 떨어져 있네. 그래도 메이블 팀장이 관심을 보이면 재단에서 나를 거기로 보내줄 거야.」

「그렇겠지. 하지만 먼저 아저씨에게 이야기해볼게.」

그런데 아저씨가 먼저 데브루 박사에게 말했다. 두 사람이 나를 불러들였다. 데브루 박사는 내가 다시 한 번 시도해보길 바랐다. 박사는 내가 지금까지 본 모습 중 가장 흥분한 상태인 것 같았다. 내가 말했다. "시도해볼게요. 하지만 가능할지는 모르겠어요. 어젯밤에 다시 시도했을 때 안 됐거든요. 한 번의 뜻밖의 행운일 수도 있어요."

"뜻밖의 행운이든 귀신이든, 한 번 할 수 있었다면 다시 할 수도 있어. 우리는 적절한 조건을 준비할 수 있을 정도로 영리해져야 해." 데브루 박사가 나를 바라보며 말했다. "가벼운 최면을 해도 될까?"

"저요? 뭐, 네, 괜찮아요. 하지만 전 쉽게 최면에 걸리지 않을걸요."

"그래? 네 기록에 따르면, 아르노 박사는 너에 대한 최면이 불가능하지 않다고 써놨던데? 그냥 나를 아르노 박사로 생각해."

나는 데브루 박사의 얼굴 때문에 웃음을 터뜨릴 뻔했다. 데브루 박사가 아름다운 아르노 박사와 닮은 것보다는, 내가 클레오파트라와 더 많이 닮았을 것이다. 하지만 나는 킥킥거리면서 데브루 박사의 지시를 따랐다.

"산만한 생각을 떨쳐내고 감수성을 높이기 위해 가벼운 최면 상태만 만들면 돼."

나는 '가벼운 최면상태'가 어떤 느낌인지 잘 이해되지 않았다. 나는 아무런 느낌도 없었고, 잠이 들지도 않았다.

하지만 슈가 파이의 목소리가 다시 들리기 시작했다.

나는 데브루 박사의 관심이 순전히 과학적인 것이라고 짐작했다. 사람들의 두뇌에 대한 새로운 사실이, 만성적인 무기력 상태에 빠져 있던 박사를 깨운 것이었다. 알프레드 아저씨는 데브루 박사가 만약의 경우를 대비해 새로운 텔레파시 회로를 구축하길 바라는 것이라고 짐작했다. 아저씨는 그 말을 통해 자신이 영원히 존재하지는 않으리라는 사실을 인식하고 있다는 징후를 넌지시 비쳤다.

하지만 그보다 더한 징후가 있었다. 알프레드 아저씨는 매우 품위 있게, 혹시 그런 일이 일어나거든 자신이 믿을 수 있는 누군가가 아이에게 계속 관심을 기울여주면 좋겠다는 뜻을 내게 전했다. 물론, 아저씨가 그렇게 직접적이고 노골적으로 말한 것은 아니었다. 그래서 난 대답할 필요가 없었지만, 대답해야 했다면 목이 메어 제대로 말하지 못했을 것이다. 아저씨의 뜻은 이해가 됐다. 그리고 그것은 지금껏 내가 받아본 최고의 찬사였다. 나는 그런 신뢰를 받을 자격이 되는지 확신이 서지 않았다. 그래서 혹시라도 내가 신뢰의 몫을 해야 할 때가 된다면, 그에 걸맞은 사람이 되기 위해 노력하겠다고 결심했다.

나는 이제 알프레드 아저씨와 '대화'를 할 수 있었고, 물론 슈가 파이하고도 가능했다. 그러나 우리 셋이 모여 함께 이야기를 나눌 때 외에는 하지 않았다. 텔레파시는 필요하지 않을 때는 짐이었다. 나는 데브루 박사를 위해 아저씨의 도움이 없는 상태에서도 슈가 파이와 연결할 수 있다는 사실을 증명하려고 두 번 시험했을 때 외에는 나 혼자 슈가 파이를 부르지 않았다. 그렇게 하려면 약을 먹어야 했다. 누구든 그 '주파수'에 대고 소리를 지르면, 아저씨가 자다가 깨어났다. 그렇지 않을 때 나는 슈가 파이를 혼자 두었다. 아이가 함께 어울릴 준비가 되지 않았을 때, 내가 어린 소녀의 마음에 끼어들 이유가 없었다.

그 후 얼마 지나지 않아 팻이 결혼했다.

11
편차

팻과 나의 관계는 첫 가속이 진행되는 동안 데브루 박사가 나를 돌봐주기 시작하면서 차츰 나아졌다. 내가 팻을 몹시 싫어하고 원망한다는 사실을 인정한 이후, 더 이상 팻을 싫어하거나 원망하지 않게 되었다는 사실을 깨달았다. 나는 팻을 불필요하게 괴롭힘으로써, 나를 불필요하게 괴롭히는 팻의 버릇을 고쳤다. 팻은 알람시계를 끌 수는 있었지만, 나를 끌 수는 없었다. 우리는 '각자 자기 방식으로 살아가기'에 합의하면서 서로 잘 지내게 되었다. 얼마 지나지 않아, 우리가 서로 연락하기로 되어 있는 시간을 내가 기다리고 있다는 사실을 깨달았다. 그래서 내가 팻을 좋아한다는 사실을 알아챘다. 이것은 '다시'가 아니라 '마침내' 였다. 그 이전에는 내가 팻에 대해 그렇게 따스한 느낌을 가져본 적이 없었기 때문이다.

그러나 우리가 서로 더 가까워지고 있는 동안에도 우리는 멀어져갔다. '편차'가 우리의 발목을 잡았다. 상대성이론 공식을 보면 누구라도 알 수 있듯이, 그 관계식은 직선이 아니다. 처음에는 알아채기도 힘들지만, 그 편차는 점차 무거워지는 천칭의 반대쪽 끝처럼 맹렬하게 멀어져갔다.

우주선의 속도가 광속의 75퍼센트에 도달하자, 팻은 내가 말을 질질 끈다고 불평했다. 반면에 나에게는 팻이 빠르게 재잘거리기 시작하는 것처럼 들렸다. 광속의 90퍼센트에 도달하자, 속도 차이가 두 배에 가까워졌다. 하지만 이제 문제가 무엇인지 알았기 때문에, 나는 빠르게 말하고 팻은 느리게 말했다.

광속의 99퍼센트에 도달하자, 속도 차이가 일곱 배로 벌어졌다. 우리가 할 수 있는 일이라곤 상대방에게 이해시키기 위해 노력하는 것 말고는 없었다. 그날 오후 우리는 완전히 연락이 끊어졌다.

다른 사람들도 모두 같은 문제를 겪었다. 물론, 텔레파시는 순간적으로 전달된다. 우리 사이에 몇조 킬로미터 거리가 있어도 시간 지연을 겪지 않았다. 지구에서 달로 전화할 때처럼 멈칫거릴 일도 없었고, 신호 강도도 떨어지지 않았다. 하지만 두뇌는 피와 살이기 때문에 생각하는 데에 시간이 걸리는데… 우리의 시간 비율이 서로 어긋났다. 팻의 관점에서는 내 생각 속도가 너무 느려서 아무리 속도를 늦춰도 나와 계속 대화를 나눌 수 없었다. 팻이 종종 내게 연락하려 노력한다는 것은 나도 알았지만, 아무리 들으려 애써도 헤드폰에서 끽끽대는 소리처럼 들릴 뿐이었다.

심지어 더스티 로즈도 텔레파시를 할 수 없었다. 더스티의 쌍둥이 러스티는 더스티가 그림을 '보는' 데에 필요할 만큼 긴 시간을 한 사진에 집중할 수 없었다.

우리 모두 난리가 났다고 해도 지나친 말이 아니었다. 목소리를 듣는 것은 괜찮았다. 하지만 그들이 무슨 말을 하는지 알아들을 수 없는 상황에서, 그들의 입을 막을 수도 없을 때는 괜찮지 않았다. 어쩌면 정신의학에서 이상한 사례 중 일부는 전혀 미친 게 아닐 수도 있다. 그 불쌍한 사람들은 나쁜 주파수의 텔레파시에 연결된 것인지도 모른다.

알프레드 아저씨는 처음에 그 상황을 최악으로 받아들였다. 나는 아저씨와 텔레파시를 시도하는 동안 하룻밤을 꼬박 함께 앉아 있었다. 아저씨가 갑자기 평온을 되찾았다. 슈가 파이가 아저씨를 생각하고 있었다. 아저씨는 그 사실을 알았다. 그래서 말은 별로 필요가 없었다.

프루든스는 기운차게 잘 지내는 유일한 사람이었다. 그녀는 언니의 손아귀에서 벗어났다. 프루든스는 진짜로 키스를 했다. 아마도 그녀 평생 처음이었을 것이다. 아니, 나하고 한 건 아니었다. 나는 우연히 어슬렁거리며 음료수대로 걸어가던 중이었다. 곧 나는 조용히 뒤로 물러나며, 음료수는 나중에 마시기로 마음먹었다. 그 상대가 누구였는지는 아무 의미도 없으므로, 그에 대해 말할 필요는 없을 것이다. 내 생각에 프루든스는 설령 상대가 선장일지라도 그 순간에 가만히만 있어준다면 키스를 했을 것 같았다. 불쌍한 프루든스!

우리는 체념하고 다시 편차가 줄어드는 단계가 가까워질 때까지 기다렸다. 우주선들은 동일한 일정에 따라 가속했기 때문에, 아직 다른 우주선들과는 연결된 상태였다. 그 난제에 대해 많은 논쟁이 오갔다. 아무도 그런 상황을 예상하지 못했던 게 틀림없었다. 어떻게 보면 그건 중요하지 않은 문제였다. 우리는 속도를 늦추고 우리가 향하고 있는 항성들을 탐사하기 전까지는 보고할 게 아무것도 없었기 때문이다. 하지만 다른 측면으로 생각하면, 중요한 문제였다. 루이스클라크호가 빛의 속도(에서 모기의 더듬이만큼 뺀 속도)로 날아가는 동안 우리에게는 아주 짧은 시간이지만, 지구 쪽에서는 10년을 꽉 채운 시간이 될 것이었다. 나중에 알게 된 사실에 따르면, 데브루 박사뿐만 아니라 다른 우주선들과 장기정책재단에 있는 정신과 의사들은 수년이 경과한 이후 얼마나 많은 텔레파시 쌍들이 계속 기능할지 궁금해했다. 그들에게는 걱정할 만한 이유가 있었다. 일란성 쌍둥이가 오랜 시간 동안 떨어져 살았을 경우에는 텔레파시 쌍으로 이어지지 않는다는 사실이 이미 입증되었다. 그것이 선발된 대부분의 쌍둥이가 어렸던 또 다른 이유였다. 대부분의 쌍둥이들은 성인이 되면 헤어졌기 때문이다.

그때까지 우리는 레벤스라움 프로젝트 때문에 헤어진 상태가 아니었다. 물론, 우리는 생각하기 힘든 거리를 떨어져 있지만, 각 텔레파시 쌍은 매일 정규적인 당직을 서야 했기 때문에, 연결된 상태로 끊임없이 텔레파시를 실시했었다. 설령 뉴스 말고는 보낸 게 없다고 할지라도.

하지만 몇 년간 연락에 닿지 않는 게 텔레파시 짝들 사이의 관계에 어떤 영향을 미치게 될까?

나는 그 문제를 고민하지 않았다. 나는 잘 몰랐다. 대신 오툴 씨에게서 일종의 해답을 얻었다. 덕분에 나는 우주선 시간으로 2주 후에는 다시 의사소통이 가능해질 정도의 단계로 돌아갈 것이라고 생각하게 되었다. 그때까지는 당직을 서지 않으니, 모든 게 나쁘지만은 않았다. 나는 침대로 가서 내 머릿속에서 끽끽대는 소리를 무시하려 애썼다.

팻이 나를 깨웠다.

「톰…. 대답해, 톰. 내 말 들려, 톰? 대답하라고!」

「야, 팻, 들려!」 나는 벌떡 일어나 침대에서 나와 바닥을 딛고 일어섰다. 너무 흥분해서 말이 잘 나오지 않았다.

「톰! 아, 톰! 네 목소리를 들으니 좋구나, 자식. 너와 마지막으로 대화를 나눈 게 2년 전이었잖아.」

「그게 아니라….」 나는 반론을 시작하려다가 곧 멈췄다. 나에겐 일주일이 채 되지 않았다. 하지만 팻에게 얼마나 긴 시간이 흘렀는지 짐작이라도 해보려면, 그리니치 달력을 쳐다보고 전산실로 가서 확인해야 했다.

「내가 말할게, 톰. 길게 말할 수 없어서 그래. 지난 6주 동안 재단에서 나에게 깊은 최면을 걸고 약을 먹였어. 그렇게 오래 걸려 너와 연락이 닿은 거야. 재단에서 아주 오랫동안 나를 유지시키지는 못할 거야.」

「그 말은 지금 넌 최면에 걸린 상태라는 거야?」

「물론이지. 안 그러면 너와 대화를 전혀 할 수 없어. 지금….」 팻의 목소리가 잠깐 약해졌다. 「미안. 나한테 주사를 한 대 더 놓고, 정맥으로 영양을 공급하느라 잠깐 멈췄어. 자, 잘 듣고 이 일정을 기록해. 베른하르트 반 호우텐….」 팻은 우리 각각의 이름과 그리니치 시간과 날짜를 초 단위까지 정확하게 읊었다. 그리고 내가 다시 되풀이해서 읽어주는 사이 침묵했다. 나는 고음으로 올라가는 「안녕」이라는 소리를 겨우 알아들었다. 그리고 고요해졌다.

나는 바지를 챙겨 입고 선장을 깨우러 갔지만, 신발을 신을 겨를은 없었다. 공식적으로는 밤이었음에도, 모두가 자리에서 일어났고 낮처럼 불을 환히 켰다. 오툴 부인이 커피를 준비해 줬으며, 다들 한마디씩 했다. 상대성이론 과학자들은 전산실로 앞다퉈 갔다. 그리고 재닛 미어스는 컴퓨터를 이용하지 않고 직접 베른하르트가 쌍둥이와 연결되기로 예정된 우주선 시간을 계산해줬다. 베른하르트가 명단의 가장 위에 올려져 있었기 때문이다.

베른하르트가 그의 형제와 연결에 실패하자 모두가 신경과민이 되었다. 그리고 재닛 미어스가 눈물을 흘렸다. 그녀가 암산으로 계산하면서 상대적 시간을 잘못 계산했을지 모른다고 누군가가 지적했기 때문이다. 하지만 밥콕 박사가 컴퓨터에 그녀의 해답을 집어넣어 소수점 아홉 자리까지 맞았다는 사실을 확인시켜주었다. 곧 밥콕 박사는 차가운 목소리로 앞으로 자신의 직원들을 비난하지 말라고 요구했다. 그것은 그의 특권이었다.

그 직후 글로리아가 쌍둥이 자매와 연결되어 모두 한결 기분이 나아졌다. 선장이 감마를 통해 기선으로 공문을 보냈다. 그리고 다른 두 우주선에서 연락되었다는 답변이 돌아왔다. 노틸러스호와 크리스토퍼콜럼버스호였다.

당직 근무를 교대하기 전에 꾸물거리거나 먹을거리를 가져가려고 식료품 저장소에 들르기 위해 멈추는 일은 더 이상 없었다. 다시 계산된 시간에 따라 텔레파시 짝이 3시 17분 06초에 전송할 준비에 들어간다면, 우리는 3시 정각부터 허튼짓하지 않고 기다렸으며, 녹음기가 돌아가고 마이크는 입술 앞에 준비해놓았다. 우주선에 타고 있는 우리에게는 쉬운 일이었지만, 우리 모두는 자신의 텔레파시 짝이 우리와 연결하기 위해 최면과 독한 약을 견디고 있다는 사실을 잘 알았다. 데브루 박사도 그런 상황을 즐거워하지는 않는 듯했다.

한가하게 잡담을 나눌 시간이 없었다. 내 쌍둥이 형제자매가 한 단어를 위해 자신의 생명에서 1시간을 베어내야 하는 상황에서 잡담을 할 수는 없었다. 우리는 그쪽에서 보낸 내용을 처음한 번에 기록했고 서툴게 실수하지 않았다. 그리고 선장이 보내는 메시지를 전송했다. 혹시 이야기를 나눌 시간이 조금이라도 남는다면 다행이었지만, 대개는 시간이 남지 않았다…. 그래서 내가 팻의 결혼에 대해 헷갈렸던 것이었다.

가속에서 감속으로 바뀌는 2주 사이에 우리는 최고속도에 도달했고, 지구에서는 약 10년이 흘렀다. 평균 250배의 차이였다.

하지만 이것은 전체 평균이 아니다. 그 기간의 중간에는 그 편차가 훨씬 더 컸다. 내가 오툴 씨에게 최댓값이 뭐냐고 묻자, 그는 그저 고개만 절레절레 흔들었다. 오툴 씨는 그 값을 측정할 방법이 없으며, 예상 가능한 오차가 자신이 다루는 극솟값보다 크다고 했다.

"이렇게 생각해봐." 오툴 씨가 마지막으로 말했다. "우리 우주선에 건초열병이 없어서 다행이야. 누군가가 세게 재채기만 해도 우리를 광속 너머로 밀어버렸을 테니 말이야."

오툴 씨의 말은 농담이었다. 재닛 미어스가 지적했듯, 우리가 광속에 접근할수록 질량은 무한대에 가까워지기 때문에, 재채기로 우리를 밀어내는 건 불가능했다.

하지만 우리는 다시 연락이 끊어진 상태로 하루를 보냈다.

그런 최고속도 기간 동안 진행된 '당직'(각 당직은 우주선의 시간으로 2분이 채 되지 않았다)을 마칠 때쯤, 팻이 모디와 결혼할 것이라고 내게 말했다. 하지만 내가 축하 인사를 하기 전에 연락이 끊어졌다. 나는 모디가 조금 어린데 너무 서두르는 게 아니냐는 생각이 들어서 그 말을 하려고 했지만 기회를 놓쳤다.

딱히 질투한 것은 아니었다. 모디의 모습을 떠올릴 수 없다는 사실을 깨달았을 때, 나 스스로를 돌아보고는 질투가 아니라고 결론을 내렸다. 아, 모디가 어떻게 생겼는지는 안다. 금발과 여름이면 주근깨가 나는 경향이 있는 약간 들창코. 그러나 프루든스나 재닛의 얼굴을 떠올리듯 모디의 얼굴을 기억할 수는 없었다. 그저 약간 소외된 기분 정도만 느껴질 뿐이었다.

나는 그리니치 시간을 확인해야 한다는 사실을 떠올리고, 재닛에게 내가 마지막으로 당직을 섰던 때의 정확한 시간을 계산해달라고 요청했다. 곧 나는 팻을 비난하려던 게 바보짓이라는 사실을 깨달았다. 팻은 스물세 살이었고, 모디는 스물한 살로 곧 스물둘이 되었다.

다음에 연결되었을 때 나는 간신히 「축하해」라고 말했지만, 팻은 대답할 여유가 없었다. 대신 그다음에 연결되었을 때 팻이 대답했다. 「축하 고마워. 우리는 엄마의 이름을 따라서 아이의 이름을 지었어. 하지만 그 애는 모디를 닮은 것 같아.」

이 대답에 나는 당황했다. 나는 다시 한 번 재닛에게 도움을 요청할 수밖에 없었다. 그리고 모든 게 정상이라는 사실을 알게 되었다. 무슨 말이냐면, 부부가 결혼한 지 2년이 되었을 때 아이가 태어나는 것은 그리 놀랄 일이 아니라는 의미다, 그렇지 않나? 나에게만 놀라운 일이었다.

그 2주일이 지난 후 나는 꽤 많은 생각을 재정리해야 했다. 출발할 때 팻과 나는 아주 사소한 차이를 빼고는 같은 나이였다. 최고속도 기간이 끝날 무렵(나는 그 시점을 텔레파시 쌍들이 대화를 하기 위해 더 이상 극단적인 수단을 사용할 필요가 없어진 때로 판단했다), 내 쌍둥이는 나보다 열한 살이 더 많았고, 팻의 딸은 일곱 살이 되었다.

나는 모디가 소녀라는 생각을 그만두었다. 확실히 내가 반했던 그 소녀는 아니었다. 나는 모디가 살이 찌고, 어수룩하고, 매우 가정적인 사람이 되었으리라 짐작했다. 모디는 초코케이크

조각을 추가로 줄 때 사양하는 법이 없었다. 팻과 나는 매우 멀리 떨어진 상태에서 성장해 이제 우리는 공통점이 거의 없었다. 우주선에서 도는 사소한 소문은 내게 너무도 중요했지만 팻에게는 지루했다. 반면에 나는 팻이 이야기하는 신축성 있는 건축 장비와 건물의 완공 기한 같은 일에는 흥미가 끌리지 않았다. 우리는 여전히 만족스럽게 통신을 했지만, 낯선 두 사람이 전화로 통화하는 느낌이었다. 내가 팻을 좋아하기 시작한 후에 녀석이 나에게서 멀어졌기 때문에, 이 상황이 안타까웠다.

그렇지만 나는 조카가 보고 싶었다. 슈가 파이 덕분에 여자아이가 강아지보다 재미있고, 고양이보다 귀엽다는 사실을 알게 되었다. 슈가 파이의 사진을 받으려 했던 생각이 떠올라서 더스티를 졸랐다.

더스티가 하겠다고 동의했다. 더스티는 자신이 얼마나 그림을 잘 그리는지 보여줄 기회를 놓칠 수 없었던 것이다. 게다가 더스티가 녀석치고는 많이 부드러워졌다. 물론 자리에 앉아 앞발을 드는 것까지 가르치려면 앞으로도 오래 걸리겠지만, 이제 쓰다듬으려 할 때 더 이상 으르렁거리지는 않았다.

더스티가 아름다운 사진을 그렸다. 아기 몰리는 작은 날개만 있다면 천사가 따로 없었다. 나와 닮은 부분이 보였다. 즉, 몰리의 아빠와 닮은 부분 말이다. "더스티, 아름다운 사진이긴 한데, 정말 이렇게 생겼어?"

더스티가 날 선 목소리로 말했다. "내가 그걸 어떻게 알아? 하지만 그 그림이 네 형제가 내 형제에게 보낸 사진과 1천 분의

1밀리미터 이상 다르거나, 분광측정기를 가져다 대서 색조 차이가 보인다면, 내가 그 그림을 씹어 먹을게! 하지만 자부심이 강한 부모들이 사진을 조금 예쁘게 수정했을지 내가 어떻게 알겠어?"

"미안, 미안해! 정말 멋진 그림이야. 내가 이 신세를 갚을 방법이 있었으면 좋겠어."

"그 생각을 하느라 밤을 새우지는 마. 내가 뭔가 생각해볼게. 내 서비스는 비싸."

나는 미스 태양계로 뽑혔던 루실 라본의 사진을 내리고, 그 자리에 몰리의 사진을 붙였다. 그래도 루실 라본의 사진을 버리지는 않았다.

두 달 후, 내가 알프레드 아저씨와 슈가 파이의 '주파수'를 사용할 수 있었다는 사실에서, 데브루 박사가 내가 생각했던 것과는 전혀 다른 가능성을 생각해냈다는 것을 알게 되었다. 처음만큼 자주 하지는 않았지만, 나는 두 사람 모두와 계속 대화를 할 수 있었다. 슈가 파이는 이제 거의 열여덟 살이라, 비트바테르스란트에 있는 사범학교에서 교사가 되기 위한 교육을 받기 시작했다. 오직 아저씨와 나만이 그녀를 '슈가 파이'로 불렀다. 언젠가 내가 아저씨를 대신해 슈가 파이를 돌봐줄 것이라는 생각은 잊혔다. 우리가 기동했던 속도로 계속 움직인다면, 곧 그녀가 나를 양육할 수 있는 나이가 될 것이다.

그러나 데브루 박사는 그 일을 잊지 않았다. 그리고 나와 상의하지 않은 채로, 박사와 재단 간의 협상이 진행되었다. 그들이 시도할 준비가 될 때까지 팻에게도 내게 비밀로 하라고 이야기한 게 틀림없었다. 내가 팻에게 일상적인 통신을 기록하기 위해 대기하라고 말하다 처음으로 알게 되었기 때문이다. 우리가 정규적인 당직 근무를 다시 시작하던 즈음이었다.

「그냥 내버려둬, 인마.」팻이 말했다. 「그 통신은 다음 당직자에게 넘겨. 너와 난 뭔가 새로운 일을 하게 될 거야.」

「뭐라고?」

「재단에서 지시가 왔어. 최상층에서부터 내려온 거야. 너와 내가 했던 것처럼 몰리도 임시 연구 계약을 체결했어.」

「뭐? 몰리는 쌍둥이가 아니잖아.」

「잠깐만 몰리가 몇 명인지 세어보자. 그래, 몰리는 한 명뿐이야. 가끔 코끼리 떼처럼 보일 때도 있지만 말이야. 몰리가 여기 같이 있어. 톰 삼촌에게 인사를 하고 싶대.」

「아, 좋지. 안녕, 몰리.」

「안녕, 톰 삼촌.」

난 질겁했다. 나는 정신을 제대로 잡고, 더듬거리지 않게 말했다. 「어이, 이게 누구야? 다시 말해봐!」

「안녕, 톰 삼촌.」몰리가 킥킥거렸다. 「나 어제 머리띠 새로 샀어요.」

나는 감정을 억눌렀다. 「그걸 쓰면 정말 귀엽겠구나. 널 볼 수 있으면 좋을 텐데. 팻! 언제 이런 일이 일어난 거야?」

「최근 10주 동안 가끔 일어났어. 그걸 확인하기 위해 메이블 팀장과 힘든 시간을 좀 보냈어. 그건 그렇고, 우리가 이런 시도를 할 수 있도록, 어, 결혼 전에 코우릭이라는 성을 사용하던 분의 동의를 받아야 했기 때문에, 정말로 힘든 시간을 보냈어.」

「엄마가 결혼하기 전의 성이에요.」몰리가 공모자들끼리 비밀스럽게 속삭이듯 말했다.「엄마는 이거 안 좋아해요. 그래도 난 할래요, 삼촌. 난 재미있어요.」

「난 어디에서도 사생활을 찾을 수 없게 됐어.」팻이 불평했다.「이것 봐, 톰. 이건 시험적인 단계야. 그리고 이만 통신 종료해야겠다. 이 무서운 녀석을 애 엄마한테 데려다줘야 하거든.」

「엄마는 낮잠을 자라고 할 거예요.」몰리가 체념한 목소리로 말했다.「난 낮잠을 잘 나이가 아니란 말이에요. 안녕, 톰 삼촌. 사랑해요.」

「나도 사랑해, 몰리.」

내가 고개를 돌리자, 데브루 박사와 선장이 귀를 쫑긋 세우고 내 뒤에 서 있었다. "어떻게 됐어?" 데브루 박사가 기대하는 눈빛으로 물었다.

나는 얼굴을 무표정하게 유지하려 노력하며 말했다. "만족스러웠어요. 완벽하게 수신됩니다."

"아이도?"

"글쎄요, 네, 그렇죠. 혹시 다른 뭔가를 기대하셨나요?"

데브루 박사가 긴 한숨을 뱉었다. "네가 쓸모없는 녀석이라면, 옛날 전화번호부로 네 머리통을 때려줬을 거야."

아기 몰리와 나는 선단에서 최초로 2차 통신팀이 된 모양이었다. 우리가 마지막은 아니었다. 알프레드 아저씨와 슈가 파이의 사례로 제시된 가설을 바탕으로, 재단에서는 잠재적으로 새로운 참가자인 어린아이, 그리고 그 아이와 친밀한 관계인 옛날 팀의 성인 참가자를 새로운 팀으로 구성하는 게 가능할 것이라고 가정했다. 몇몇 사례에서 어느 정도 효과가 있었다. 다른 사례에서는 아이를 구할 수 없었기 때문에 시도조차 하지 못했다.

팻과 모디는 우리가 고래자리 타우 항성계에 도착하기 전에 둘째 아이를 낳았다. 모디가 둘째 딸 라이넷에 대해서는 단호하게 반대했다. 그녀는 한 가족에 괴물은 둘로 충분하다고 했다.

12
고래자리 타우

고래자리 타우까지 몇 광시가량 남았을 때, 우리의 노력이 허사가 아니었다는 사실을 알게 되었다. 해리 게이츠가 입체 영상과 도플러 입체 망원경을 통해 대여섯 개의 행성 사진을 찍었다. 해리는 선임 행성학자일 뿐만 아니라 연구부서의 책임자였다. 그는 목걸이에 구슬처럼 주렁주렁 달 수 있을 정도로 많은 학위를 받은 모양이었지만, 나는 그를 그냥 '해리'라고 불렀다. 모든 사람이 그렇게 불렀다. 해리는 '박사'라고 불러줘야 하는 그런 종류의 사람이 아니었다. 그는 열망이 가득했고, 나이보다 훨씬 젊게 보였다.

해리에게 우주는 누군가가 그에게 건네준 복잡하게 뒤얽힌 장난감이었다. 그는 우주를 분해해서 어떻게 움직이는 것인지 알고 싶어 했다. 해리는 그 일이 즐거워서, 그 문제에 대해서라면 언제라도 누구라도 기꺼이 토론했다. 나는 병 닦는 일을 하면서 해리와 친해졌다. 그는 연구실 조수들을 로봇처럼 다루지 않았다. 해리는 그들을 사람으로 상대했으며, 자신이 그들보다 얼마나 많이 알고 있든 개의치 않았다. 심지어 해리는 때때로 그들로부터 뭔가를 배울 수 있을 거라 생각하는 듯했다.

어떻게 해리가 바바라 카이퍼와 만나 결혼할 시간이 있었는지 모르겠다. 바바라는 토치 관리자였다. 아마 물리학에 대한 토론으로 시작해서 생물학과 사회학으로 흘러갔을 것이다. 해리는 모든 일에 관심이 있었다. 그러나 해리는 첫아기가 태어나던 밤에 곁에 있을 시간이 없어서, 그날 밤 아기의 이름을 따라 '컨스턴스'라고 이름 붙인 행성의 사진을 찍었다. 이에 대한 반대가 있었다. 모든 사람이 행성에 이름을 붙이려 했기 때문이다. 그러나 선장이 오래된 규칙을 적용하기로 결정했다. 천체의 발견자가 이름을 붙일 권리를 가졌다.

컨스턴스의 발견은 우연이 아니었다(그 행성을 말하는 것이다, 아기가 아니라. 아기는 잃어버린 적이 없었기 때문에 발견할 일도 없었다). 해리는 항성 타우에서 8천만 킬로미터에서 8천2백만 킬로미터 정도 떨어져 있는 행성을 원했다. 혹은 재단에서 그 거리의 행성을 원했다고 말하는 게 더 맞을지도 모르겠다. 고래자리 타우는 스펙트럼형이 태양과 가까운 친척 관계였지만, 타우가 좀 더 작았고 햇빛도 30퍼센트 정도밖에 내뿜지 않았다. 그래서 거실에 전등을 설치할 계획을 세울 때나 사진용 플래시를 배치할 때 사용하는 것과 똑같이 오래되고 고리타분한 역제곱 법칙에 따라, 타우에서 8천만 킬로미터 떨어진 행성에는, 태양으로부터 1억5천만 킬로미터 떨어져 있는 행성과 비슷한 양의 햇빛이 쏟아졌다. 그곳에 지구가 있었다. 우리가 아무 행성이나 찾는 거라면, 그냥 태양계의 고향 행성에 머물렀을 것이다. 우리는 지구의 제대로 된 복제물을 원했다. 그렇지 않으면 개척을 할 가치가 없었다.

날씨가 맑은 밤에 지붕 위로 올라가면 별들이 엄청나게 많이 보이기 때문에, 지구와 같은 행성이 닭장의 달걀만큼이나 많을 거라 생각하기 쉽다. 글쎄, 그렇긴 하다. 해리는 우리 은하계에 그런 행성이 십만 개에서 백만 개 사이로 있을 거라 추정했다. 전 우주에 대해서는 그 숫자에 당신이 좋아하는 아무 숫자나 곱해도 좋다.

문제는 그 행성들이 편리하게 가까운 곳에 있지 않다는 점이다. 고래자리 타우는 지구에서 겨우 11광년 거리밖에 안 되지만, 우리 은하계에 있는 대부분의 별들은 지구에서 평균 약 5만 광년 거리에 있다. 장기정책재단도 그렇게 긴 기간으로는 사고하지 않았다. 항성이 1백 광년 거리 안에 있지 않은 한 아무리 토치선이라고 해도 개척하러 나가는 것은 바보 같은 생각이었다. 물론 토치선은 필요한 만큼 멀리 나갈 수 있고, 심지어 은하계를 가로질러 갈 수도 있다. 하지만 빙하기가 두 번 왔다가 지나간 후에 부동산 조사 보고서를 받는 일에 누가 관심을 가지겠는가? 인구 문제는 그 오래전에 이런저런 방식으로 해결될 것이다…. 어쩌면 서로 죽을 때까지 싸우는 방식이 인구 문제를 푸는 해결책일지도 모른다.

그러나 지구에서 1백 광년 거리 안에는 겨우 1천5백 개 남짓한 별밖에 없고, 그중 약 160개만이 태양과 일반적인 스펙트럼 형이 같았다. 레벤스라움 프로젝트에서는 그중에 절반 정도를 확인할 계획이었다. 바스코다가마호를 잃었으므로, 기껏해야 75개 정도였다.

이 조사 과정에서 진짜 지구형 행성을 하나라도 찾게 된다면, 프로젝트는 성공하는 것이었다. 그러나 그렇게 될지는 확신할 수 없었다. 태양형 항성에 지구형 행성이 없을 수도 있고, 행성이 항성에 너무 가까워서 불타오르거나, 너무 멀거나, 너무 작아서 대기를 붙잡지 못하거나, 인간이 버티기 힘들 정도로 너무 중력이 세거나, 우리에게 몹시 중요한 H_2O가 부족할 수도 있다.

혹은 "먼저 주운 사람이 임자"라는 개념을 가진 거친 녀석들이 가득할 수도 있다.

바스코다가마호는 지구형 행성을 처음으로 찾을 가능성이 가장 컸었다. 그 우주선이 향하고 있던 알파 켄타우루스 A는 우주의 이쪽 지역에서 태양과 진짜 쌍둥이라고 할 수 있는 유일한 항성이었다. 그 항성과 인접한 알파 켄타우루스 B는 다른 종류로서, K형 스펙트럼 항성이다. 우리는 그다음으로 가능성이 있었다. 그러나 고래자리 타우보다는 차라리 알파 켄타우루스 B가 태양과 더 비슷했다. 그다음으로 가까운 G형 항성은 지구에서 13광년 떨어져 있었다…. 덕분에 우리는 마젤란호보다 2년,

노틸러스호보다 거의 4년 먼저 도착해서 유리한 상황이었다.[*]

우리가 뭐라도 발견하게 될 경우에 그렇다는 말이다. 그러니 고래자리 타우에서 횡재를 만났을 때 우리가 얼마나 기뻐했을 지는 말하지 않아도 상상이 될 것이다.

해리도 매우 기뻐했다. 하지만 다른 이유 때문이었다. 나는 하늘의 모습을 볼 수 있을 거라는 희망을 품고 어슬렁거리며 관측실로 들어갔다. 루이스클라크호의 단점 중 하나는 밖을 보는 게 거의 불가능하다는 점이었다. 그때 해리가 나를 잡더니 말했다. "이걸 봐, 친구!"

나는 해리가 내민 것을 쳐다봤다. 종이에 숫자들이 적혀 있었다. 오툴 부인의 윤작 일정표라고 해도 그러려니 할 만한 숫자들이었다.

"이게 뭔가요?"

"이걸 못 읽어? 보데의 법칙이야. 이게 그거라고!"

나는 기억을 되살렸다. 자, 보자…, 아니, 그건 옴의 법칙이 고…. 그때 떠올랐다. 보데의 법칙은 태양계의 행성들이 태양으로부터 떨어진 거리를 묘사하는 단순한 등비수열이다. 아무도 그런 공식이 적용되는 이유를 알지 못했고, 일부의 경우에는 잘 들어맞지 않는다. 하지만 해왕성과, 아마 명왕성도 그 공식을 사용한 계산으로 발견했다는 듯했다. 우연한 관계처럼 보였다.

---

[*] 이는 스펙트럼을 이용해 온도별로 항성을 분류하는 '하버드 항성분류법'에 따른 것으로서 온도에 따라 O, B, A, F, G, K, M으로 나눈다. 태양과 알파 켄타우루스 A, 고래자리 타우는 모두 G형 항성이다.

"그게 어쨌다는 건가요?" 내가 물었다.

"'그게 어쨌다는 건가요?' 이 친구 말하는 거 보게! 맙소사! 이건 뉴턴이 사과로 머리를 맞은 이후로 가장 중요한 사건이야."

"해리, 그럴지도 모르지만, 오늘은 내 머리가 조금 둔해요. 난 보데의 법칙이 그냥 우연 같아요. 여기에서도 우연이 가능하지 않을까요?"

"우연이라고! 이것 봐, 톰, 네가 주사위를 두 개 던져서 합이 7이 나오는 게 한 번이면 우연이지. 하지만 8백 번 던질 동안 연속으로 7이 나오면 누군가가 그 주사위를 조작한 거야."

"그렇지만 이건 겨우 두 번째잖아요."

"같은 게 아니야. 나한테 아주 큰 종이를 가져다주면, 내가 이 '우연'이 확률적으로 얼마나 낮은지 묘사하는 데에 필요한 0을 얼마든지 나열해줄게." 해리는 생각에 잠긴 얼굴로 말했다. "톰, 이 친구야, 이건 행성이 어떻게 만들어지는지를 알아내는 열쇠가 될 거야. 이걸로 우리는 갈릴레오 바로 옆에 묻힐 수 있게 될 거라고. 으음…. 톰, 우리는 여기에서 많은 시간을 보내선 안 돼. 가서 물병자리 베타 항성계도 이와 같은지 확인해야 해. 지구에 있는 늙다리 꼰대들을 설득할 수 있게 말이야. 그렇게 될 거야, 그렇게 될 거라고! 선장에게 우리의 일정을 바꿔야 한다고 말하러 가야겠어." 해리는 그 종이를 주머니에 욱여넣고 서둘러 나갔다. 나는 관측실을 둘러봤지만 방사선 차단막이 관측창에 덮여 있어서 밖을 볼 수 없었다.

당연한 말이지만 선장은 일정을 바꾸지 않았고, 우리는 수수

께끼를 풀려 애쓰기보다는 농지를 찾으러 갔다. 몇 주 후, 루이스클라크호는 행성 컨스턴스를 공전하는 궤도를 돌았다. 표트르대제호가 토치를 껐다가 다시 가동시키지 못하고 태양으로 추락한 사례가 있어서, 기관장들은 토치를 껐다가 다시 가동하기 전까지 철저히 점검할 시간이 충분하지 않을 때는 끄는 것 자체를 싫어했다. 그래서 우리는 가속-감속 변환 시기에도 무중력 상태를 거치지 않고 비스듬히 우주선을 돌리는 방식으로 진행했기 때문에, 컨스턴스를 공전하면서 이 항해 기간에 처음으로 무중력 상태가 되었다.

나는 무중력이 싫었다. 하지만 위장에 음식을 잔뜩 넣고 있지 않으면 그럭저럭 괜찮았다.

해리는 실망하지 않은 듯했다. 가지고 놀 새로운 행성이 통째로 생긴 것이므로, 그는 보데의 법칙을 뒤로 미루고 바삐 움직였다. 우리는 1천6백 킬로미터 상공의 궤도에 머물면서 컨스턴스에 실제로 접촉하지 않고 알아낼 수 있는 모든 사항을 조사했다. 직접적인 시각 조사, 방사선 탐사, 대기에 대한 흡수 스펙트럼 등. 컨스턴스에는 위성이 둘이었다. 그중 하나가 달보다 작긴 해도 상당한 크기였다. 덕분에 컨스턴스의 지표면 중력을 정확히 측정할 수 있었다.

컨스턴스는 꼭 지구에서 멀리 떨어진 또 다른 지구처럼 보였다. 프릭 중령이 남녀 부하들을 시켜 식당에 입체로 상영되는 중계대를 설치해서 우리는 모두 진행되는 상황을 지켜볼 수 있었다. 컨스턴스는 우주정거장에서 지구를 찍은 사진처럼 초록색과 파란색, 갈색이 보이고 반쯤은 구름으로 덮였으며, 머리 위에 살짝 얹는 모자처럼 남북극에 얼음이 씌워졌다. 공기 압력은 지구보다 낮았지만 산소 비율은 더 높았다. 호흡이 가능한 수준이었다. 흡수 스펙트럼에 따르면 이산화탄소 비율이 높았지만 석탄기 당시 지구만큼 높지는 않았다.

컨스턴스는 지구보다 작았으나 해양의 면적이 좁았기 때문에, 육지 면적은 오히려 지구보다 약간 더 넓었다. 지구로 가는 모든 메시지에는 좋은 소식이 실렸다. 심지어 한동안 팻의 머릿속에서 사업의 손익 계산을 지워버릴 수 있었다. 팻은 우리 이름으로 '바틀릿 형제 주식회사'를 세웠다. 모아놓은 내 월급이 투자되었기 때문에, 팻은 내가 회계에 관심을 가지길 바라는 듯했다. 젠장, 난 돈을 만져본 지 너무도 오래되어서 그런 물건을 사용했었다는 사실 자체를 잊고 있었다.

당연히 우리는 가장 먼저 누군가가 이미 이 행성을 점령하고 있는 것은 아닌지부터 확인했다…. 도구를 사용할 수 있고 건축을 하고 조직할 수 있는 지적인 동물 말이다. 혹시 그런 존재가 확인된다면 우리는 착륙하지 않고 그곳을 서둘러 벗어나 이 항성계 내의 다른 행성에서 연료를 구하고, 나중에 오는 개척단이 그들과 우호 관계를 맺는 시도를 하게 될 예정이었다. 재단은 화성에서 일어났던 끔찍한 실수를 반복할 생각이 없었다.

그러나 전자파 범위에서는 감마선부터 가장 긴 파장의 전파까지 아무것도 나오지 않았다. 저 아래에 사람들이 있다면, 그들은 전파를 사용하지 않는다는 의미였다. 도시의 불빛도 보이지 않았으며 원자력도 사용되지 않았다. 또한 그들에게는 비행기가 없고 길도 없고 대양의 표면을 오가는 교통편도 없고 도시처럼 보이는 어떤 것도 없었다. 그래서 우리는 북극과 남극을 오가는 대기권 밖의 궤도로 내려갔다. 그리고 반 바퀴를 돌 때마다 새로운 지역으로 넘어가면서 오렌지 껍질을 벗기듯 전체 지표면을 관찰했다.

곧 우리는 사진과 레이더를 이용해 시각적으로 조사했다. 나는 우리가 비버의 댐보다 큰 것은 어떤 것도 놓치지 않았다고 확신한다. 도시도 없고 집도 없고 길도 없고 다리도 없고 배도 없었다. 아무도 없었다. 아, 당연히 동물들은 있었다. 평원에서 풀을 뜯는 무리를 봤고, 다른 동물들도 조금 볼 수 있었다. 하지만 이 행성은 무단 거주자를 위한 천국 같았다.

선장이 정찰대를 파견했다. "착륙 준비를 하겠습니다."

난 즉시 정찰대에 자원했다. 먼저 외삼촌 스티븐 소령에게 경비대에 합류시켜달라고 졸랐다. 삼촌은 내게 맡은 일이나 잘하라고 했다. "내가 훈련도 받지 않은 신병을 데려갈 거라고 생각한다면, 넌 내가 생각했던 것보다 미친놈인 게 분명해. 군인이될 생각이 있었다면, 우리가 토치에 불을 붙이고 출발하자마자그 생각을 했어야지."

"하지만 삼촌의 경비대에는 모든 부서에서 참가한 사람들이있잖아요."

"그 사람들은 전부 훈련받은 군인이야. 진지하게 말하는데, 톰. 난 널 못 데려가. 난 나를 보호해줄 사람이 필요해. 너무 미숙해서 내가 보호해줘야 하는 사람이 아니라. 미안하다."

그래서 나는 해리 게이츠를 붙잡고 우주선의 경비대로부터 보호를 받는 과학팀에 끼워달라고 했다. 해리가 말했다. "좋지. 왜 안 되겠어? 우리 고귀한 과학자들이 하기 싫어하는 더러운 일들이 잔뜩 있거든. 이 목록부터 확인해봐."

그래서 해리가 목록에 있는 물건들의 숫자를 세는 동안 내가 확인했다. 곧 해리가 말했다. "비행접시에 탄 작은 녹색 외계인이 되어보는 기분이 어때?"

"네?"

"우포오. 우리는 우포오야. 그거 알았어?"

마침내 나는 해리가 무슨 말을 하는지 깨달았다. UFO를 우포오라고 발음한 것이었다. '미확인 비행 물체.' 우주 비행의 역사에는 UFO 히스테리에 빠진 이야기들이 수두룩했다. "어떻게 보면 우리가 UFO라고 볼 수도 있겠네요."

"우리가 바로 UFO야. UFO는 우리와 똑같이 조사선이었던 거야. 그들은 우리를 살펴보고는 마음에 안 들어서 가버렸던 거지. 지구에 호전적인 원주민이 가득하지 않았다면, 그들은 착륙해서 살림을 차렸을 거야. 바로 우리가 하려는 것처럼 말이야."

"해리, UFO가 상상이나 잘못된 보고가 아니었다고 정말로 믿는 거예요? 그런 가설은 오래전에 깨진 줄 알았는데."

"증거들을 다시 살펴봐, 톰. 우리가 우주로 뛰어나오기 직전까지 우리 하늘에는 무슨 일인가 일어나고 있었어. 물론 대부분의 보고서는 거짓말이었어. 그렇지만 거짓이 아닌 것들도 있었어. 증거를 눈앞에 가져다 대면 넌 그걸 믿어야 해. 그렇지 않으면 우주는 그저 너무 기이해지고 말아. 설마 인류가 지금껏 우주선을 만든 유일한 존재일 거라고 생각하는 건 아니겠지?"

"글쎄요… 아니겠죠. 그렇지만 다른 누군가가 우주선을 만들었다면, 왜 오래전에 우리를 방문하지 않았을까요?"

"그건 간단한 산수야, 친구. 우주는 거대한데, 우리는 우주의 작은 구석에 있을 뿐이잖아. 어쩌면 이미 방문했을 수도 있어. 난 그렇게 생각해. 그들은 우리를 조사하고는 지구가 자기들이 원하는 행성이 아니라고 결론 내렸던 거야. 우리 때문이거나, 기후 때문일 수도 있지. 그래서 UFO가 떠나버렸어." 해리가 잠시 생각하더니 덧붙였다. "어쩌면 연료를 공급하는 동안에만 착륙했을 수도 있지."

나는 그런 대화만으로 과학팀의 일원으로서 종신 재직권을 받을 수 있었다. 해리가 내 이름을 명단에 넣어 제출했을 때, 선장이 내 이름에 선을 그었다. "특수 통신원은 우주선을 떠날 수 없습니다."

그렇게 결정되었다. 선장은 강철 같은 의지력을 가진 사람이었다. 베른하르트는 갈 수 있었다. 우리가 최고속도를 내는 동안 그의 형제가 사고로 사망했기 때문이다. 그래서 나는 팻을 불러 베른하르트에 관해 이야기하고, 팻이 죽어버렸으면 좋겠다고 했다. 팻은 그 농담을 재미있게 받아들이지 않았다.

루이스클라크호는 깊은 바다에 사뿐히 착륙했다. 그리고 곧 보조선들을 이용해 우주선을 해안 가까이로 끌어갔다. 루이스클라크호는 물 위에 높이 떠 있었다. 우주선 연료 탱크 3분의 2가 소모되어 텅 빈 상태였기 때문이다. 우주선을 광속까지 가속한 뒤 다시 감속하느라 탱크에 가득했던 물 분자가 완벽하게 붕괴되었다. 공학자들은 우주선이 마지막 정박지에 도착하기 전에 토치를 철저하게 점검했다. 내가 아는 한 공학자들은 한 명도 착륙팀에 자원하지 않았다. 아마 대부분의 공학자들에게는 컨스턴스에 정박한 게 항해하는 동안 그들이 하지 못했던 수리와 점검을 진행하고 추진 질량을 챙기는 기회일 뿐인 모양이었다. 토치가 작동하고 기계들이 움직이는 한 공학자들은 자신이 어디에 있는지, 그리고 어디로 가는지 신경 쓰지 않았다. 데브루 박사는 명왕성에 여섯 번이나 갔던 금속공학자가 지구 외에는 어떤 행성에도 발을 딛지 않았다는 이야기를 내게 해줬다.

"그게 정상인가요?" 나는 데브루 박사가 나를 포함해서 다른 사람들 모두에게 얼마나 까다롭게 굴었는지 생각하며 물었다.

"그 사람이 속한 부류를 고려하면, 정신이 아주 건강했어. 다른 부류라면 가둬놓고 열쇠 구멍으로 음식을 넣어줘야겠지만 말이야."

샘 로하스는 발보아, 콜럼버스, 런디처럼 개척자로서 낯선 땅에 발을 디딜 기대에 부풀어 있었기 때문에, 우리 텔레파시 능력자들에 대한 차별이라며 나만큼 화를 냈다. 샘이 그 문제로 나를 만나러 왔다. "톰, 이 문제를 이렇게 넘어갈 거야?"

"글쎄, 나도 그러고 싶지 않지만 우리가 뭘 할 수 있겠어?"

"내가 다른 사람들과 이야길 해봤는데 간단해. 우리가 하지 않는 거야."

"우리가 뭘 안 해?"

"음…. 우리가 그냥 안 하는 거야. 톰, 우주선이 속도를 늦춘 이후에 난 텔레파시 능력이 떨어지는 게 느껴져. 그게 우리 모두에게 영향을 미친 것 같아. 나와 이야기를 나눴던 사람들은 그랬어. 넌 어때?"

"글쎄, 나는 별로…."

"잘 생각해봐." 샘이 말을 잘랐다. "틀림없이 너도 느낌이 왔을 거야. 이것 참, 나는 지금 내 쌍둥이를 불러낼 수 있을지 의문이야. 틀림없이 우리가 있는 곳과 관련이 있을 거야…. 어쩌면 고래자리 타우에서 오는 방사선이 이상한지도 몰라. 아니면 컨스턴스에서 뭔가 이상한 게 나오든가. 누가 알겠어? 그리고 사실 누가 우리를 확인할 수 있겠어?"

나는 감이 오기 시작했다. 너무도 솔깃한 발상이라 나는 대답하지 못했다.

"우리가 통신을 하지 못하면." 샘이 계속 말했다. "다른 유용한 일이라도 해야 해…. 예를 들어 착륙팀 같은 거 말이지. 일단 우리가 이 불가사의한 영향을 받는 범위에서 벗어나면, 지구에 우리 상황을 문제없이 보고할 수 있을 거야. 어쩌면 착륙팀으로 내려갈 생각이 없는 애들 중 일부가 지구와 연락이 닿아서 보고서를 보낼 수 있을지도 몰라. 우리 괴물들이 차별받지 않을 때 말이야."

"좋은 생각이야." 내가 인정했다.

"그 문제를 잘 생각해봐. 너의 특별한 능력이 점점 더 약해지는 게 느껴질 거야. 내 능력은… 뭐, 이미 완전히 죽었어." 샘이 떠났다.

나는 그 생각을 이리저리 굴려보았다. 선장은 한 명만 만나도 파업을 알아챌 것이다…. 하지만 그가 어쩌겠는가? 우리를 모두 거짓말쟁이라 부르며, 우리가 항복할 때까지 고문이라도 할까? 선장은 우리가 텔레파시 능력자로서 그 능력을 상실하지 않았다고 어떻게 확신할 수 있을까? 선장은 결코 확신할 수 없다. 텔레파시 능력자를 제외한 누구도 텔레파시가 어떤 느낌인지 모르며, 텔레파시 능력자 자신을 제외한 누구도 그 사람이 텔레파시를 하고 있는지 알 수 없다. 최고속도에서 우리가 연락이 끊겼을 때, 선장은 우리를 의심하지 않았다. 선장은 그 사실을 그냥 받아들였다. 선장이 속으로 무슨 생각을 하든 상관없이, 지금도 그 사실을 받아들일 수밖에 없다.

선장에게는 우리가 필요하므로, 우리는 무시할 수 없는 존재였다.

아버지는 노동조합 지부에서 협상 대표를 했었다. 언젠가 아버지는 회사 측에 노동력이 몹시 필요한 상태라서 파업에 들어가지 않고도 노조가 이길 수 있을 때에만 파업을 선언할 가치가 있다고 말했다. 그게 우리가 선장을 괴롭힐 수 있는 부분이었다. 선장에게는 우리가 꼭 필요했다. 달려올 수 있는 구사대 깡패들은 11광년 너머에 있다. 선장은 우리를 거칠게 대하지 않을 것이다.

우리 중 누구라도 파업을 깰 수 있다는 사실을 제외하면 말이다. 자, 보자. 베른하르트는 이 문제와 관련 없다. 카스 워너도 그렇다. 두 사람의 쌍둥이들은 사망했기 때문에 그들에게는 더 이상 텔레파시 짝이 없었다. 프루든스의 언니 페이션스는 여전히 살아 있었지만, 그 쌍은 최고속도 이후로는 텔레파시가 되지 않았다. 페이션스가 위험한 약과 반복적인 최면을 거부해서 다시는 연결할 수 없었다. 감마는 계산에 넣지 않았다. 그녀의 두 자매가 타고 있는 우주선들은 여전히 최고속도를 달리는 중이라, 그들 중 하나가 감속하기 전까지는 측면 우회를 통해 지구로 연결하는 방법이 끊어졌다. 샘과 나도 계산에 넣지 않았다. 누가 남아 있지? 그리고 그들은 믿을 수 있을까? 루퍼트와 글로리아, 안나, 더스티…, 물론 알프레드 아저씨가 있었다. 그리고 메이링.

그래, 이들은 믿을 수 있다. 우리가 처음 승선했을 때, 우리를 괴물로 취급했던 일이 우리를 단결시켰다. 설령 한두 명이 내키지 않아 하더라도, 다른 사람들을 실망시킬 이들은 없었다. 외부인과 결혼한 메이링도 그러지 않을 것이다. 그 계획은 가능했다. 샘이 그들을 준비시켜주기만 하면 되었다.

나는 육지에 몹시 가고 싶었다…. 이게 최악의 방법일지 몰라도, 가고 싶었다.

그렇더라도, 그 계획에는 조금 비열한 부분이 있었다. 마치 어린아이가 교회 주일학교에 헌금할 돈을 써버리는 것과 비슷했다.

우리는 하루에 한 번 당직을 섰으므로, 샘은 내일 정오까지 그 일을 준비할 시간이 있었다. 계속적인 통신 당직은 불필요해진 상황이었다. 그리고 이제 탐사를 준비하기 위해 우주선에서 진행되는 작업을 더 많이 해야 했다. 나는 그 문제를 뒤로 미루고, 과학적인 조사에 사용할 쥐들에 꼬리표를 붙이는 일을 맡았다.

하지만 다음 날까지 기다릴 필요가 없어졌다. 알프레드 아저씨가 그날 저녁에 우리를 모두 불러 모았다. 감마와 베른하르트, 프루든스, 카스를 뺀 나머지 텔레파시 능력자들이 아저씨의 방에 바글바글 모였다. 아저씨는 우울하고 슬픈 얼굴로 사람들을 둘러보고는 우리들에게 앉을 자리가 없어서 미안하지만 오래 붙잡아두지 않겠다고 했다. 곧 아저씨는 자신이 우리 모두를 자식처럼 얼마나 아끼는지, 그리고 점점 더 우리를 사랑하게 되었으며, 언제나 무슨 일이 있더라도 우리를 자식처럼 생각할 것이라고 중언부언하며 말했다. 그리고 인간의 존엄성에 대해 말하기 시작했다.

"사람은 자기가 받은 몫을 치러야 하고 몸을 청결히 하고 다른 사람들을 존경하고 말을 조심해야 해요. 이에 대한 대가가 있는 건 아니에요. 단지 자신과 잘 지내기 위해 해야 하는 거지요. 천국으로 가는 승차권을 받으려면 그보다 훨씬 많은 일은 일을 해야 합니다."

알프레드 아저씨가 잠시 멈추더니 계속 말했다. "특히 사람은 약속을 지켜야 해요." 아저씨가 사람들을 둘러보고 덧붙였다. "내가 하고 싶은 말은 그게 다예요. 아, 우리가 여기에 모였을 때 한마디 더 하는 게 좋겠네요. 루퍼트 부팀장이 당직 시간표 순서를 약간 바꿔야 해요." 아저씨가 샘 로하스를 눈짓으로 가리켰다. "샘, 자네가 내일 정오에 다음 당직을 했으면 좋겠는데 괜찮을까?"

심장이 세 번 뛸 동안 침묵이 흘렀다. 샘이 천천히 입을 열었다. "아, 네. 그럴 수 있을 것 같아요. 아저씨가 그렇게 원한다면요."

"정말로 고맙네, 샘. 이런저런 일 때문에, 다른 사람을 그 당직에 넣고 싶지는 않았어…. 그리고 나도 그 당직을 맡고 싶지는 않았으니, 아마 선장에게 아무도 맡을 사람이 없다고 말해야 했을 거야. 자네가 그 당직을 맡아줘서 다행이야."

"어, 이런, 물론이죠, 아저씨. 걱정하지 마세요."

그렇게 파업은 종료됐다.

그래도 아저씨는 우리를 보내주지 않았다. "여러분이 여기에 모인 동안, 당직 시간표에서 바뀐 내용에 대해 말해서, 루퍼트 부팀장이 다시 명단을 짜느라 돌아다니며 여러분을 만나는 수고를 덜어줄까 하는 생각을 했어요. 하지만 여러분을 모은 것은 다른 문제에 대한 의견을 물어보기 위한 거예요. 머지않아 착륙팀이 우주선을 떠날 겁니다. 컨스턴스가 근사해 보이긴 하지만, 위험한 문제들이 있는 것으로 알아요…. 우리가 알지 못하는 질병도 있고, 동물들이 우리가 예상하지 못했던 방식으로 아주 치명적인 것으로 밝혀질 수도 있고, 거의 모든 게 위험할 수 있어요. 그래서 우리가 도와줄 수 있겠다는 생각이 들더군요. 우리 중 한 명을 착륙팀에 파견하고, 우주선 안의 다른 한 명이 당직을 맡을 수 있어요. 그리고 그들의 텔레파시 짝끼리 지구에서 전화로 중계할 수 있도록 준비시킬 수 있겠죠. 그러면 비록 무전기가 고장이 나더라도 우리는 착륙팀과 계속 연락을 유지할 수 있을 거예요. 추가 업무가 많아지고, 무슨 영광을 보지는 않겠지만…, 동료 승무원들의 생명을 지켜줄 수 있다면 할 만한 가치가 있을 거예요."

샘이 갑자기 말했다. "누구를 착륙팀에 보낼 계획이세요, 아저씨?"

"글쎄, 나도 모르겠어. 우리에게 해달라고 요구한 것도 아니고, 특별 위험수당을 받는 일도 아니니까, 난 누구에게 가라고 명령할 생각은 없어. 선장이 내 생각을 지지해줄지도 의심스러워. 하지만 나는 자원자가 충분히 많아서 돌아가며 지상 당직을 설 수 있으면 좋겠어." 아저씨가 눈을 깜빡거리며 자신 없는 얼굴로 말했다. "그러나 자원해야 할 의무가 있는 건 아니에요. 내 생각엔 여러분이 나중에 개인적으로 저한테 알려주는 게 좋을 거 같아요."

알프레드 아저씨는 기다릴 필요가 없었다. 우리는 모두 자원했다. 심지어 메이링까지. 아저씨가 점잖게 남편의 동의를 받아오는 게 좋겠다고 지적하자 메이링은 화를 내고 소리쳤다. 하지만 메이링은 임신한 상태였기 때문에 결국 포기해야 했다.

다음 날 알프레드 아저씨가 선장과 논의했다. 나는 어슬렁거리며 결과를 듣고 싶었지만, 할 일이 너무 많았다. 나는 30분 후 연구실 스피커로 호출을 받고 깜짝 놀랐다. 손을 씻고 서둘러 선장실로 달려갔다.

알프레드 아저씨는 침울한 얼굴이었고, 선장은 험악한 표정이었다. 나는 무슨 일이 어떻게 진행되었는지 알아보기 위해 슈가 파이 주파수로 아저씨를 부르려 했지만, 이번만은 아저씨가 나를 무시했다. 선장이 나를 차갑게 바라보며 말했다. "톰, 너희 부서 사람들이 지상 조사를 도와주겠다는 계획을 알프레드 맥닐 씨가 제안하셨어. 내가 그 계획을 거절했다는 사실을 말해줄게. 그 제안은 고맙지만 나는 그런 임무에 너희처럼 특별한 부류의 사람들을 투입해서 위험에 빠뜨릴 생각이 전혀 없어. 차라리 식사용 접시를 소독하기 위해 우주선의 토치를 개조하는 일을 허락하고 말지. 일에는 선후가 있는 거야!"

선장이 손가락으로 책상을 두드렸다. "그럼에도 불구하고 나름대로 가치가 있는 제안이었어. 나는 너희 부서 전체를 위험에 빠뜨릴 생각이 없어…. 하지만 착륙팀의 보호 수준을 강화하기 위해 한 명의 특수 통신원에게 위험을 무릅쓰게 할 수는 있을 것 같아. 그러다 지금 이 우주선에는 지구를 통해 중계하지 않고 측면으로 연결하는 텔레파시 쌍이 있다는 사실이 떠올랐지. 너와 알프레드 맥닐 씨야. 어때? 무슨 할 말 있나?"

"그럼요!" 내가 말하기 시작했지만, 곧 여러 생각이 미친 듯이 스치고 지나갔다. 그런 일들을 겪고 나서 내가 가게 된다면, 샘은 이에 대해 매우 안 좋게 생각할 것이다…. 그리고 다른 사람들도 그럴 것이다. 그들은 내가 속였다고 여길 수도 있었다.

"뭐? 말해!"

제기랄, 그 사람들이 어떻게 생각하든 이건 거절할 수 있는 일이 아니었다. "선장님, 제가 며칠 전에 착륙팀에 자원했던 일을 잘 알고 계실 거예요."

"그랬지. 좋았어. 네가 동의하는 걸로 받아들이마. 하지만 넌 내 말을 오해했어. 네가 가는 게 아니야. 그건 알프레드 맥닐 씨의 일이 될 거야. 넌 우주선에 머물면서 저분과 연결을 유지해."

나는 너무 놀라 선장이 다음에 한 말을 거의 놓칠 뻔했다. 나는 알프레드 아저씨에게 개인적으로 말을 던졌다. 「이게 무슨 일이에요, 아저씨? 사람들이 아저씨가 속였다는 식으로 생각하리라는 걸 아시잖아요?」

이번에는 아저씨가 대답했다. 아저씨의 말투에는 곤혹스러워하는 심정이 담겨 있었다. 「나도 알아, 애야. 나도 선장 때문에 놀랐어.」

「이런, 어떻게 하실 거예요?」

「모르겠어. 진퇴양난이야.」

슈가 파이가 갑자기 끼어들었다. 「이봐요! 두 사람이 뭘 그렇게 속닥거려요?」

알프레드 아저씨가 부드럽게 말했다. 「저리 가, 애야. 이건 어른들 이야기야.」

「흥!」 하지만 그녀는 다시 끼어들지 않았다. 아마도 가만히 이야기에 귀를 기울였을 것이다.

선장이 말하고 있었다. "…두 사람이 하는 일에 나이 든 사람이 복무할 수 있을 때는 절대로 어린 사람에게 위험한 일을 맡기지 않는다. 그게 규칙이야. 예비 선장 우르크하르트와 나에 대해서도, 다른 두 사람에게 적용되듯 똑같은 규칙이 적용돼. 임무가 먼저야. 톰, 예상 가능한 너의 유용 기간은 알프레드 씨에 비해 적어도 40년 이상 길어. 그러므로 위험한 작업에는 알프레드 씨를 보내는 게 더 좋아. 자, 여러분. 두 사람에게는 추후 지시사항을 전달하겠습니다."

「아저씨, 샘에게는 뭐라고 할 거예요? 아저씨는 동의할지 몰라도, 전 아니라고요!」

「재촉하지 마, 얘야.」 내게 텔레파시로 말한 다음, 알프레드 아저씨는 선장에게 말했다. "안 됩니다, 선장님."

선장이 아저씨를 노려보며 말했다. "이런, 못된 늙은이 같으니! 당신은 목숨이 그렇게 아까워?"

아저씨가 선장을 똑바로 노려보며 말했다. "내가 가진 목숨은 이거밖에 없어요, 선장님. 하지만 이건 그 문제와는 아무 상관이 없습니다. 그리고 저에게 말을 함부로 하는 걸 보니 선장님이 조금 조급하신 것 같네요."

"아." 선장의 얼굴이 빨개졌다. "미안합니다, 알프레드 씨. 아까 한 말은 취소하겠습니다. 하지만 알프레드 씨가 왜 이러는지 설명해줄 책임이 있는 것 같군요."

"설명하겠습니다. 선장님이나 저는 둘 다 늙은이예요. 나는 이 행성에 발을 딛지 않고도 잘 지낼 수 있고, 당신도 그렇죠. 하지만 젊은이들은 다른 모양이에요. 선장님도 알다시피 우리 팀원들은 천사라거나 과학자, 혹은 박애주의자라서 착륙팀에 자원하는 게 아니에요. 그들은 해변에 못 견디게 가고 싶어서 그런 거라고요. 당신도 알잖아요. 선장님이 나한테 그런 이야기를 한 지 10분도 안 지났어요. 당신이 자신에게 솔직해진다면, 만일 '모험'이란 게 전혀 허용되지 않고 계속 우주선에 갇혀 지낼 거라는 의심이 들었다면, 이 아이들 중 대부분은 절대로 이 항해에 서명하지 않았을 거라는 사실을 알 거예요. 그들은 돈 때문에 서명한 게 아니에요. 머나먼 지평선을 위해 서명한 거라고요. 지금 당신은 아이들의 합리적인 기대를 강탈하고 있는 거예요."

선장이 냉혹한 표정으로 알프레드 아저씨를 바라봤다. 그는 주먹을 쥐었다 풀었다 하더니 말했다. "당신의 말에 일리가 있을 수도 있겠죠. 하지만 난 결정을 내려야 하고, 그런 권한을 다른 이에게 위임할 수 없습니다. 내 결정은 내려졌습니다. 당신이 가고 톰은 남습니다."

내가 아저씨에게 말했다. 「선장에게 그 빌어먹을 통신 메시지를 다시는 받지 못할 거라고 말해줘요.」

알프레드 아저씨는 내게 대답하지 않았다. "유감이지만 그렇지 않아요, 선장님. 이건 자원이 필요한 업무지만…, 난 자원하지 않았어요."

선장이 천천히 말했다. "나로서는 자원이 필요한 업무인지 모르겠군요. 승무원의 직무를 결정하는 내 권한은 폭이 넓습니다. 당신이 직무를 거부한 것으로 생각하겠습니다."

"그렇지 않아요, 선장님. 선장님의 지시를 받아들이지 않겠다고 말하지는 않았어요. 난 자원하지 않았다고 말했을 뿐이에요. 하지만 지시를 서면으로 해주세요. 그리고 '이의를 제기하며 받아들임'이라고 기재해주세요. 그리고 재단으로도 한 부를 전송해주세요. 난 자원하지 않았어요."

"하지만… 이봐요, 당황스럽네요. 당신은 다른 사람들과 함께 자원했습니다. 그래서 당신이 여기에 오게 된 겁니다. 그리고 내가 당신을 선발했죠."

알프레드 아저씨가 고개를 가로저었다. "꼭 그렇지는 않아요, 선장님. 우리는 단체로 자원했죠. 당신은 우리를 단체로 거절했어요. 당신에게 어떤 식으로든 내가 자원했다는 인상을 받도록 했다면 미안합니다. 하지만 그렇게 된 거예요. 이제 혹시 괜찮다면, 나는 돌아가서 사람들에게 선장님이 거절했다고 알리겠습니다."

선장의 얼굴이 다시 붉어지더니 갑자기 웃음을 터뜨렸다. 그리고 벌떡 일어나 알프레드 아저씨의 좁은 어깨에 팔을 두르며 말했다. "이 못된 늙은이! 당신은 못된 늙은이에, 반역적이고 사악한 늙은이예요. 당신 때문에 선원들에게 변변찮은 음식을 먹이고 채찍질하던 시대가 그리워지네요. 자, 이제 앉아서 이 문제를 처리합시다. 톰, 너는 가도 좋아."

나는 주저하며 그 자리에서 나왔다. 그리고 나는 쏟아질 질문들에 대답하고 싶지 않아서 다른 괴물들에게서도 멀리 떨어져 있었다. 하지만 알프레드 아저씨는 사려 깊은 사람이었다. 아저씨는 선장실에서 나오자마자 마음으로 나를 불러서 결과를 말해주었다. 두 사람이 타협을 봤다. 알프레드 아저씨와 나, 루퍼트, 샘이 순환 근무를 하게 되었으며, 가장 위험하게 생각되는 첫 근무는 아저씨가 할 예정이었다. 여자애들은 우주선 당직을 맡았고, 더스티는 나이 때문에 여자애들과 함께 근무하는 것으로 분류되었다. 하지만 그들에게도 받아들일 만한 안이 제시됐다. 일단 의료팀과 연구팀이 이 행성을 안전한 곳으로 판단하고 나면, 그들도 한 번에 한 명씩 구경하러 가는 게 허용될 예정이었다. 「그걸 따내기 위해 선장을 괴롭혀야 했지만, 어쨌든 선장이 동의했어.」 아저씨가 말했다.

✳

곧 그 논쟁이 무의미하게 되었다. 컨스턴스는 거의 미국의 캔자스주만큼이나 안전했다. 인간이 검역복을 입고 우주선 밖으로 나가기 전에, 우리는 쥐와 카나리아, 햄스터를 자연 대기에 노출시켰다. 그 동물들은 컨스턴스를 좋아했다. 첫 착륙팀이 해안으로 내려갈 때 여전히 검역복을 입고 있었지만, 컨스턴스의 공기를 전기 집진 장치를 통과시킨 후 호흡했다. 실험용으로 둘을 더 데려갔다. 베른하르트 반 호우텐과 돼지 퍼시벌이었다.

베른하르트는 쌍둥이가 사망했기 때문에 우울한 상태였는데, 그 일에 자원했다. 내 짐작에는 데브루 박사가 선장을 설득해서 그를 내보내준 것 같았다. 누군가는 해야만 하는 일이었다. 우리는 원하는 만큼 화학적인 검사와 현미경을 이용한 검사를 해볼 수 있지만, 그 행성이 해롭지 않은지 알아내기 위해서는 살아 있는 사람이 맨살을 노출해야 하는 날이 오기 마련이었다. 밥콕 박사가 말했듯이, 언젠가는 나무에 올라가야만 하는 법이었다. 그래서 베른하르트가 검역복을 벗고 반바지와 셔츠, 신발만 걸친 채 해변으로 갔다. 마치 보이스카우트 정찰대장 같았다.

돼지 퍼시벌은 자원하지 않았지만, 그게 소풍이라고 생각하는 것 같았다. 퍼시벌을 천연 덤불 안에 넣고 식량을 찾아다니도록 했는데, 그 돼지는 컨스턴스의 땅에서 나는 것들 중 먹을 만하다고 생각되는 것들을 닥치는 대로 먹었다. 돼지는 실험동물로서 이점이 있다. 돼지는 쥐나 인간과 마찬가지로 잡식성이다. 그리고 내가 알기로는 돼지의 신진대사가 인간과 아주 흡사하다. 그래서 심지어 인간과 동일한 질병에 걸릴 때도 많다. 퍼시벌이 건강하게 지낸다면, 우리도 잘 지낼 게 거의 확실했다. 특히 우리는 인류가 이전에 직면한 적이 없었던 질병의 감염까지 막아주는 광범위한 예방 주사를 맞았지만, 퍼시벌은 그 예방 접종도 하지 않은 상태였다.

퍼시벌은 아무거나 먹고 시냇물을 마시며 살이 쪘다. 베른하르트는 햇볕에 타서 까무잡잡해졌다. 둘 다 건강했으므로 개척팀이 검역복을 벗었다. 곧 대부분의 사람들이, 심지어 퍼시벌까지 사흘 동안 열병을 앓았고 설사 기운이 있었다. 하지만 모두 회복되었으며 두 번 앓는 사람은 없었다.

그 후 사람들이 교대했지만, 스티븐 삼촌과 해리 그리고 우주선에 있는 누군가와 근무를 바꾼 일부 사람들은 육지에 그대로 남았다. 두 번째 팀의 절반은 사흘 열병에서 회복된 사람의 혈액에서 추출한 혈청으로 예방 접종을 했다. 그들 대부분은 열병에 걸리지 않았다. 그러나 컨스턴스에서 우주선으로 돌아온 사람들은 안으로 들어가는 게 바로 허용되지는 않았다. 그들은 루이스클라크호의 꼭대기 돌출부에 설치된 임시 갑판에 격리되어야 했다.

이 행성이 그저 도시공원 같다고 말하려는 것은 아니다. 캔자스주에서도 사람이 살해당할 수 있다. 도마뱀처럼 생긴 커다란 육식 동물이 있었는데, 다루기가 만만치 않았다. 우리 사람들이 처음으로 그 동물과 맞닥뜨렸을 때, 그중 한 마리가 레프티 고메스를 죽였다. 만일 레프티가 자기 생명에 집착하는 부류의 사람이었다면, 그 외에도 최소한 두 명 이상 그 짐승에게 죽임을 당했을 것이다. 나는 그전까지 레프티가 영웅이라고는 생각해보지 못했었다. 그는 우주선에서 보조 제빵사와 창고지기를 맡았었다. 하지만 스티븐 삼촌은 최고의 용기는 가장 평범한 사람들의 미덕이므로, 상황이 주어진다면 열 명 중 일곱 명이 명예훈장을 받을 만한 행동을 할 것이라고 했다.

그럴지도 모른다. 나는 틀림없이 영웅이 아닌 세 사람에 포함될 것이다. 내가 겨우 모닥불 꼬챙이로 무장한 상태에서 굳건히 버티고 서서 그 짐승의 눈을 계속 찌를 사람이라고는 생각되지 않는다.

그러나 이 행성을 포기해야 할 정도로 '고래자리 티라노사우루스'가 위험하지는 않았다. 일단 우리는 그 동물이 그곳에 있으며, 그게 어떤 동물인지 알게 되었다. 아마도 고양잇과 동물이라면 훨씬 더 위험했을 것이다. 고양잇과 동물들은 영리한데, 그 동물은 미련했다. 그놈을 발견하면 먼저 쏘아야 하지만, 폭발탄을 이용하면 녀석을 쓰러뜨려서 양탄자로 만들어버릴 수 있다. 녀석에게는 인간에 대한 실질적인 방어 수단이 없었으므로, 언젠가 인간에게 멸종당할 것이다.

해변팀은 우리가 정박한 아름다운 '밥콕 만'의 가장자리에 야영지를 꾸려서 우주선에서 시야에 들어왔다. 매일 헬리콥터 두 대가 순찰했는데, 한 대가 추락하더라도 헬리콥터에 탄 사람들을 구조할 수 있도록 언제나 함께 움직였으며, 기지로부터 몇백 킬로미터 이상은 절대로 벗어나지 않았다. 도보 순찰도 기지에서 15킬로미터 이상은 나가지 않았다. 우리는 영토를 정복하려는 게 아니라, 인간이 정복하고 차지할 수 있는지 알아내려는 것뿐이었다. 그래도 밥콕 만 주변은 정복할 수 있었다. 그리고 늘 그랬듯이 그곳에서 사람들은 버틸 발판을 만들 수 있었다.

내 차례는 네 번 교대할 때까지 오지 않았다. 그리고 내 차례가 오자 여자들도 해변으로 갈 수 있도록 허용되었다. 걱정스러운 부분은 지나갔다.

바깥 생활에서 가장 이상한 점은 날씨의 감각이었다. 공기 조절 시스템 안에서 2년을 보냈더니, 얼굴에 닿는 비와 바람, 햇살의 느낌을 잊어버렸다. 루이스클라크호에 승선한 공학자들은 무작위적인 일정에 따라 온도와 습도, 오존 함유량을 변환시켰다. 그들은 이게 우리의 신진대사에 좋을 거라 가정했다. 하지만 그건 날씨가 아니었다. 그건 진짜 키스가 아니라, 누나와 뽀뽀하는 것에 더 가까웠다.

처음 떨어지는 빗방울에 나는 깜짝 놀랐다. 난 그게 뭔지 몰랐다. 이내 나는 아이처럼 펄쩍펄쩍 뛰고 춤추고, 입으로 비를 받아먹으려 했다. 비였다. 진짜 비였다. 정말 환상적이었다!

나는 밤에 잠들지 못했다. 내 볼에 닿는 산들바람과 옆에서 자는 다른 이들의 소리, 정찰 울타리 바깥의 생물들이 먼 곳에서 내는 소음, 완벽하게 깜깜하지 않고 어슴푸레한 암흑이 내 잠을 깨웠다. 우주선도 살아 있었으며, 소음이 있었지만, 이 바깥의 소음과는 달랐다. 행성은 다른 방식으로 살아 있었다.

나는 조용히 자리에서 일어나 살금살금 밖으로 나갔다. 남자 숙소에서 약 15미터 떨어진 앞쪽에 근무를 서는 보초가 보였다. 그는 고개를 숙이고 담장과 우리를 덮은 막의 안팎을 비추는 모니터와 눈금판을 보느라 나를 알아채지 못했다. 나는 대화를 나눌 생각이 없어서, 오두막 뒤쪽으로 돌아가 그의 장비에서 새어 나오는 희미한 빛에서도 벗어났다. 나는 걸음을 멈추고 위를 올려다봤다.

나는 그때 지구를 떠난 이후 처음으로 하늘을 제대로 봤다. 밤하늘이 맑았다. 나는 거기에 서서, 그 모습에 감탄하고 약간 취하기까지 했다.

곧 나는 별자리를 찾기 시작했다.

어렵지 않았다. 11광년의 거리는 대부분의 별들에 비하면 겨우 길 건너에 온 것에 불과했다. 북두칠성이 머리 위에 있었다. 지구에서 볼 때보다 조금 더 찌그러지긴 했지만, 완벽하게 알아볼 수 있었다. 오리온자리는 지평선에 가깝게 반짝거렸지만, 오리온을 따르는 작은개자리의 프로키온은 멀리 떨어져 있었고, 시리우스도 지평선 아래로 내려가서 시야에 들어오지 않았다. 아마 시리우스는 지구에서 고래자리 타우보다 가까우므로, 우리의 위치 때문에 하늘을 가로질러 자리가 바뀌었을 것이다. 나는 시리우스가 어디에 있는지 찾기 위해 머릿속으로 구형의 삼각형을 그려보다가 어지러워 포기했다.

곧 나는 태양을 찾으려 애썼다. 나는 태양이 어디에 있을지 알았다. 아르크투루스와 처녀자리 사이의 목동자리에 있을 것이다. 나는 태양을 찾기 전에 목동자리를 찾아야 했다.

목동자리는 내 뒤쪽에 있었는데, 반대편에 있는 오리온자리처럼 지평선에 가깝게 위치했다. 아르크투루스의 위치가 약간 바뀌어서 목동의 지팡이 모양이 망가졌지만, 내가 볼 때는 의심의 여지 없이 목동자리였다.

저기에 있다! 황백색의 별, 마차부자리의 카펠라와 같은 색이었지만, 2등급 정도로 어두웠다. 위치와 등급으로 볼 때 저 별이 맞았다. 팻과 내가 보이스카우트에서 공로 배지를 받기 위해 공부할 때 저 위치에 저렇게 밝은 별은 없었으므로, 저 별은 태양일 수밖에 없었다.

나는 슬프기보다는 감상적이고 따스한 생각에 잠겨 그 별을 응시했다. 팻이 무엇을 하고 있을지 궁금했다. 아마도 아기와 산

책을 하고 있을 것이다. 아니, 아닐 수도 있다. 지금 그리니치 시
간이 어떻게 되는지 기억나지 않았다. 저기에 있는 팻은 서른 살
에 아이가 둘이다. 팻에게 좋은 시절은 지나갔다…. 그러나 여
기에 있는 나는 지구에 있었다면 대학에서 2학년을 마칠 나이
밖에 되지 않았다. 아니, 그렇지 않았을 것이다. 나는 팻과 같은
나이였을 것이다.

그렇지만 나는 서른 살이 아니었다.

나는 기운을 차리고, 처음에 그다지 좋지 못한 듯했어도 어쨌
든 최고의 휴식을 취하기로 마음먹었다. 나는 깊은숨을 들이쉰
후 주변을 약간 걸어 다녔다. 그 잔혹한 도마뱀이 우리의 야간
방어벽에 가까이 올 경우 그 귀에 천둥과 번개가 쏟아질 것이므
로(그 짐승에게 귀라는 게 달려 있는지는 모르겠지만), 그에 대해서
는 걱정하지 않았다. 돼지 퍼시벌의 축사가 뒤쪽에서 멀지 않았
다. 퍼시벌은 내 소리를 듣고 축사의 담장으로 왔다. 내가 다가
가서 녀석의 코를 긁어주었다. "여기 좋지?" 나는 루이스클라크
호가 지구로 돌아갈 때를 생각했다. 더 이상 스티븐 외삼촌의 끔
찍한 예언을 믿지 않았다. 지구로 돌아갈 때, 나는 여전히 20대
초반일 것이므로, 이주하기에 좋은 나이였다. 그리고 컨스턴스
는 돌아오기 좋은 행성 같았다.

퍼시벌이 꿀꿀거리며 대답했다. 나는 그 소리를 이렇게 해
석했다. "나한테 먹을 걸 가지고 오지 않을 거야? 친구를 그렇
게 대하면 안 되지!" 퍼시벌과 나는 오랜 친구 사이였다. 우주
선에서 내가 퍼시벌에게 먹이를 주었다. 녀석의 형제들과 햄스

터, 쥐에게도.

"퍼시벌, 이 돼지 녀석아."

퍼시벌은 반론하지 않고 내 빈손을 계속 킁킁거렸다. 11광년
은 그리 먼 거리는 아니라는 생각이 들었다. 그 정도면 적당하
다. 별들도 여전히 익숙했다.

얼마 지나지 않아 퍼시벌은 지겨워했고 나도 그랬다. 나는 바
지에 손을 비벼 닦고 침대로 돌아갔다.

제 4 부

13
상관없는 관계

물병자리 베타 이후.

나는 지금까지 일어난 일을 여기에 적어야 한다. 그렇지 않으면 잊어버리고 말 것이다. 우리에게 일손이 너무 부족해서 이제 글을 쓰는 시간을 내기가 무척 힘들다. 컨스턴스에서 걸렸거나, 혹은 부적절하게 훈증 소독된 저장품 때문에 걸린 어떤 질병 때문에 우리는 능력을 넘어서는 일을 떠맡게 되었다. 특히 우리 부서의 피해가 심했다. 이제 알프레드 아저씨와 나, 메이링, 안나, 글로리아, 샘, 이렇게 겨우 여섯 명이 모든 통신을 처리한다. 더스티는 살아남았지만 쌍둥이와 텔레파시 연결이 끊겼다. 영구적으로 끊긴 게 틀림없었다. 더스티의 쌍둥이 형제에게는 2차 팀을 만들 수 있는 아이가 없었고, 최근 마지막 최고속도 기간에 끊어진 후 다시는 연결되지 않았다.

나는 종손녀 캐슬린과 그 애의 엄마인 조카 몰리에게 의존했다. 팻과는 아직 대화가 가능했지만, 그 두 사람의 도움을 받아야만 했다. 우리가 단독으로 대화를 나눌 때는, 마치 기계 공장에서 대화를 하려는 상황과 비슷했다. 상대방이 무슨 말을 하고 있다는 사실은 알고 있지만, 그 소리를 들으려 안간힘을 쓸수록 더 들리지 않았다. 이번 항해의 최고속도를 지났을 때 팻은 쉰네 살이 되었다. 우리는 공통적인 게 아무것도 없었다. 모디의 죽음 이후 팻은 오로지 사업에만 관심을 기울였다. 그러나 나는 그 사업에 관심이 없었다.

알프레드 아저씨는 원래의 텔레파시 짝이 멀어져간다는 느낌을 받지 않는 유일한 사람이었다. 셀레스타인은 이제 마흔두 살이었다. 그래서 두 사람은 멀어지는 게 아니라 더 가까워지고 있었다. 나는 순전히 그녀가 키득거리는 소리를 듣고 싶어서 여전히 그녀를 '슈가 파이'라고 부른다. 그녀가 내 나이의 두 배가 되었다는 사실은 실감하기 힘들었다. 그녀는 여전히 머리띠를 하고 앞니가 빠진 모습일 것만 같았다.

전체적으로 봤을 때 우리는 전염병으로 서른두 명을 잃었다. 나도 그 병에 걸렸다가 나았다. 데브루 박사는 회복되지 못했고, 프루든스와 루퍼트도 회복하지 못했다. 우리는 그 사람들을 대신해야만 했다. 그리고 애초에 그들이 우리와 함께 있지 않았다는 듯 행동했다. 메이링의 아기도 사망했다. 그래서 한동안 우리는 메이링까지 잃을 거라 생각했지만, 지금 그녀는 당직을 서고 자신이 맡은 일을 하며 심지어 웃기도 한다. 우리가 누구보다 그리워하는 사람은 아마 오툴 부인일 것이다.

그 외에는 어떤 중요한 사건이 있었을까? 글쎄, 우주선 안에서 무슨 일이 일어날 수 있겠는가? 없다. 물병자리 베타는 대실패였다. 지구형 행성과 전혀 비슷한 점이 없었을 뿐만 아니라 바다도 없었다(물로 이루어진 바다가 없었다는 의미다). 암모니아와 메탄 중에 연료를 선택해야 했다. 기관장과 선장은 걱정스러운 긴 회의를 가진 뒤 암모니아로 결정했다. 이론적으로 루이스클라크호는 무엇이든 태울 수 있었다. 우주선의 질량변환기가 우물거릴 수 있는 뭔가를 집어넣기만 하면, 그 오래된 공식 $E = mc^2$이 작동했다. 토치가 그 질량을 광속의 복사 에너지와 거의 광속에 가까운 중성자로 내뿜었다. 그러나 변환기는 상관없더라도, 토치의 모든 보조 장치는 액체를 다루고, 그중에서도 되도록 물을 다루도록 제작되었다.

우리는 이미 액체인 암모니아와 거의 얼음으로 뒤덮인 외행성 중에서 선택해야 했다. 하지만 그 얼음의 온도는 절대 영도에서 그다지 높지 않았다. 그래서 선장과 기관장은 행운을 빌며 암모니아의 바다에 루이스클라크호를 내리고, 이 낡은 우주선의 탱크들을 채웠다. 우리는 그 행성에 '지옥'이라는 이름을 붙였지만, 곧 그보다 더 고약한 이름으로 불렀다. 우리는 지구 중력의 두 배인 그곳에서 나흘 동안 머물렀는데, 우주선의 공기 난방기 온도를 최대로 올렸는데도 추웠다.

물병자리 베타는 돌아가고 싶지 않은 항성계다. 우리와 신진대사가 다른 생물이 차지하더라도 기꺼이 환영한다. 유일하게 즐거워했던 사람은 해리 게이츠였다. 그 항성계의 배열이 보데의 법칙을 따랐기 때문이다. 나는 그 항성계가 V자 형태로 배열되어 있더라도 신경 쓰지 않았을 것이다.

그 온갖 사건 중에서 유일하게 내 머릿속에 남아 있는 다른 일은 정치적인 문제였다. 최근에 우리가 최고속도로 올라가기 시작했을 때, 아프리카-유럽 연합과 남미 동맹 사이에 전쟁이 터졌다. 그 전쟁은 우리에게 아무런 의미도 없어야 했다. 실제로 대부분의 사람들에겐 아무런 의미도 없었으며, 기껏해야 마음속으로 연민하는 정도였다. 그런데 우리의 기관장 로크는 아프리카-유럽 연합 출신이었고, 그의 제1조수 레가토는 부에노스아이레스 태생이었다. 레가토의 친척 중 일부를 포함해서 부에노스아이레스가 공격받았을 때, 그는 기관장을 개인적으로 비난했다. 바보 같은 짓이었다. 하지만 무엇을 기대할 수 있겠는가?

그 후, 선장은 지구 뉴스가 발간되기 전에 자신이 점검하겠다는 지시를 내렸다. 그리고 통신원들에게 통신 보안에 관한 특별 제한조치를 상기시켰다. 내 생각에 나는 신문을 인쇄하기 전에 선장에게 제출할 만큼 영리한 사람인 것 같기는 한데, 확신할 수는 없다. 루이스클라크호에서 우리는 언제나 언론의 자유를 누렸기 때문이다.

우리를 그 난장판에서 구해준 일은 최고속도 직후에 일어났다. 우리가 최고속도에서 빠져나왔을 때는 지구 시간으로 14년이 지난 후였고, 정치적 상황을 살펴보니 아르헨티나가 이전의 적국들과 친구가 되었으며, 이번에는 남미의 다른 나라들과 사이가 나빠진 상태였다. 얼마 후 기관장 로크와 레가토가 다시 체스를 두는 사이로 돌아갔다. 그들이 서로의 목을 조를까 봐 선장이 그들을 단속해야만 했던 상황이 전혀 없었던 것처럼 말이다.

지구에서 일어나는 모든 일은 내게 약간 비현실적으로 느껴졌다. 우리가 최고속도가 아닐 때는 뉴스를 계속 받아보는데도 그랬다. 새로운 상황에 적응했을 때 루이스클라크호가 최고속도를 넘어가면…, 또 몇 년이 지나가고 모든 게 바뀌어 있었다. 그들은 이제 '행성연맹'을 '태양계 연합'이라 불렀다. 그리고 새로운 헌법이 전쟁을 불가능하게 만들었다고 했다.

나에게는 여전히 행성연맹이었다. 그리고 행성연맹도 전쟁을 불가능하게 하려고 만들어진 것이었다. 나는 그들이 이름 외에 무엇을 바꿨는지 궁금했다.

나는 뉴스의 절반을 이해할 수 없었다. 내 종손녀 캐슬린은 자기네 학급이 졸업 선물로 학교를 위해 '파디'를 사려고 '이브너'를 모았다며, 졸업식에서 처음으로 그걸 던질 계획이라고 이야기했다. 곧 캐슬린은 자신이 책임자로 선임되었기 때문에 서둘러 가야 한다고 했다. 이게 최근 당직 때 들은 이야기였다. 대체 '파디'가 뭘까? 그리고 학교에 원래 있던 '파디'에는 무슨 문제가 생긴 걸까?

나는 우리에게 전달되는 전문적인 소식도 이해할 수 없었다. 하지만 적어도 내가 이해하지 못하는 이유를 알며, 대체로 우주선에는 그 내용을 이해하는 사람들이 있었다. 상대성이론 과학자들은 들어오는 소식에 흥분했다. 그 내용은 너무 전문적이라서 재전송하고 발간되기 전에 확인을 받아야 했다. 이번 뉴스가 올 때 통신원 뒤에 서 있던 재닛 미어스가 녹음기의 테이프를 낚아채려 했다. 오툴 씨도 흥분했다. 그는 오로지 코끝이 빨개지는 것으로 흥분했다는 표시가 났다. 밥콕 박사는 결코 흥분한 모습을 보이지 않았지만, 〈무관계성의 특정한 측면에 관한 섬너의 논고〉라는 제목의 논문을 한 부 복사해주자, 이틀 동안 식사하러 식당에 오지 않았다. 그 이틀 후 나는 밥콕 박사가 쓴 논문 한 부를 재단에 보내야 했다. 논문에는 이해가 되지 않는 수식이 가득했지만, 나는 밥콕 박사가 정중한 태도로 섬너 교수를 바보라고 부르는 내용이라고 이해했다.

재닛 미어스가 그 내용을 내게 설명해주려 했지만, 내가 이해한 거라곤 동시성이라는 개념이 물리학에 완전히 새로운 관점을 던져주고 있다는 사실뿐이었다.

"지금까지." 재닛이 말했다. "우리는 시공간 연속체의 상대론적 측면에 관심을 기울였어. 하지만 텔레파시 능력자들이 하는 일은 시공간과 무관해. 시간이 없다면 공간이 없어. 공간이 없다면 시간이 있을 수 없지. 시공간이 없다면 에너지-질량 보존 법칙도 없어. 맙소사! 아무것도 없는 거야. 그 때문에 노인네들 중 일부가 넋을 놓았어. 하지만 이제 우리는 텔레파시 능력자들을 어떻게 물리학에 끼워 넣을 수 있을지 알아보기 시작하는 중이야. 새로운 물리학 말이야. 모든 게 바뀔 거야."

나는 구식 물리학만으로도 충분히 힘들었다. 새로운 물리학을 배울 생각을 하자, 그 생각만으로도 머리가 지끈거렸다. "그걸 어디에 써?" 내가 물었다.

재닛이 충격을 받은 표정으로 말했다. "물리학은 어디에 써야 하는 건 아니야. 그냥 그 자체지."

"글쎄, 난 모르겠어. 예전 물리학은 쓸모가 있었잖아. 예를 들어, 우리의 우주선을 추진시키는 토치라든가…."

"아, 그거! 그건 물리학이 아니야, 공학이지." 그녀는 내가 물리학을 살짝 비하했다는 투로 말했다.

나는 결코 재닛을 이해하지 못할 것이다. 그리고 어쩌면 나와 의남매 관계를 맺기로 약속했던 게 잘된 일일 것이다. 재닛은 내가 자기보다 어린 것은 상관없지만, 암산으로 4차 방정식을 풀지 못하는 남자를 존중할 수는 없을 것 같다고 했다. "난 존중할 수 없는 남편을 두고 싶진 않아."

지금 우리는 중력의 1.5배로 가속하고 있다. 편차 문제 때문에 도약은 더 멀리하더라도 가속과 감속은 우주선 시간으로 각각 4개월로 끊었다. 가속할 동안 내 몸무게는 100킬로그램이 되어서 발바닥 아치를 받쳐주는 깔창을 신기 시작했다. 그러나 추가로 늘어난 50퍼센트의 몸무게는 괜찮았다. 우주선에서는 충분한 운동을 하지 않을 가능성이 크기 때문에, 여분의 몸무게는 우리들의 건강을 위해 좋을 것이다.

재단에서는 최고속도에서 통신을 돕기 위해 사용하던 약물을 중단했다. 데브루 박사는 그렇게 하는 것을 못마땅하게 여겼기 때문에 아마 기뻐했을 것이다. 이제 텔레파시 짝은 최면과 암시의 도움만으로 연결을 시도했다. 연결되지 않으면 포기했다. 마

지막 최고속도를 지나는 동안 캐슬린은 그 방법으로 나와 연결
됐지만, 선단 전체에 걸쳐 통신팀들을 많이 잃을 거라는 생각이
들었다. 특히 3차 텔레파시 상대를 찾지 못한 사람들은 통신이
끊어질 것이다. 캐슬린이 없었다면 내 팀도 어떻게 되었을지 모
른다. 아마도 곤경에 처했을 것이다. 현재 니냐호와 헨리허드슨
호는 각각 두 팀밖에 남지 않았고, 지구와 연결된 다른 우주선
네 척도 그다지 나은 상황이 아니었다. 감마가 자매들과 엇박자
로 어긋나거나 경우에 따라 연락이 끊겨서 선단의 소식을 많이
듣지는 못했지만, 아마 우리가 가장 괜찮은 상황일 것이다. 산
타마리아호는 '실종' 명단에 올라갔지만, 마르코폴로호는 그저
'연락 두절'로 기록되었다. 그 우주선은 마지막으로 연결되었을
때 최고속도에 접근하고 있었는데, 지구의 그리니치 시간으로
몇 년 동안은 그 상태에서 빠져나올 계획이 없었기 때문이다.

우리는 지금 작은 G형 항성을 향해 가고 있는데, 지구에서 볼
때는 너무 희미해서 이름도 없고 심지어 알파나 베타 같은 그리
스 문자로 된 별자리 명칭도 없었으며, 그저 분류 번호만 달린
별이었다. 지구에서 볼 때는 봉황새자리에 있었는데, 물뱀자리
와 고래자리 사이였다. 알프레드 아저씨가 그 별을 '간이역'이라
불러서, 우리도 그 이름으로 불렀다. 우리가 어디로 가고 있는
지 말할 때마다 팔로마 분류 번호를 주저리주저리 읊을 수는 없
었기 때문이다. 만일 그 별에 컨스턴스의 반만큼이라도 좋은 행
성이 있다면 인상적인 이름을 붙일 게 틀림없었다. 생각난 김에
말하자면, 컨스턴스는 우리가 거기에서 걸렸을지도 모르는 전

염병에도 불구하고 개척될 예정이었다. 첫 우주선단이 벌써 지구에서 출발했다. 우리를 물었던 벌레가 무엇이었든(지구에서 왔을 가능성도 컸다), 인간이 맞서 싸우고 해치웠던 대여섯 가지의 다른 질병들보다 심하지는 않았다. 아무튼 이게 공식적인 관점이었다. 개척선은 그들이 병에 걸리더라도 그 질병을 끝내 정복할 것이라는 가정하에 날아가고 있을 것이다.

개인적으로 나는 어떤 죽음이든 모든 죽음이 위험하다고 생각한다. 설령 '전혀 심각하지 않은 질병'으로 죽더라도, 내가 죽으면 죽는 거다. 그리고 그 질병은 심각하긴 했지만, 나를 죽이지는 못했다.

＊

'간이역'은 정박할 가치가 없었다. 우리는 지구에서 63광년 떨어져 있는 고래자리 베타를 향해 가고 있다.

＊

나는 더스티가 아직 연결되어 사진을 전송할 수 있기를 바랐다. 나는 조카의 손녀 중 한 명인 비키의 사진을 보고 싶었다. 비키가 어떻게 생겼는지는 알았다. 당근처럼 빨간 머리, 코에 주근깨, 초록색 눈동자, 커다란 입, 치아에는 교정틀을 끼고 있는 아이였다. 현재 비키는 한쪽 눈이 멍든 상태였다. 학교에서 누군가가 괴물이라고 불렀을 때 화를 터뜨려서 생긴 멍이었다. 나는 그 싸움을 보고 싶었다! 아, 나는 그 아이가 어떻게 생겼을지 알지 만, 어쨌든 사진으로 보고 싶었다.

우리 가족이 계속 딸로 이어지는 건 재미있었다. 아니다, 누 나들의 후손들까지 모두 더해서 계산해보면 아들과 딸이 비슷 하게 나왔다. 하지만 모디와 팻은 딸만 둘 낳았고, 아들이 없었 다. 그리고 나는 멀리 떠나 결혼하지 않았으니 바틀릿이라는 성 은 끊어졌다.

나는 비키의 사진을 정말로 갖고 싶었다. 비키가 못생겼다는 것은 알지만, 틀림없이 귀여운 모습일 것이다. 비키는 여자애들 같은 놀이는 하지 않고, 항상 무릎이 딱지로 덮여 있는 말괄량 이였다. 비키는 메시지 전송을 마치고 나면, 잠시 머물면서 나 와 이야기를 나눴다. 비키는 나를 증조할아버지 팻 바틀릿만큼 할아버지라고 생각해서 예의 바르게 행동하는 것인지 모른다. 엄마인 캐슬린이 나는 할아버지가 아니라고 이야기해줘도 말이 다. 그건 나의 위치를 어디에 두느냐에 달린 문제였다. 나는 지 금 대학교 4학년이 되어야 할 나이지만, 비키는 나를 팻의 쌍둥 이로만 알고 있다.

비키가 내 얼굴에 길고 하얀 수염을 붙이고 싶다 해도 나로서 는 상관없었다. 비키와 함께 어울리기 위해서라면 말이다. 비키 는 오늘 아침에 서두르긴 했지만 잘해냈다. 「오늘은 이만 갈게 요, 톰 아저씨. 대수학 시험공부를 하러 가야 되거든요.」

「진짜, 정말?」 내가 말했다.

「진짜, 정말요. 맹세할 수 있어요. 저도 더 있고 싶어요.」

「빨리 가, 주근깨쟁이야. 사람들에게 안부 전해줘.」

「안녕! 내일은 조금 일찍 연락할게요.」

비키는 정말 좋은 아이다.

14

엘리시아

고래자리 베타는 주계열성 중에서 큰 항성이다. 작은 거성으로 분류하기에 충분할 정도로 컸는데, 태양보다 37배 밝았다. 지구에서 볼 때도 몹시 밝아서 자체적인 이름을 가지고 있었다. 데네브 카이토스. 하지만 우리는 절대로 그렇게 부르지 않았다. '데네브'라는 이름이 다른 데네브, 즉 백조자리 알파를 떠올리게 했기 때문이다. 그 별은 약 1천6백 광년 거리에 있으며, 하늘의 다른 부분에 위치했다.

고래자리 베타는 태양보다 훨씬 밝았기 때문에, 혹시라도 행성이 존재한다면 태양에서 목성까지 거리보다 먼 9억6천만 킬로미터 근처에서 있는 행성을 찾아야 했다.

우리는 약 9억3천만 킬로미터 근처에서 행성을 하나 찾았는데, 그 정도면 충분히 가까웠다. 게다가 더욱 좋은 점은, 특대형으로 이루어진 듯한 그 항성계에서 가장 작은 행성이라는 점이었다. 그 행성 너머의 다음 궤도에 있는 행성은 목성보다 컸다.

나는 해리 게이츠의 무심한 감독을 받으며 행성 엘리시아에 대한 일반적인 고공 조사를 대부분 준비했다. 해리는 지상 조사를 맡기 전에 자신의 걸작을 완성하려고 폭스테리어처럼 열정적으로 일했다. 그는 지구로 연구 논문을 보내서 과학계 명예의 전당에 자신의 이름을 남기길 바랐다. 물론 해리는 그렇게 거만한 사람이 아니므로, 자기 입으로 그렇게 말한 것은 아니었다. 그럼에도 불구하고 해리는 태양계의 우주 생성론을 고안해냈다고 생각했는데, 그 우주론에는 보데의 법칙이 포함되었다. 해리는 자기 생각이 맞는다면, 주계열에 있는 모든 항성에는 행성이 있을 거라고 했다.

그럴지도 모르지만… 나는 이해하기 힘들었다. 그러나 행성이 없는 별을 어디에다 쓰겠는가. 그리고 난 이 복잡한 우주가 여기에 우연히 생겨났다고 믿지 않았다. 행성들은 사용되어야 한다.

해리의 부하로 일하는 것은 어렵지 않았다. 나는 마이크로필름에서 컨스턴스의 예비 조사 기록을 뒤져서 엘리시아에 유사한 계획표를 작성하고, 우리의 줄어든 인원에 맞춰 수정하기만 하면 되었다. 모두 도와주려 열심이었다. 우리가 아는 한 루이스클라크호는 두 번이나 행운의 번호를 뽑은 유일한 우주선이었기 때문이다. 그리고 선단에서 한 번이라도 제대로 탐사한 네 척의 우주선 중 하나였다. 이제 우리는 내려가서 물 위에 뜬 상태로 엘리시아의 지상 조사에 대한 의료팀의 허락을 기다리고 있다. 나는 그렇게 서두르지 않았다. 저녁에 비키와 연결해서 잡담을 나눌 생각이었다. 마침 지구에서도 저녁이었는데, 비키는 데이트하러 외출한 상태라며 정중하게 나를 쫓아냈다.

비키는 우리가 마지막 도약을 위해 최고속도에 도달했을 때 성장했다. 이제 남자애들에게 관심을 기울이기 시작해서, 고리타분한 아저씨와 나눌 시간이 그리 많지 않았다. 「조지 만나는 거야?」 비키가 중요한 연락이냐고 물었을 때 내가 말했다.

「글쎄요, 아저씨가 굳이 알고 싶다면, 조지 맞아요!」 비키가 버럭 소리쳤다.

「흥분하지 마, 주근깨쟁이야.」 내가 대답했다. 「그냥 물어본 거야.」

「뭐, 말했었잖아요.」

「그래, 그래. 좋은 시간 가져라. 너무 늦게까지 돌아다니지 말고.」

「꼭 아빠처럼 말하네요.」

내가 생각하기에도 그런 것 같았다. 사실, 나는 조지가 별로 마음에 들지 않았다. 아직 조지를 본 적이 없었고 앞으로도 보지 못할 것이며 그다지 아는 것도 많지 않았지만 말이다. 비키는 녀석에 대해 이렇게 말했다. "열 번째 힘"이며, "동그란 부분 주위의 깃털 같은" 존재이긴 하지만 "최악이면서 최고"라고 했다. 나는 그 말이 이해되지 않았지만, 비키는 똑같이 이해되지 않는 말로 설명했다.

나는 비키의 말을 이해할 수 없었다. 그러나 비키는 조지에게 약간 걸리는 부분이 있어도 일단 호감을 가졌으며, 비키가 개선시키면 완벽한 남자가 되기를 혹은 "완전히 휘청거리기"를 기대하는 것으로 해석했다. 나는 조지가, 예전에 나 자신이 그랬기 때문에 싫어하는, 여드름투성이의 무식하고 지겨운 어린 녀석이 아닌가 하는 의심이 들었다. 현재의 놀라운 두뇌를 제외한 더스티 로즈 같은 녀석 말이다.

이건 마치 내가 한 번도 본 적이 없는 한 소녀 때문에, 내가 한 번도 본 적이 없는 소년을 질투하는 소리처럼 들린다. 하지만 그건 바보 같은 소리다. 내 관심은 아버지나 큰오빠 같은 것이었다. 사실 내가 비키와 친척 관계라고 하긴 어려웠지만 말이다. 비키에게 내 부모님은 열여섯 명의 고조부모들 중 두 사람이었다. 대부분의 사람들에게 그렇게 먼 단계에 있는 친척은 알지도 못할 정도로 먼 관계이다.

어쩌면 베른하르트의 엉뚱한 이론과 관련이 있을 수도 있다. 우리는 몸만 젊은이로 남아 있을 뿐, 모두 괴팍한 늙은이가 되어가고 있다는 주장이었다. 하지만 그것은 바보 같은 소리다. 그리니치 시간으로는 70여 년이 지났지만, 내게는 지구를 떠난 이후 4년이 채 지나지 않았다. 나에게 진짜 시간은 식사와 잠이다. 나는 루이스클라크호에서 대략 1천4백 번 잤으며, 한 번 잘 때마다 세 번의 식사와 한두 번의 간식을 먹었다. 그것은 4년이지 70년이 아니다.

아니, 나는 그저 2주일 만에 처음으로 한가해진 저녁에 일기를 쓰는 것보다 괜찮은 일이 없다는 사실에 실망했던 것이다. 잠 이야기가 나와서 말인데, 나는 조금이라도 자는 게 낫다. 내일 의료팀의 승인이 떨어지면, 첫 팀이 해변으로 내려가기 때문에 바빠질 것이다. 나는 내려가지 않지만, 그들을 보내기 위해 해야 할 일이 많다.

*

우리는 비참한 혼란 상태다. 지금 우리가 무엇을 할 수 있을지 모르겠다.

처음부터 이야기를 시작하는 게 나을 것이다. 우리는 예비 조사에서 엘리시아를 모든 방법으로 검사했다. 호흡이 가능한 대기, 지구의 한계 범위 내에 있고 외관상 덜 극단적인 기상, 물과 산소, 이산화탄소의 순환 주기까지 예외적인 위험은 없었다. 지적 생명체의 징후도 없었다. 물론 지적 생명체가 있었다면 우리는 그냥 통과했을 것이다. 엘리시아는 지구보다도 물이 많은 행성이었다. 90퍼센트가 바다여서 엘리시아가 아니라 '아쿠아리아'로 이름을 붙이자는 이야기가 있었지만, 거의 지구만큼이나 이용 가능한 육지가 넓게 존재하는 행성에 개척자들의 흥미를 끌지 못하는 이름을 붙여서는 안 된다고 누군가가 지적했다.

그래서 우리는 마다가스카르만큼 큰 섬에 바짝 다가갔다. 엘리시아에서는 대륙이나 마찬가지였다. 우리가 그 섬 전체를 자세하게 조사하고 나면, 재단에 우주선을 보내는 대로 개척지를 세워 정착할 수 있다는 보고서를 보내게 될 거라 기대했었다. 우리는 컨스턴스에 이미 정착이 시작되었다는 사실을 알고 있다. 우리는 이 행성에도 사람들이 정착하도록 해서 루이스클라크호에 완승을 안겨주고 싶었다.

나는 돼지 퍼시벌을 쓰다듬으며 상황을 살펴보고, 혹시 암돼지라도 발견하거든 내게 알려달라고 말했다. 스티븐 외삼촌은 해변으로 경비대를 데려갔고, 같은 날 과학팀이 뒤따라갔다. 일리시아는 컨스턴스가 그랬던 것처럼 더 이상 문제가 없을 것이므로, 그만큼 큰 상이 될 게 분명했다. 다만, 우리가 다룰 수 없는 외래 질병의 가능성은 약간 남아 있었다.

그게 2주 전이었다.

엘리시아에 대한 조사는 아침 식사를 하듯 익숙한 과정으로 진행되었다. 돼지 퍼시벌과 다른 실험동물들이 엘리시아의 음식을 먹고 잘 자랐다. 베른하르트는 가려움 이상의 어떤 질병에도 걸리지 않았다. 곧 그는 엘리시아의 음식물을 직접 먹어보았다. 날개 네 개를 가진 이상하게 생긴 새를 잘 구워서 먹었다. 베른하르트는 그 맛이 칸탈루프 멜론 향을 곁들인 구운 칠면조가 떠오른다고 했다. 그러나 돼지 퍼시벌은 잡힌 물고기를 건드리지 않았는데, 그 물고기를 먹은 쥐가 죽었다. 그래서 해산물은 좀 더 조사가 이루어질 때까지 미뤄두기로 했다. 여기의 어류는 지구의 어류들과는 다르게 생겼다. 가자미 비슷하게 납작했고, 메기의 수염처럼 덩굴손이 달렸는데, 가시처럼 뻗어나가지 않고 엉켜 있었다. 해리 게이츠는 그게 감각기관이며, 운동기관으로 작용할 수도 있을 거라는 의견을 냈다.

그 섬에는 레프티 고메스를 죽였던 큰 입을 가진 육식성 도마뱀 같은 동물은 없었다. 하지만 다른 섬에는 있을지도 모를 일이었다. 육지들이 너무 떨어져 있었기 때문에, 각각의 군도에서 완전히 다른 계통을 따라 진화할 수도 있었다. 우리는 보고서에서 '데브루섬'에 가장 먼저 정착하고, 다른 섬들을 신중하게 조사하라고 권할 예정이었다.

나는 세 번째 교대 때 해변으로 내려갈 계획이었다. 알프레드 아저씨는 첫 주를 맡은 후, 한 주를 쉬었다. 그리고 이제 내가 해변에 내려가 연결하고 아저씨가 우주선의 당직을 맡기로 했다. 하지만 마지막 순간에 안나가 몹시 가고 싶어 해서 근무를 바꿔주었다.

나는 바꾸고 싶지 않았지만, 루퍼트 부팀장의 사망 이후 우리 팀의 당직 시간표를 내가 운영해왔기 때문에 거절하기 힘들었다. 글로리아도 남편이 그 교대조에 있었기 때문에 함께 내려가기로 했다. 지구에 있는 텔레파시 짝이 휴가 중이어서 그녀는 당직을 서지 않았다.

그들이 우주선을 떠날 때, 나는 루이스클라크호의 꼭대기층에서 그들이 보트를 타는 모습을 뚱한 눈으로 바라봤다. 꼭대기층에는 에어록 바깥에 임시로 설치한 선교 갑판이 있었다. 아래에 있는 하역구에서 보트에 타는 모습을 지켜보기에 좋은 장소였다. 기관실에서 가속 질량 탱크들에 대한 검사를 마치고 철저히 점검한 후 거의 채워가고 있었다. 루이스클라크호가 물에 낮게 떠 있었기 때문에, 하역구는 수면에서 3미터 정도 높이밖에 안 됐다. 덕분에 하역이 쉬웠다. 우리가 첫 팀을 해변으로 보낼 때는 탱크가 비어 있어서 보트들을 거의 30미터가량 아래로 내리고, 탑승자들은 밧줄 사다리를 타고 내려가야 했다. 고소공포증이 있는 사람들에게는 쉽지 않은 일이었고, 그런 사람들이 상당히 많았다. 그러나 이제는 보트에 타는 게 쉬워졌다.

에어록은 사람들이 이용하기에 적당한 정도의 크기여서 사람보다 큰 것은 무엇이든 하역구를 통해 드나들어야 했다. 하역구를 에어록처럼 조작하는 것도 가능했다. 그래서 우리는 물병자리 베타를 공전하는 '지옥'에서 그렇게 했었다. 하지만 공기가 괜찮을 때는 그것들을 그냥 문으로 사용했다. 에어록과 하역구는 하역 갑판에 있었는데, 하역 갑판은 하갑판 아래, 보조 기계 공간 위에 위치했다. 보트 세 대와 헬리콥터 두 대는 바로 그 하역 갑판 안쪽에 실려 있었다. 보트는 놓여 있는 자리에서부터 하역 크레인을 통해 밖으로 꺼낼 수 있었다. 그러나 헬리콥터는 보트 하역 장치에 걸어서 꺼낸 후, 다시 위쪽의 선교에서 내린 두 번째 도르래에 걸어서 위로 올려야 했다. 그렇게 해야 루이스클라크호의 굽어진 측면을 지나 임시 상층 갑판 위에 내려놓을 수 있었다. 상층 갑판에서 헬리콥터에 제트 회전날개를 부착했다.

우리가 헬리콥터를 이용할 때마다 레가토가 그 복잡한 과정을 비난했다. "기계로 하는 바보짓이야!" 레가토는 그 과정을 그렇게 불렀다. "우주선의 설계자라는 놈들은 예쁘게 그리기만 하

면 행복해한다니까. 불쌍한 바보들이 그 예쁜 그림을 이용해야
만 한다는 사실에 대해서는 생각하지를 않아."

하지만 그것은 고장이 날 수 있는 특수 장비를 우주선에 최소
한으로 싣고, 그 장비들을 이용해 헬리콥터를 하역하기 위한 방
법이었다. 내가 알기로는 그게 이 프로젝트를 위해 우주선을 개
조할 때의 주요한 목표였다. 그러나 오늘은 헬리콥터를 밖으로
꺼내 준비를 마친 상태였다. 한 대는 섬의 야영지에 있고, 다른
한 대는 내가 서 있는 곳에서 가까운 선교 위에 묶여 있었다. 우
리는 보트에 화물만 실으면 되었다.

보트는 양 끝이 뾰족한 모양으로서, 유리섬유와 테플론을 주
형에 부어 제작되었는데, 사용할 수 없는 공간을 모두 스티로폼
으로 채워서 절대로 가라앉지 않았다. 그 보트들은 워낙 튼튼하
기 때문에 충격을 줘서 우그러뜨릴 수는 있겠지만, 드릴이나 토
치램프 같은 것으로는 구멍을 낼 수 없었다. 그러나 워낙 가벼
워서 비어 있는 보트는 네 사람이 들 수 있을 정도였다. 그래서
바위투성이 해변으로 몰고 가도 손상을 입지 않았으며, 짐을 내
린 후 더 높은 곳으로 쉽게 끌고 갈 수 있었다. 보트는 헬리콥터
와 마찬가지로 알코올 제트로 움직였지만, 노와 돛도 달려 있었
다. 우리는 모두 스티븐 삼촌의 감독을 받으며 노를 사용하는 방
법을 훈련받았는데, 지금껏 노를 사용할 일은 한 번도 없었다.

보트는 전날 밤에 연구팀을 위해 표본들을 싣고 들어왔다. 이
제 해변에 있는 사람들과 교대할 사람들을 태우고 돌아갈 예정
이었다. 선교에서는 8백 미터 떨어진 해변에서 보트를 기다리고

있는, 돌아올 사람들의 모습이 보였다. 우주선에서 조금 떨어진 곳에서 보트 두 척이 세 번째 보트를 기다렸다. 각각의 보트에는 열여덟 명 정도의 사람들, 그리고 해리 게이츠가 해변에서 과학적인 목적으로 사용하기 위해 요청한 물건들, 전체 인원에게 일주일 동안 필요한 보급품이 실렸다.

뒤쪽에서 움직임이 느껴져 고개를 돌렸더니 선장이 에어록 해치를 통해 다가오고 있었다. "안녕하세요, 선장님."

"안녕, 톰." 선장이 주변을 둘러보며 말했다. "날씨가 좋네."

"네, 선장님…. 그리고 좋은 곳이에요."

"정말이야." 선장이 육지 쪽을 쳐다보며 말했다. "여기에서 떠나기 전에 나도 육지에 내려갈 핑곗거리를 찾아볼 생각이야. 강철 위에서 너무 오래 지냈어."

"안 될 이유가 없죠. 여기는 강아지처럼 우호적인 행성인걸요. '지옥'하고는 달라요."

"전혀 다르지." 선장이 고개를 돌렸다. 그래서 나도 고개를 돌렸다. 선장이 원하지 않을 때는 대화를 채근하지 않아야 한다. 세 번째 보트가 이제 가득 차서 밧줄을 풀었다. 50여 미터 떨어진 곳에서 보트 세 척이 함께 가기 위해 줄을 지었다. 나는 글로리아와 안나에게 손을 흔들었다.

각각의 보트마다 내 허리만 한 굵기의 길고 축축한 밧줄이 물에서 올라오더니, 선체 중앙부를 가로질러 반대쪽 물속으로 다시 들어갔다. 내가 소리쳤다. "선장님! 저기 보세요!"

선장이 고개를 돌렸다. 보트들이 옆으로 기울어지더니 가라앉기 시작했다. 물 아래로 보트들이 끌려 내려갔다. 누군가의 비명 소리가 들리고, 물에 버둥거리는 사람들이 있었다.

선장이 나를 지나쳐 보트를 향해 몸을 기울이며 그 사고를 쳐다봤다. 그가 평소와 같은 말투로 내게 말했다. "헬리콥터의 시동 걸 수 있어?"

"네, 가능할 것 같아요, 선장님." 내가 헬리콥터 조종사는 아니었지만, 어떻게 작동하는지는 알았다.

"그럼, 시동 걸어." 선장이 앞으로 몸을 더 기울이며 소리쳤다. "하역구 문 닫아!" 선장은 몸을 돌려 에어록으로 뛰어들어갔다. 나는 헬리콥터에 올라타기 위해 몸을 돌리면서 선장이 왜 소리를 질렀는지 알아챘다. 또 다른 젖은 밧줄이 루이스클라크호의 측면을 미끄러지며 하역구를 향해 올라가고 있었다.

헬리콥터의 시동을 거는 일은 내가 생각했던 것보다 훨씬 복잡했다. 하지만 계기판 위에 점검 목록표가 있었다. 내가 더듬거리며 '4단계, 추진기 시동'을 하고 있을 때, 헬리콥터 조종사이자 토치 담당자인 에이스 웬젤이 나를 옆으로 밀어냈다. 에이스가 양손으로 뭔가를 하자, 날개가 돌기 시작하며 우리의 얼굴에 그늘이 졌다. 에이스가 소리쳤다. "헬리콥터 밧줄 풀어!"

나는 외과의사가 헬리콥터에 올라탈 때 문밖으로 밀려났다. 1미터 아래의 갑판으로 내려서자 헬리콥터 날개의 강풍이 위에서 때렸다. 나는 몸을 일으키며 주위를 돌아봤다.

물에는 아무것도 없었다. 아무것도. 시체도 없고, 둥둥 떠서 버둥대던 사람들도 없고, 보트의 흔적도 없었다. 포장지가 조금

떠다니긴 했지만, 화물조차 떠 있는 게 없었다. 나는 그중 일부를 직접 포장했기 때문에 물에 뜨는 화물이 있다는 사실을 알고 있었다.

재닛이 내 옆에 서서 몸을 떨며 흐느꼈다. 내가 멍청하게 물었다. "어떻게 된 거야?"

재닛이 자제하려 애쓰며 떨리는 목소리로 말했다. "나도 모르겠어. 그것들 중 하나가 오토를 붙잡는 게 보였어. 그리고 그냥… 그냥…." 그녀가 다시 울기 시작하며 고개를 돌렸다.

물 위에는 아무것도 없었다. 그러나 이제 물속에, 수면 아래에 뭔가가 있는 게 보였다. 물이 알맞게 잔잔할 경우에는 높은 곳에서 물속을 볼 수 있다. 뭔가가 정연하게 줄지어서 우주선을 둘러싸고 있었다. 그것들은 고래처럼 생겼다. 혹은 고래가 물속에 있을 때 저런 형태일 거라고 내가 상상하던 그런 모습이었다. 하지만 난 고래를 한 번도 본 적이 없었다.

내가 보트를 파괴한 생물을 보고 있는 거라고 스스로 이해하려 애쓰고 있을 때, 누군가가 소리치며 섬을 가리켰다. 섬에는 우주선으로 돌아오려던 사람들이 여전히 해변에 있었다. 하지만 지금은 그들만 있는 게 아니었다. 그들은 포위당했다. 그 생물들이 해변으로 가서 각각의 방향으로 사람들을 둘러쌌다. 거리가 멀어 잘 보이지 않았지만, 바다 생물은 보였다. 그 생물들은 인간보다 훨씬 컸다. 그 생물에게는 다리가 없는 것 같았는데, 그 사실 때문에 놈들의 속도가 느린 것은 아니었다. 그 생물들은 빨랐다.

그 생물들이 사람들을 물속으로 몰았다.

우리로서는 어쩔 도리가 없었고, 아무것도 할 수 없었다. 우리의 발아래에는 인간이 수 세기 동안 이룩한 기술적 진보의 최종 산물인 우주선이 있었다. 우주선의 토치는 눈 깜빡할 사이에 도시 하나를 박살 낼 수 있었다. 해변의 경비대는 한 사람이 옛날의 한 부대에 필적하는 무기를 가지고 있고, 우주선의 어딘가에도 그런 무기가 더 많이 있다. 그러나 그때 나는 무기고가 어디에 있는지조차 알지 못했다. 보조 갑판 어디쯤이라는 사실만 알았다. 우주선에서 아무리 오래 살아도 모든 구역을 가보지는 않기 때문이다.

보조 갑판으로 내려가 무기를 찾아봐야 할 것 같았다. 그러나 나는 다른 10여 명과 함께 거기에 서서 얼어붙은 채 진행되는 상황을 지켜봤다.

그러나 나보다 훨씬 기민한 사람들이 있었다. 두 사람이 에어록 해치를 통해 달려 나왔다. 그들은 레인저건 두 자루를 내려놓더니 미친 듯이 플러그를 꽂고 탄약통을 뜯어서 열었다. 그러나 그들의 노력은 헛수고가 되고 말았다. 그 사람들이 적들을 겨눌 준비가 되었을 때 해변에는, 앞서 해수면이 그랬듯이 아무것도 없었다. 우리의 동료 승무원들은 밀려서 물속으로 끌려 들어갔다. 헬리콥터가 그 지점의 상공에 떠 있었다. 구조용 사다리가 내려진 상태였지만, 사다리에 탄 사람은 아무도 없었다.

헬리콥터는 섬 위를 한 바퀴 돌고 우리 야영지를 가로지른 후 우주선으로 돌아왔다.

헬리콥터가 착륙하기 위해 움직이는 동안 트래버스가 허겁지 겁 위로 올라왔다. 트래버스는 주변을 둘러보더니 나를 발견하고 말했다. "톰, 선장님은 어디에 계셔?"

"헬리콥터에."

"아." 그가 인상을 찌푸렸다. "그렇군, 선장님에게 이걸 전해줘. 급한 거야. 나는 내려가야 돼." 트래버스는 내게 종이 한 장을 내밀고 내려갔다. 내가 슬쩍 봤더니 메시지 형식이었다. 그래서 어디에서 온 건지 봤다. 그러고는 선장이 헬리콥터에서 내릴 때 그의 팔을 붙잡았다.

선장이 나를 뿌리치며 말했다. "비켜!"

"선장님, 이걸 보셔야 됩니다. 섬에서 온 메시지입니다. 스티븐 소령이 보낸 거예요."

선장이 발길을 멈추고 종이를 받았다. 그리고 곧 더듬거리며 독서용 안경을 찾았다. 주머니에 삐죽 튀어나온 돋보기가 내 눈에 들어왔다. 선장은 내가 돋보기 찾는 일을 도와주기 전에 메시지를 내게 내밀며 말했다. "네가 읽어줘."

나는 시키는 대로 했다. "발신: 우주선 경비대장. 수신: 루이스클라크호 선장. 09시 31분. 09시 05분에 탐사 야영지가 적대적인 토착 생물에게 공격당함. 양서류로 추측됨. 그 공격으로 초기에 심각한 손실을 본 후 싸워서 물리침. 본인은 생존자 7명과 야영지 북쪽 언덕 꼭대기로 후퇴. 탐사 헬기 2호는 포기할 수밖에 없었음. 공격 당시 교대팀이 해변에 대기 중이었음. 우리는 그들과 차단되어 그들의 상황은 알 수 없지만, 절망적인 상황일 것으로 추측됨.

검토: 그 공격은 지적으로 조직되고 무장되었음. 그 생물의 주요 무기는 초고압의 바닷물 분사로 보이지만, 찌르고 자르는 개인무기도 사용함. 그 생물은 다른 무기도 가지고 있을 게 틀림없음. 그 생물이 우리만큼 지적일 뿐 아니라 잘 훈련되었으며, 상황에 따라 무장을 잘할 가능성도 있다고 잠정적으로 추측할 수밖에 없음. 그 생물에게 더 나은 무기가 없다고 할지라도, 압도적인 숫자 때문에 현재 우리보다 유리한 상황임.

권유 사항: 생존한 부대는 지금까지 교전한 무기들에 맞서서 현재의 장소에서 버틸 수 있음. 따라서 즉각적인 조치는 해변에 있는 사람들의 구조에 한정하도록 긴급히 권유함. 그 후 계획을 수립할 때까지 우주선은 궤도에 올려놓을 것. 그리고 우주선에 위해를 입히지 않고 우리 부대를 구조하기 위해 무기를 마련할 것. ― 경비대장 스티븐 루카스, 09시 36분."

선장은 메시지를 듣고 말없이 해치를 향해 돌아섰다. 그곳에는 적어도 스무 명 이상이 빼곡하게 있었지만, 아무도 아무 말도 하지 않았다. 나는 주저하다 다른 사람들이 내려가는 모습을 보고는 그 대열에 끼어들어 선장을 따라갔다.

선장은 두 층 아래의 갑판에서 멈추더니 통신실로 들어갔다. 나는 선장을 따라 들어가지는 않았지만, 선장이 통신실의 문을 열어두었다. 안에서는 트래버스가 허리를 숙여 야영지와 대화를 나눌 때 이용하는 무전기를 사용하고 있었고, 그 뒤에는 프릭 중령이 걱정스러운 얼굴을 하고 트래버스의 어깨너머로 바라봤다. 선장이 말했다. "스티븐 소령을 연결해."

프릭 중령이 고개를 들었다. "현재 시도하고 있습니다, 선장님. 그쪽에서 사상자 명단을 보내다가 통신이 끊겼습니다."

선장이 입술을 깨물고 낙담한 표정을 짓더니 말했다. "계속 시도해." 그리고 고개를 돌렸는데, 나와 눈이 마주쳤다.

"톰!"

"네, 선장님!"

"거기에 너희 팀원이 있을 거야. 그 사람에게 연결해."

난 재빨리 머리를 굴렸다. 그리고 비키를 부르면서도 그리니치 시간을 기억해내려 애썼다. 비키가 집에 있다면, 재단에 직통 회선을 이용할 수 있을 것이다. 재단에서는 비키를 샘 로하스의 텔레파시 짝과 연결해줄 수 있다. 그러면 선장은 네 단계 중계를 통해 거의 무전기를 이용하는 정도의 속도로 스티븐 삼촌과 대화를 할 수 있게 된다. 「비키! 대답해, 비키! 빨리!」

「네, 톰 아저씨? 무슨 일이에요? 자고 있었어요.」

프릭 중령이 말했다. "연결이 안 될 겁니다, 선장님. 샘 로하스는 생존자 명단에 없습니다. 그 사람은 교대할 예정이었기 때문에 해변에 있었을 겁니다."

당연히 그랬다! 샘은 해변에 있었을 것이다. 나는 멍하게 서서 그가 물속으로 밀려서 끌려 들어가는 모습을 지켜봤을 게 틀림없다.

「무슨 일이에요, 톰 아저씨?」

「잠깐만 기다려줘. 연결 유지하고.」

"그러면 다른 사람을 연결하면 되잖아." 선장이 날카롭게 말했다.

"다른 사람은 없습니다, 선장님." 프릭 중령이 대답했다. "이게 생존자 명단입니다. 샘 로하스가 육지에 있던 유일한 괴…, 특수 통신원이었습니다."

선장이 명단을 노려보더니 말했다. "당직이 아닌 모든 승무원에게 긴급히 식당으로 집합하라고 전해." 선장이 몸을 돌리더니 곧장 나를 향해 걸어왔다. 나는 옆으로 펄쩍 뛰어 비켜섰다.

「무슨 일이에요, 톰 아저씨? 아저씨 목소리가 불안해요.」

나는 목소리를 조절하려 노력하며 말했다. 「실수였어. 그냥 잊고 다시 자. 미안해.」

「괜찮아요. 그렇지만 아저씨 목소리는 지금도 불안해요.」

나는 허겁지겁 선장을 쫓아갔다. 우리가 아래로 서둘러 내려가는 동안 우주선의 스피커를 통해 프릭 중령의 목소리가 울려 퍼지며 지시 사항을 전달했다. 그런데 우리가 식당에 도착한 바로 직후 프릭 중령이 도착했다. 그리고 순식간에 승무원 모두가 그곳에 모였다…. 지구에서 떠난 사람들 중 한 줌도 안 되는 인원이었다. 약 40명이었다. 선장이 사람들을 둘러본 후 카스 워너에게 말했다. "이게 전부인가?"

"그런 것 같습니다, 선장님. 기관실 당직은 빠졌습니다."

"제가 트래버스를 당직으로 남겼습니다." 프릭 중령이 덧붙였다.

"그렇군." 선장이 고개를 돌려 우리를 쳐다보고 말했다. "우리는 육지의 생존자들을 구하러 갈 겁니다. 지원자는 한 걸음 앞으로 나오세요."

우리는 걸어나가지 않았다. 모두 함께 몰려나갔다. 나는 스티븐 삼촌 때문에 다른 사람들보다 수십 분의 1초라도 빨랐다고 말하고 싶지만, 그건 사실이 아니었다. 어린아이를 팔에 안은 게이츠 부인이 나만큼이나 빨랐다.

"고맙습니다." 선장이 딱딱하게 말했다. "여성분들은 식료품 저장소 쪽으로 가주시기 바랍니다. 그래야 내가 파견할 남성들을 선발할 수 있습니다."

"선장님?"

"왜 그러나요, 우르크하르트 선장님?"

"제가 파견대를 이끌겠습니다."

"당신은 절대로 그런 일을 하면 안 됩니다. 내가 이끌 겁니다. 당신은 여성분들 중 몇 명을 데리고 아래로 내려가서 우리에게 필요한 것들을 가져오세요."

우르크하르트가 약간 주저하더니 대답했다. "네. 알겠습니다, 선장님."

"그 규칙, 즉 위험에 대처하는 우리의 확고한 규칙은 여러분 모두에게 적용됩니다. 두 사람이 가능한 작업에는 나이가 많은 사람이 간다. 다른 작업의 경우, 중단할 수 있는 작업이라면 떠난다. 중단할 수 없는 작업이라면 그 자리를 지킨다." 선장이 사람들을 둘러보더니 소리쳤다. "밥콕 박사님!"

"알겠습니다, 선장님!"

오툴 씨가 말했다. "잠깐만요, 선장님. 저는 홀아비이고, 밥콕 박사님은 저보다 훨씬…."

"그만하세요."

"그렇지만…."

"이런 젠장, 이것 봐요. 결정을 할 때마다 한 사람씩 논쟁해야 됩니까? 매 순간 뭐가 중요한지 상기시켜줘야 합니까? 저기 여성분들과 함께 계세요."

화가 나서 얼굴이 달아오른 오툴 씨가 선장의 지시대로 했다. 선장이 계속 말했다. "워너 씨, 바흐 씨, 세브린 박사님…." 선장은 원하는 사람들을 빠르게 선발한 후 나머지 사람들은 식료품 저장소 쪽으로 가도록 손짓했다.

알프레드 아저씨가 구부정한 어깨를 똑바로 하려 애쓰며 말했다. "선장님, 저를 잊으셨네요. 제가 우리 팀에서 가장 나이가 많습니다."

선장의 표정이 눈곱만큼 부드러워졌다. "아뇨, 알프레드 맥닐 씨. 잊지 않았습니다." 선장이 조용히 말했다. "하지만 헬리콥터의 수용 인원에는 한계가 있습니다. 그리고 우리는 일곱 명을 데려와야 합니다. 그래서 당신을 뺄 수밖에 없었습니다."

아저씨의 어깨가 축 처졌다. 나는 아저씨가 울려는 줄 알았다. 아저씨는 선발된 소수에서 벗어나 터덜터덜 걸어갔다. 더스티 로즈가 내 눈길을 끌었는데, 으스대며 자랑스러워했다. 녀석은 선발된 사람들 중 한 명이었다. 더스티는 여전히 열여섯 살도 안 된 것처럼 보였다. 지금껏 면도를 해본 적도 없을 것이다.

아마 녀석에게는 평생 처음 어른으로 취급받는 경험일 것이다.

다른 사람들은 금세 말문이 막혔지만, 나는 그대로 두고 볼 수 없었다. 나는 다시 앞으로 걸어나가 선장의 소매를 잡았다. "선장님…. 저를 보내주세요! 제 삼촌이 저기에 있어요."

나는 선장이 벌컥 화를 낼 거라 생각했지만 선장은 침착하게 나를 바라보며 말했다.

"네가 무슨 말을 하려는지 알아. 하지만 넌 특수 통신원이고, 우리에게는 이제 남은 사람이 없어. 스티븐 소령에게 네가 참가하려 했었다고 말해줄게."

"그렇지만…."

"이제 입 닥치고, 지시받은 일을 해. 내가 식당 건너편까지 걷어차버리기 전에." 그리고 선장은 내가 존재하지 않는 양 나를 외면했다.

5분 후 무기가 지급되었다. 우리는 모두 그들이 떠나는 모습을 보기 위해 떼를 지어 위로 올라갔다. 에이스 웬젤이 헬리콥터에 시동을 걸어놓고 뛰어내렸다. 여덟 명이 헬리콥터에 올라탄 후 마지막으로 선장이 올랐다. 더스티는 양쪽 어깨에 탄띠를 매고, 양손으로 레인저건을 들었다. 녀석이 흥분한 얼굴로 활짝 웃었다. 나한테 윙크하며 말했다. "엽서 한 통 보내줄게."

선장이 멈추더니 말했다. "우르크하르트 선장님."

"네, 선장님."

선장과 예비 선장이 잠시 논의했다. 나는 그들의 이야기를 들을 수 없었다. 아마 우리에게 들려줄 이야기는 아니었을 것이다.

곧 우르크하르트 예비 선장이 목소리를 높여 말했다. "네, 알겠습니다. 그렇게 하겠습니다."

"아주 좋습니다." 선장이 헬리콥터 안으로 들어가 문을 쾅 닫더니, 직접 헬리콥터를 조종했다. 나는 날개에서 내려오는 거센 바람에 대비했다.

그리고 우리는 기다렸다.

나는 선교와 통신실을 오락가락했다. 트래버스는 아직도 스티븐 삼촌과 연결하지 못했지만, 헬리콥터에는 무전이 연결되었다. 나는 위에 올라갈 때마다 바다 생물을 찾았지만, 그놈들은 가버린 모양이었다.

마지막으로 내가 다시 통신실로 내려갔을 때, 트래버스가 기쁜 표정으로 말했다. "생존자들을 찾았대! 이륙했어!" 내가 트래버스에게 막 물어보려는 참에, 그는 우주선의 스피커를 통해 기쁜 소식을 전달했다. 나는 위로 달려 올라가 헬리콥터가 보이는지 봤다.

약 2킬로미터 떨어진 언덕 위에 헬리콥터가 보였다. 헬리콥터는 우주선을 향해 빠르게 날아왔다. 곧 우리는 그 안에 있는 사람들까지 볼 수 있었다. 가까워지자 누군가가 우리 쪽을 향한 유리창을 열었다.

선장의 헬리콥터 조종 실력이 아주 뛰어난 편은 아니었다. 그는 곧장 착륙하려 했지만, 바람을 잘못 판단해서 흔들리며 지나갔다가 다시 시도해야만 했다. 그런 과정에서 헬리콥터가 우주선에 아주 가깝게 다가와 우리는 탑승객들을 또렷하게 볼 수 있었다. 스티븐 삼촌이 보였다. 삼촌도 나를 보고는 손을 흔들었다. 삼촌은 소리치지 않고 손만 흔들었다. 그 옆에 더스티 로즈가 있었다. 녀석도 나를 보고는 활짝 웃으며 손을 흔들고 소리쳤다. "이봐, 톰! 내가 네 친구를 구해왔어!" 더스티가 뒤로 손을 뻗더니 돼지 퍼시벌의 머리와 갈라진 앞발의 발굽을 창문 위로 올렸다. 더스티는 한 손으로 돼지를 잡고, 다른 손으로 돼지를 가리켰다. 둘 다 활짝 웃고 있었다.

"고마워!" 내가 소리쳐서 대답했다. "안녕, 퍼시벌!"

헬리콥터는 우주선의 수십 미터 뒤에서 돌아 다시 바람을 가르며 왔다.

헬리콥터가 곧장 우주선으로 와서 착륙하려는 순간, 헬리콥터 아래쪽의 물에서 뭔가가 튀어나왔다. 누군가는 그게 기계였다고 했지만, 나에겐 거대한 코끼리 코처럼 보였다. 물줄기가 너무 단단하고 거세고 반짝거려서, 그 코끝에서 강철탄이 나가는 것 같았다. 물줄기가 회전날개 끝을 때리자 헬리콥터가 비틀거렸다.

선장이 헬리콥터를 기울이며 물줄기에서 벗어났다. 물줄기는 헬리콥터를 따라가며 동체를 때리고, 다시 회전날개를 때렸다. 헬리콥터가 급격하게 기울어지더니 추락하기 시작했다.

나는 응급상황에 잘 대처하는 사람이 아니다. 몇 시간이 지난 후에야 그때 무엇을 해야 했는지 깨닫는 부류였다. 그러나 이번에는 생각하지 않고 움직였다. 아래로 뛰어들어 화물 갑판까지 한 번에 내려갔다. 헬리콥터 방향의 하역구가 닫혀 있었다.

앞서 선장이 그 문을 닫으라고 명령했기 때문이다. 내가 스위치를 손으로 때리자 삐걱거리며 열리기 시작했다. 사방을 돌아보자 나한테 필요한 게 눈에 들어왔다. 보트를 내리는 도르래 줄이 갑판에 느슨하게 감겨 있었다. 아직 묶이지 않은 상태였다. 나는 끝부분을 움켜잡고, 아직도 흔들리며 내려가고 있는 하역구로 가서 섰다.

파손된 헬리콥터가 바로 앞에 떠 있었고, 물에는 사람들이 버둥거렸다. "스티븐 삼촌!" 내가 소리를 질렀다. "잡아요!" 나는 도르래 줄을 최대한 멀리 던졌다.

내가 소리를 지를 때 삼촌은 보이지도 않았다. 그저 내 머릿속에 떠오르는 대로 소리친 것이었다. 그때 삼촌이 보였다. 내가 줄을 던질 수 있는 곳보다 훨씬 멀리 있었다. 삼촌이 소리치는 게 들렸다. "간다, 톰!" 그리고 우주선을 향해 힘차게 헤엄치기 시작했다.

나는 너무 멍한 상태라 줄을 다시 던지기 위해 당길 뻔했는데, 이미 누구보다 멀리 던졌다는 사실을 깨달았다. 나는 다시 소리쳤다. "해리! 바로 뒤에요! 잡아요!"

해리 게이츠가 물에서 몸을 돌리더니 줄을 잡아챘다. 나는 해리를 끌어당기기 시작했다.

해리를 우주선까지 끌고 와서는 하마터면 그를 잃어버릴 뻔했다. 해리는 한쪽 팔을 거의 사용하지 못하는지 줄을 제대로 잡지 못했다. 하지만 해리와 나는 힘을 모아서 간신히 그를 하역구로 끌어 올렸다. 우주선이 물 위에 그렇게 낮게 내려가 있지 않았다면 결코 해내지 못할 일이었다. 해리는 쓰러져서 얼굴을 파묻고는 엎드려 헐떡거리며 훌쩍거렸다.

나는 해리가 아직도 꽉 쥐고 있는 도르래 줄을 당겨 빼서 스티븐 삼촌에게 던지기 위해 돌아섰다.

헬리콥터가 사라졌다. 스티븐 삼촌도 사라졌다. 수면이 다시 잔잔해졌다. 그런데 위로 고개를 삐죽 내밀고 굳건하게 우주선을 향해 헤엄치는 돼지 퍼시벌이 눈에 들어왔다.

나는 물의 어디에도 다른 사람이 더 이상 없다고 확인했다. 곧 나는 퍼시벌을 위해 할 수 있는 일을 궁리해내려 애썼다.

저 불쌍한 작은 돼지가 줄을 잡을 수 없으리라는 것은 분명한 사실이었다. 어쩌면 퍼시벌을 올가미로 걸 수 있을 것 같았다. 나는 더듬거리며 무거운 밧줄로 올가미를 만들었다. 내가 매듭을 간신히 만들었을 때, 퍼시벌이 공포에 잠긴 꽥 소리를 냈다. 내가 고개를 번쩍 들었더니, 퍼시벌이 물속으로 막 끌려 들어가는 모습이 눈에 들어왔다.

퍼시벌을 삼킨 것은 입이 아니었다. 나는 그게 입이라고 생각하지 않는다.

제 5 부

15
임무를 수행하라!

그 거대 괴수의 공격을 받은 후에 내가 무엇을 기대했는지는 모르겠다. 우리는 그저 멍하니 이리저리 어슬렁거렸다. 어떤 사람들은 선교 갑판에 올라가 망을 보려 애쓰기도 했는데, 물을 뿜는 괴수가 다시 나타나 그중 한 사람을 거의 죽일 뻔한 일이 발생했다. 우르크하르트 선장이 모든 승무원에게 우주선 안에 머물도록 지시했다. 그리고 선교로 통하는 해치는 폐쇄되었다.

저녁 식사 후(저녁 식사가 제공되었다고 하기는 어렵다. 일부 사람들이 직접 샌드위치를 만들어 먹은 것이었다) 전달된 메시지는 내가 기대했던 것은 확실히 아니었다. 그 메시지에 따르면 나는 부서장 회의에 즉시 참석해야 했다. "그게 너잖아, 그렇지 않아, 톰?" 트래버스가 내게 물었다. "알프레드 아저씨는 환자 명단에 있대. 그리고 아저씨의 선실 문은 굳게 닫혔어."

"내가 맞을 거야." 알프레드 아저씨는 몹시 충격을 받아, 수면제를 먹고 잠들었다. 한 명 남은 의사인 팬딧 박사의 지시에 따른 것이었다.

"그러면 빨리 가보는 게 좋을 거야."

먼저 나는 우르크하르트 선장의 선실로 갔는데 깜깜했다. 곧 나는 정신을 차리고, 선장실로 갔다. 선장실의 문은 열려 있었다. 이미 탁자 주변에 몇 명이 앉아 있었고, 우르크하르트 선장은 상석에 자리를 잡았다. "특수 통신부에서 왔습니다." 내가 인사했다.

"앉게, 톰."

해리가 내 뒤에 들어오자, 우르크하르트 선장이 자리에서 일어나 문을 닫고 앉았다. 나는 방을 돌아보면서 대단히 이상한 부서장 회의라는 생각이 들었다. 거기에서 우리가 지구에서 떠날 때 부서장이었던 사람은 해리 게이츠가 유일했다. 이스트맨이 프릭 중령을 대신해 회의에 참석했다. 오툴 부인은 오래전에 사망했는데, 이제 카스 워너도 고인이 된 상태라서 생태학부에서는 우리가 지구에서 출발할 때 공기조절장치와 수경재배만 담당했던 크리슈나무르티가 대표로 참석했다. 밥콕 박사의 자리에는 오툴 씨가 있었고, 기관장 로크 대신 레가토가 왔다. 기관실의 기계 수리도 맡고 있는 안드렐리 중사가 스티븐 삼촌을 대신했다. 그는 우주선에서 유일하게 살아남은 경비대원이었다. 이틀 전에 팔이 부러져 우주선으로 수송된 덕분이었다. 데브루 박사가 있어야 할 자리에는 팬딧 박사가 있었다.

그리고 물론 나도 참석했지만, 알프레드 아저씨는 여전히 활동 중이므로 난 그냥 대리였다. 그중에서 최악은 스웬슨 선장이 있어야 할 자리에 우르크하르트 선장이 앉아 있다는 사실이었다.

우르크하르트 선장이 이야기를 시작했다. "우리 상황을 자세하게 이야기할 필요는 없을 겁니다. 우리 모두 잘 알고 있으니까요. 평소에 하던 부서 보고도 생략하겠습니다. 이 행성에 대한 우리의 조사는 현재 인원과 장비로 할 수 있는 한 완벽하게 진행한 것으로 판단됩니다…. 첫 개척단이 스스로 방어를 준비할 수 있도록 오늘 우리가 맞닥뜨렸던 위험에 대해 추가 보고할 게 남긴 했지만 말입니다. 다른 의견 있습니까? 해리 게이츠 박사님, 여기서 조사를 더 진행하고 싶습니까?"

해리가 깜짝 놀란 표정을 짓더니 대답했다. "아니요, 선장님. 이런 환경에서는 아닙니다."

"다른 의견 더 있나요?" 아무도 말을 하지 않았다. "좋습니다." 우르크하르트 선장이 계속 말했다. "난 봉황자리 알파로 경로를 잡을 것을 제안합니다. 우리는 내일 아침 추도식을 열고, 정오에 가속을 시작할 겁니다. 다른 의견 있습니까? 오툴 씨?"

"네? 우리가 경로에 맞춘 수치를 준비해줄 수 있느냐는 말씀인가요? 재닛과 제가 바로 시작한다면 그럴 수 있을 것 같아요."

"우리 회의를 마치자마자 시작하세요. 레가토 씨?"

레가토는 놀란 얼굴이었다. "저는 이런 지시를 예상 못 했습니다, 선장님."

"예고 없이 급하게 알리긴 했지만, 기관실에서는 준비할 수 있겠죠? 가속 질량을 이미 채운 것으로 압니다."

"그건 그렇죠, 선장님. 물론 토치는 준비될 겁니다. 하지만 전 지구를 향해 긴 도약을 할 거라고 짐작했었어요."

"왜 그렇게 짐작했습니까?"

"그게, 어…." 신임 기관장이 더듬거리더니 행성연맹 언어가 아니라 스페인어로 말하기 시작했다. "우리가 처한 상황 때문입니다, 선장님. 기관실에서는 계속 맞교대 근무를 해야 합니다. 제가 다른 부서를 대변할 수는 없지만, 그들도 그다지 나은 상황은 아닐 겁니다."

"그렇죠. 당신은 다른 부서를 대변할 수 없어요. 당신에게 대변하라고 요구하지도 않을 겁니다. 당신네 부서에 대해서만 말하세요. 기계적으로는 준비가 되어 있나요?"

레가토가 마른침을 삼켰다. "네, 선장님. 그렇지만 사람도 기계처럼 고장이 납니다."

"지구로 가는 항로를 잡으면 맞교대를 하지 않아도 되나요?" 우르크하르트 선장은 뻔한 대답을 기다리지 않고 계속 말했다. "이 말을 군이 할 필요는 없길 바랐지만, 어쩔 수 없군요. 우리는 우리 자신의 편의를 위해 여기에 있는 게 아닙니다. 우리는 임무를 받고 온 겁니다…. 여러분도 그건 알겠지요. 오늘 오전에 스웬슨 선장이 떠나기 직전에 제게 말씀하신 게 있습니다. '우주선을 맡고, 임무를 수행하세요.' 그래서 제가 '네, 알겠습니다.'라고 대답했습니다. 여러분에게 루이스클라크호의 임무를 상기시켜주겠습니다. 우리는 현재까지 진행해왔던 탐사를 실시하기 위해 파견되었고, 지구와 통신이 유지되는 한 탐사를 계속 진행하라는 지시를 받았습니다. 우리의 통신이 끊어지면, 가능한 경우 지구로 돌아가도 괜찮습니다. 여러분, 우리는 아직 지구와 연결이 되어 있습니다. 우리에게 다음으로 할당된 탐사 대상은 봉황자리 알파입니다. 이보다 더 명확할 수 있을까요?"

나는 생각이 마구 끓어올라서 선장의 말이 거의 들리지 않았다. 내 머릿속에는 이런 생각들이 스치고 지나갔다. 이 사람은 자기가 뭐라고 생각하는 거지? 콜럼버스? 아니면 방황하는 네덜란드인?* 2백여 명으로 출발했던 우주선에 서른 남짓만 살아남았다. 보트도 사라졌고, 헬리콥터도 없다. 이런 생각을 하다가 선장의 다음 말을 놓칠 뻔했다.

"톰?"

"네?"

"그 부서는 어떤가?"

나는 우리 부서가, 우리 괴물들이 중요한 열쇠를 쥐고 있다는 사실을 깨달았다. 우리의 텔레파시가 끊어지면 선장은 돌아가야 했다. 나는 전부 귀가 먹었다고 말하고 싶은 유혹을 느꼈다. 하지만 나는 내가 그러지 못하리라는 사실을 알았다. 그래서 난 시간을 끌었다.

---

* 네덜란드인 선장 반 데르 데켄은 아프리카의 희망봉 부근에서 폭풍을 만났지만, 선원들의 반대를 무릅쓰고 계속 항해하려다가 침몰했다. 그 후 유령선이 되어 영원히 항해하는 저주를 받았다. 바그너의 오페라 《방황하는 네덜란드인》으로 유명하다.

"선장님이 지적하신 대로, 저희는 지구와 여전히 연락하고 있습니다."

"아주 좋군." 선장이 팬딧 박사로 눈길을 돌렸다.

"잠깐만요, 선장님." 내가 계속 말했다. "말씀드릴 게 더 있습니다."

"음? 말해봐."

"다음 도약은 약 30년 정도 걸리지 않나요? 그리니치 시간으로 말이에요."

"그 정도 걸리겠지. 약간 적게 걸리긴 하겠지만."

"'그 정도' 걸리겠죠. 현재 특수 통신원은 세 명 남았습니다. 저와 아저씨, 아니, 알프레드 맥닐 씨, 그리고 메이링입니다. 제 생각에 알프레드 아저씨는 빼야 합니다."

"왜지?"

"알프레드 아저씨는 원래의 1차 텔레파시 짝과 연결되어 있는데, 그녀가 이제 아저씨만큼 나이가 들었기 때문입니다. 선장님은 아저씨가 앞으로 30년을 더 사실 거라고 생각하시나요?"

"하지만 알프레드 씨에게는 30년이 흘러가지 않을 거야…, 아, 미안! 그녀가 그때까지 산다면 100살을 훌쩍 넘기겠네. 노망이 올 가능성이 있겠군."

"그럴지도 모르죠, 선장님. 아마도 사망할 가능성이 더 클 겁니다."

"그렇군, 알프레드 씨는 제외해야겠네. 그러면 두 사람이 남잖아. 필수적인 통신을 위해서는 그 정도면 충분해."

"과연 그럴까요? 메이링은 가능성이 크지 않아요. 그녀는 2차 텔레파시 짝과 연결되어 있는데, 그 상대방은 서른 살이 넘었고 아이가 없습니다. 다른 텔레파시 쌍들에 근거해서 생각해보자면, 한 번 더 최고속도를 겪은 후에 계속 이어질 가능성은 거의 없다고 할 수 있습니다…. 30년은 무리예요."

"그래도 네가 남잖아."

나에게 우주선 밖으로 뛰어내릴 배짱이 있다면, 사람들이 고향으로 모두 돌아갈 수 있다는 생각이 문득 들었다. 그러나 그냥 생각일 뿐이었다. 언젠가 죽더라도, 자살로 죽을 생각은 없다. "제 경우도 그다지 좋지 않습니다, 선장님. 제 텔레파시 짝은…." 나는 말을 멈추고 계산을 해봤는데, 대답으로 적절하지 않은 느낌이 들었다. "…열아홉 살이에요. 아이도 없고, 우리가 최고속도에 올라가기 전에 아이를 가질 가능성도 없습니다…. 그리고 어쨌든 저는 새로 태어난 갓난아기와는 연결할 수 없어요. 우리가 다시 최고속도에서 빠져나왔을 때, 그녀는 약 쉰 살이 될 겁니다. 제가 아는 한 전체 선단에서 그렇게 오랫동안 연락을 끊었다가 연결된 사례는 없습니다."

선장이 잠시 기다렸다가 되물었다. "연결이 불가능하다고 믿을 만한 근거가 있나?"

"글쎄요… 없습니다. 하지만 극도로 확률이 낮습니다."

"흠…. 자넨 자신을 텔레파시 이론의 권위자라고 생각하나?"

"네? 아뇨. 전 그냥 텔레파시 능력자일 뿐입니다."

"톰의 말이 아마 맞을 겁니다." 팬딧 박사가 끼어들었다.

"박사님은 권위자인가요?" 선장이 물었다.

"저요? 선장님이 아시다시피, 제 전문분야는 외계 병리학입니다. 그렇지만…."

"그렇다면 지구 쪽의 권위자들에게 물어봅시다. 아마 그들은 우리의 가능성을 향상시킬 방법을 제안해줄 수 있을 겁니다. 상황이 이러므로, 최고속도 기간 동안 우리 특수 통신원들의 연결이 끊어질 확률을 줄이기 위해 다시 약물 같은 것들에 대해 사용을 허락해줄 가능성이 매우 큽니다."

나는 비키가 위험한 습관성 약물을 시도하지 않을 거라는 말을 하고 싶었지만, 곧 생각이 바뀌었다. 팻도 시도했으니, 비키도 할지 모른다.

"그럼 마치죠, 여러분. 우리는 내일 정오에 가속에 들어갑니다. 어, 한 가지만 더…. 어느 분이 우주선의 사기가 그다지 높지 않다고 넌지시 말하더군요. 맞는 말입니다. 아마 여러분보다는 제가 그 문제를 더욱 잘 인식하고 있을 겁니다. 그러나 사기는 서서히 정상으로 돌아갈 겁니다. 그리고 빨리 업무에 복귀하는 게 우리가 겪은 상실을 잊기에 좋습니다. 저는 이 말을 여러분에게 덧붙이고 싶습니다. 여러분이 이 우주선의 선임 승무원으로서 모범을 보이는 게 승무원들의 사기에 가장 중요합니다. 여러분이 그렇게 해주리라 믿습니다." 선장이 자리에서 일어섰다.

나로서는 그 소식이 어떻게 우주선 안에 퍼져나갔는지 모르겠지만, 내가 식당에 내려갔을 때쯤에는 우리가 내일 가속할 거라는… 그러나 지구를 향해 가는 것은 아니라는 사실을 모든 사람이 알았다. 사방이 시끌벅적하고, 불평이 쏟아져 나왔다. 나는 그에 관해 이야기를 나누고 싶지 않아서 그 자리를 피했다. 내 머릿속은 뒤죽박죽이었다. 내가 볼 때 선장은 결과를 보고할 수도 없는 도약을 한 번 더 고집하고 있다. 그래서 우리 중 아무도 고향으로 돌아가지 못할 확률이 상당히 높다. 반면에, 우리에게 맡은 의무를 받아들이도록 만들고, 두려움을 물리치는 선장의 단호한 태도에는 감탄했다. 그는 배짱이 있었다.

방황하는 네덜란드인도 배짱이 있었지. 하지만 그 네덜란드인 선장은 마지막 보고에서 아직 희망봉을 돌기 위해 시도하고 있지만 성공하지 못했다고 했다.

선장이었다면, 아니 스웬슨 선장이었다면 이렇게 무턱대고 밀어붙이지 않았을 것이다.

아니, 스웬슨 선장도 그렇게 했을까? 우르크하르트에 따르면, 선장이 마지막으로 남긴 이야기는 우르크하르트에게 임무를 수행하도록 주의를 당부하는 말이었다. 모든 승무원은 매우 신중하게 선발되었다(우리 괴물들만 빼고). 그리고 아마도 각 우주선의 선장과 예비 선장은 불도그 같은 완고함을 우선해서 선발했을 것이다. 식수가 바닥나고 승무원들이 반란을 입에 담기 시작했을 때도 계속 앞으로 나아가던 콜럼버스를 지켜줬던 그 특성 말이다. 나는 언젠가 스티븐 삼촌이 비슷한 말을 했던 게 기억났다.

나는 삼촌과 이야기를 나눠봐야겠다고 결심했다…. 곧 그럴 수 없다는 사실이 떠올라 몹시 마음이 아팠다. 두 번의 최고속도 이전에 우리 부모님이 돌아가셨을 때, 나는 느껴야 할 만큼 아픈 느낌이 들지 않아 슬펐었다. 부모님이 돌아가셨을 때(혹은 부모님이 돌아가셨다는 사실을 내가 알게 되었던 때라고 하는 게 더 맞겠다), 부모님은 오래전에 돌아가신 상태였는데, 그때는 내게 오랜 시간 만나지 못하고 그저 사진으로 얼굴만 보는 분들이었다. 그러나 스티븐 삼촌은 매일 봤었다. 심지어 오늘도 만났다.

그리고 나는 감당하기 힘든 문제가 있을 때마다 삼촌에게 고민을 털어놓는 버릇이 있었다.

그제야 삼촌을 잃은 게 실감 났다. 너무 큰 일이 터졌을 때는 뒤늦게 충격이 밀려오기도 한다. 정신을 추스르고 그 충격을 인식하기 전까지는 고통을 느끼지 못한다.

그때 누군가가 내 선실의 문을 두드린 것은 다행이었다. 그렇지 않았다면 나는 대성통곡을 했을 것이다.

메이링과 그녀의 남편 트래버스였다. 트래버스는 곧장 본론으로 들어갔다. "톰, 이 문제에 대해 넌 어떤 입장이야?"

"무슨 문제?"

"최소한의 인원으로 계속 항해하려는 이 바보짓 말이야."

"내 입장이 뭐가 중요해." 내가 천천히 말했다. "난 우주선을 운용하는 사람이 아니잖아."

"아, 그래도 네가 중요해!"

"뭐?"

"네가 우주선을 운용하지는 않지만, 네가 이 터무니없는 짓을 멈추게 할 수 있다는 뜻이야. 자, 이것 봐, 톰, 모두 네가 선장에게 뭐라고 했는지 알아. 그리고….”

“누구한테 들었어?”

“어? 그건 신경 쓰지 마. 네가 이야기를 흘리지 않았다면, 그 회의에 참석했던 다른 사람이 했겠지. 이제는 누구나 아는 사실이 되었어. 네가 선장에게 한 이야기는 타당해. 한마디로 요약하자면, 우르크하르트는 너한테 의지하고 있어. 그리고 그 사람을 재단에 연결해줄 수 있는 사람은 너 한 명뿐이야. 그러니 결정권을 쥐고 있는 사람은 너야. 네가 우르크하르트를 멈추게 할 수 있어.”

“뭐? 잠깐 기다려봐. 난 유일한 사람이 아니야. 알프레드 아저씨를 제외하더라도, 메이링은 어때?”

트래버스가 고개를 저었다. “메이링은 우르크하르트를 위해 ‘생각으로 하는 대화’를 하지 않을 거야.”

메이링이 말했다. “이런, 난 그렇게 말한 적 없어, 여보.”

트래버스가 메이링을 사랑스럽게 바라보며 말했다. “왜 이렇게 바보 같은 소리를 하고 그래, 여보. 최고속도를 지난 이후에 그 사람을 위해 일할 가능성이 없다는 건 당신도 알잖아. 우리의 용감한 우르크하르트 선장이 지금 그 사실을 이해하지 못한다면, 내가 아무리 쉬운 말로 설명해준다고 해도 그 사람은 이해하지 못할 거야.”

“그렇지만 연결이 유지될 수도 있어.”

“아, 아냐, 그렇지 않을 거야…. 당신이 그러는 건 내가 용납할 수 없어. 우리 아이들은 지구에서 자랄 거야.”

메이링이 남편을 침착하게 바라보더니 그의 손을 토닥였다. 메이링은 지금 임신한 상태가 아니었지만, 그 부부가 다음 아이를 갖기를 바라고 있다는 사실은 모두 알고 있었다. 나는 트래버스가 왜 그렇게 단호하게 말하는지 이해되기 시작했다…. 그리고 최고속도 이후 메이링은 다시 연결되지 않으리라 확신하게 되었다.

트래버스가 계속 말했다. "다시 생각해봐, 톰. 그러면 동료 승무원들을 실망시켜선 안 된다는 사실을 깨닫게 될 거야. 계속 나아가는 건 자살이야. 다들 그걸 아는데 선장만 몰라. 너한테 달렸어."

"음, 생각해볼게."

"꼭 그래야 해. 하지만 너무 시간을 오래 끌지는 마." 부부가 떠났다.

나는 침대로 돌아갔지만, 잠이 오지 않았다. 빌어먹을 사실은 트래버스의 말이 거의 확실히 맞는다는 것이었다…. 그리고 최고속도가 지난 후 메이링은 텔레파시 짝과 연결되지 않으리라는 것도 확실했다. 그녀는 지금도 이미 툭툭 끊어지기 시작했다. 지난 마지막 최고속도 이후 메이링의 연결이 불안정해져서, 수학적이거나 전문적인 문서가 그녀에게 할당되면 내가 대신해서 전송했었다.

반면에….

나는 '반면에'를 열여덟 번 정도 중얼거리다 자리에서 일어나 옷을 차려입고 해리 게이츠를 찾아 나섰다. 해리는 부서장이고 그 회의에 참석했으므로, 그와 이 문제에 관해 이야기를 나누는 게 좋겠다는 생각이 들었다.

해리는 자기 선실에 없었다. 그의 부인 바바라가 내게 연구실에 가보라고 했다. 그는 연구실에서 혼자 전날에 받은 표본을 풀고 있었다. 해리가 고개를 들었다. "음, 톰. 좀 어때?"

"별로 좋지는 않아요."

"그렇겠지. 그러고 보니, 너한테 제대로 감사인사를 못 했네. 감사인사를 글로 써줄까, 아니면 바로 말로 할까?"

"어, 받은 거로 치죠." 처음에 나는 해리가 무슨 말을 하는 건지 이해가 되지 않았다. 해리를 물에서 꺼내줬던 일을 잊어버리고 있었기 때문이다. 내게는 그 일을 생각하고 있을 시간이 없었다.

"네가 그렇게 말한다면, 뭐. 하지만 난 그 일을 절대로 잊지 않을 거야. 알지?"

"알았어요. 해리, 조언이 필요해서 왔어요."

"아, 그래? 음, 네가 어떤 사이즈를 원하든, 원하는 사이즈로 해줄 수 있어. 모두 공짜지만, 유감스럽게도 내 조언은 딱 그 정도의 가치밖에 안 돼."

"오늘 저녁 회의에 참석했었잖아요."

"너도 참석했잖아." 해리는 걱정스러운 표정이었다.

"그랬죠." 나를 괴롭히는 문제들을 모두 털어놓았다. 그리고 잠시 생각한 후 트래버스가 했던 이야기까지 모두 말했다. "해리, 내가 어떻게 해야 할까요? 트래버스의 말이 맞아요. 다음 도약이 잘될 가능성은 거의 없어요. 설령 우리가 보고할 가치가 있는 행성을 발견하더라도 말이에요. 지금까지 전체 선단이 했던 탐사를 바탕으로 생각하면 그 확률은 결코 좋지 않아요. 아무튼 그런 행성을 발견하더라도, 우리가 2백 년 후에 지구로 돌아갈 때까지 보고할 수 없을 게 거의 확실해요. 이건 말도 안 돼요. 그리고 트래버스가 말했듯, 현재 우리가 가진 것들로는 자살이나 마찬가지예요. 반면에, 선장의 말도 맞아요. 이건 우리가 서명한 일이죠. 우주선의 항해 지시에 따르면 우리는 계속 가야 해요."

해리가 표본 꾸러미를 조심스럽게 푼 후 대답했다. "톰, 나한테는 쉬운 질문을 해주면 좋았을 텐데…. 결혼을 할지 말지 물어봤다면, 주저하지 않고 대답해줬을 거야. 아니면 다른 거라도. 그렇지만 다른 사람이 말해줄 수 없는 게 한 가지 있어. 어떤 게 자신에게 주어진 의무인가라는 문제야. 그건 너 스스로 결정해야 해."

나는 그 말을 곱씹었다. "제기랄, 해리. 그럼 당신은 그 문제를 어떻게 생각해요?"

"나?" 해리가 하던 일을 멈췄다. "톰, 난 그냥 모르겠어. 나 개인적으로는… 글쎄, 난 이 우주선에서 내 평생 가장 행복했어. 아내와 애들도 있고, 내가 원하는 일을 하면서 지냈으니까. 다른 사람들과는 다를 거야."

"아이들은 어때요?"

"그래, 그건 쉽지 않은 문제지. 가장으로서…." 해리가 인상을 찌푸렸다. "난 너한테 조언해줄 수 없어, 톰. 내가 너에게 계약한 일을 하지 않는 게 좋겠다는 암시라도 준다면, 나는 반란을 선동하는 거야⋯. 우리 둘 다 사형을 선고받을 수도 있는 중죄야. 내가 너에게 선장이 원하는 걸 해야 한다고 말하면, 법적으로 안전하겠지만 그건 너와 나, 그리고 내 아이들과 다른 모든 사람을 죽음으로 내몰게 될지도 몰라⋯. 비록 법을 거스르긴 했지만, 트래버스는 나름대로 상식적인 이야길 한 거야." 해리가 긴 한숨을 뱉었다. "톰, 오늘 나는 세상을 하직하려다 네 덕분에 간신히 살았어. 하지만 내 판단력은 아직 제대로 돌아오지 않은 상태라, 너에게 조언해주기 힘들어. 난 지금 공정한 태도로 상황을 판단하지 못할 거야."

나는 대답하지 않았다. 스티븐 삼촌이 살아남았더라면 좋았을 거라는 생각이 들었다. 삼촌은 언제나 모든 문제에 대해 해답을 가지고 있었다.

"내가 해줄 수 있는 건." 해리가 계속 말했다. "조금 교활한 제안뿐이야."

"네? 뭔데요?"

"개인적으로 선장을 찾아가서 네가 얼마나 걱정을 하고 있는지 털어놔봐. 선장의 결정에 영향을 미칠 수도 있어. 적어도 선장이 알기는 해야 돼."

나는 생각해보겠다고 말했다. 그리고 고맙다는 인사를 한 후 연구실에서 나왔다. 나는 잠자리로 가서, 얼마 지나지 않아 잠이 들었다. 난 우주선의 흔들림 때문에 한밤중에 깨어났다. 우주선이 물 위에 떠 있을 때는 늘 약간씩 흔들리곤 했다. 그러나 이런

식은 아니었고, 이렇게 많이 흔들리지도 않았다. 적어도 엘리시아에서는 그렇지 않았다.

흔들림이 멈추더니, 곧 다시 시작했다···. 그리고 다시 멈췄다가··· 시작됐다. 나는 이게 뭔지 궁금해졌다···. 그런데 그때 갑자기 완전히 다른 방식으로 흔들렸다. 그건 내가 알 수 있는 움직임이었다. 토치가 임계 온도를 살짝 넘겼을 때의 느낌이었다. 기관사들은 그것을 "목을 가다듬는 헛기침"이라고 불렀는데, 점검하고 검사할 때마다 정례적으로 실시했었다. 나는 레가토가 야근을 하는 모양이라고 판단했다. 덕분에 다시 차분해졌다. 그 후로 다시는 쿵쿵거리지 않았다.

나는 아침 식사 때 어떤 일이 있었는지 알게 되었다. 그 괴수가 우주선에 뭔가를 시도했는데, 정확히 무엇을 했는지는 아무도 알지 못했다. 그 문제에 대해 선장은 레가토에게 그 괴수들을 향해 토치를 사용하라는, 몹시 타당한 지시를 내렸다. 지금 우리는 여전히 그 괴수들에 대해 아는 게 별로 없었지만, 한 가지는 알게 되었다. 그 괴수들에게는 초고온의 열기와 강렬한 방사능에 대한 면역성이 없었다.

그 바다 악령들과의 작은 충돌이 내게 용기를 주었다. 나는 해리가 제안한 대로 선장을 만나보기로 결심했다.

선장은 5분 이상 기다리게 하지 않고 나를 선장실 안으로 불러들였다. 그리고 말없이 내가 원하는 만큼 길게 이야기하도록 내버려두었다. 나는 트래버스나 해리의 평계를 대지 않으면서 보았던 대로 전체 상황을 상세히 말했다. 내 말이 선장에게 설득력이 있는 건지 아닌지, 그의 얼굴로 봐서는 알 수 없었다. 그래서 나는 더욱 격하게 말했다. 다음 최고속도 이후 알프레드 아저씨와 메이링이 모두 연락이 끊어지고, 내가 유용한 역할을 할 가능성이 거의 없기 때문에, 선장은 우주선과 승무원들을 아주 희박할 가능성을 바탕으로 위험에 내몰고 있다고 했다.

내가 말을 마쳤지만, 여전히 선장의 생각을 알 수 없었다. 선장도 곧장 대답하지 않았다. 대신 그는 이렇게 말했다. "톰, 어제저녁 네 선실에서 다른 승무원 두 명과 55분 동안 문을 닫고 있었지."

"네? 네, 선장님."

"그 승무원들과 이 이야기를 했나?"

나는 거짓말을 하고 싶었다. "어⋯. 네, 선장님."

"그 후 너는 다른 승무원을 방문해서 늦은 저녁까지 함께 있었어. 혹은 아주 이른 새벽까지라고 하는 게 맞으려나. 그 사람과도 같은 주제로 이야기했나?"

"네, 선장님."

"그렇군. 두 가지 혐의를 조사하기 위해 너를 감금할 거야. 반란 선동 혐의와 반란 예비음모 혐의지. 넌 체포되었어. 네 방으로 가서 가만히 있어. 방문객도 안 돼."

나는 마른침을 삼켰다. 그때 스티븐 삼촌이 해줬던 말이 내게 도움이 되었다. 삼촌은 설득력 있는 우주 변호사로 지내기도 했었다. 그리고 그 일에 관해 이야기하는 것을 아주 좋아했었다. "네, 알겠습니다, 선장님. 하지만 제가 선택한 변호사와 만날 수 있는 권리와 공개 재판을 요구합니다."

선장은 내가 마치 비가 온다는 이야기라도 한 듯 아무렇지 않게 고개를 끄덕였다. "당연하지. 네 법적인 권리는 존중받을 거야. 하지만 그런 것들은 기다려야 해. 우리가 지금 항해를 준비하는 중이라서 말이지. 넌 체포된 거야. 네 숙소로 가."

선장이 고개를 돌렸다. 나는 스스로 감금하기 위해 선장실에서 나갈 수밖에 없었다. 그는 화가 난 것 같지도 않았다.

그렇게 해서 나는 여기 내 방에 혼자 앉아 있다. 나는 알프레드 아저씨에게 내 방에 올 수 없다고 말해야 했다. 그 후 트래버스에게도 말했다. 내게 일어난 일이 믿기지 않았다.

16
수학적으로 추상적인 개념일 뿐

그날 오전이 백만 년처럼 느껴졌다. 비키가 평소와 같은 시간에 내게 연결했다. 하지만 나는 당직 순서가 다시 바뀌었다고 말하고, 나중에 연락하겠다고 했다.

「혹시 무슨 문제 있나요?」 비키가 물었다.

「아니야. 우주선에서 약간 개편이 진행되고 있는 것뿐이야.」

「알았어요. 하지만 목소리가 걱정돼요.」

나는 비키에게 내가 궁지에 빠졌다는 사실뿐만 아니라, 그 사고에 대해서도 전혀 말하지 않았다. 시간이 지난 후 나중에 말해줄 시간은 충분하다. 비키가 언론을 통해 알게 되지만 않으면 말이다. 그때까지는 도와줄 수 없는 일 때문에 착한 아이를 걱정하게 만들 이유가 없었다.

20분 후 이스트맨이 내 선실로 왔다. 그가 노크했을 때 내가 대답했다. "난 방문객을 받으면 안 돼요. 미안해요."

이스트맨이 가지 않고 말했다. "난 방문객이 아니야, 톰. 선장의 지시를 받고 공무 수행차 온 거야."

"아." 내가 이스트맨을 방 안으로 들였다.

이스트맨은 장비를 챙겨왔다. 그가 장비를 내려놓으며 말했다. "정규 통신부와 특수 통신부가 통합되었어. 지금 인원이 몹시 부족하거든. 내가 네 상관이 된 모양이야. 그래도 차이는 없을 거야. 확실해. 그렇지만 네 녹음기에 다시 연결할 거야. 그래야 네가 통신실로 직접 연결해서 기록할 수 있을 테니까."

"알았어요. 그런데 왜요?"

이스트맨이 당황한 표정으로 말했다. "글쎄…. 넌 30분 전에 당직에 왔어야 했어. 우리가 이걸 고치면 네가 여기에서 편안하게 당직을 설 수 있을 거야. 선장은 내가 일찍 준비하지 않아서 짜증이 난 상태야." 그가 녹음기 연결부의 나사를 풀기 시작했다.

나는 말없이 지켜보다가 스티븐 삼촌이 해줬던 말이 떠올랐다. "저기, 잠깐만요!"

"왜?"

"아, 계속 작업하면서 연결하세요. 난 상관없어요. 하지만 당직은 서지 않을 거예요."

이스트맨이 자세를 똑바로 하고 걱정스러운 눈으로 쳐다봤다. "그렇게 말하지 마, 톰. 넌 지금도 이미 문제가 많잖아. 더 나쁜 상황을 만들지 마. 그 말은 못 들은 거로 하자. 알았지?"

이스트맨은 친절한 사람으로, 전자통신부에서 우리를 괴물이라고 부르지 않은 유일한 사람이었다. 나는 그가 정말로 나를 걱정하고 있다고 생각했다. 하지만 나는 이렇게 말했다. "어떻게 더 나쁜 상황이 될 수 있다는 건지 모르겠네요. '당직은 선장이나 서라'고 내가 말하더라고 전해주세요. 그리고…." 내가 말을 멈췄다. 스티븐 삼촌이라면 그렇게 말하지 않았을 것이다. "미안해요. 이렇게 전해주세요. '바틀릿 통신원은 선장님에게 경의를 표합니다. 하지만 구금된 기간에는 임무를 수행할 수 없어서 유감입니다.' 알겠죠?"

"이것 봐, 톰. 그건 적절한 태도가 아니야. 물론 법률의 측면에서는 네 말에 일리가 있어. 그렇지만 우리는 지금 일손이 부족해. 모든 사람이 협력하고 도와야 하는 상황이야. 법률의 문구나 따지고 그러면 안 돼. 그건 다른 사람들에게도 옳지 않아."

"그러면 안 된다고요?" 난 씨근거렸지만, 되받아칠 기회가 와서 기뻤다. "선장은 케이크를 먹거나, 보관하거나 둘 중 하나를 선택해야 돼요. 체포된 승무원은 임무를 수행할 수 없어요. 지금까지 항상 그렇게 진행되었고, 앞으로도 그럴 거예요. 그냥 선장에게 제가 한 말을 전해주세요."

이스트맨은 말없이 빠르고 정확하게 재연결을 완료했다.

"정말로 내가 선장에게 그 말을 전해주면 좋겠어?"

"물론이죠."

"알았다. 이제 저게 연결되었으니까…." 이스트맨이 녹음기를 엄지손가락으로 가리키며 덧붙였다. "혹시 마음이 바뀌거든 저

걸로 나한테 연락해. 그럼, 안녕."

"한 가지만 더요…."

"응?"

"선장의 선실에는 화장실이 있으니까 생각을 못 했을 것 같지만, 난 이 방에 몇 시간 동안이나 갇혀 있었어요. 누가, 언제 나를 복도로 데려가줄 건가요? 아무리 죄수라도 정기적으로 화장실에 갈 권리는 있잖아요."

"아, 내가 데려다줄 수 있을 것 같아. 따라와." 나는 이스트맨이 다시 선실에 데려다준 후 5분 내로 우르크하르트 선장이 불을 내뿜고 화산재를 흩뿌리며 올 거라 예상했다. 그래서 몇 마디 말을 머릿속으로 연습했다. 법의 테두리를 벗어나지 않고, 매우 정중하게 이야기할 수 있도록 신중하게 고른 말이었다.

그러나 아무 일도 일어나지 않았다. 선장은 오지 않았다. 아무도 오지 않았다. 정오가 가까워졌다. 가속에 대비하라는 말이 전달되지는 않았지만, 나는 5분 전부터 침대로 들어가 기다렸다.

기나긴 5분이었다.

12시 15분쯤 되었을 때 나는 포기하고 자리에서 일어났다. 점심 식사도 없었다. 12시 30분에 시계 종소리를 들었지만, 아무 일도 없고 아무도 오지 않았다. 마침내 나는 불평을 늘어놓기 전에 한 끼를 건너뛰자고 결심했다. 선장이 나에게 구금 지시를 어겼다고 지적하며 주제를 바꿀 기회를 주고 싶지 않았기 때문이다. 알프레드 아저씨를 불러 식당에서 밥을 가져다주지 않는다고 말할 수 있겠다는 생각이 떠올랐지만, 내가 기다리는 시간이 더 길어질수록 선장의 잘못이 더 커질 거라는 생각이 들었다.

약 1시간 후, 다른 모든 사람이 식사를 마쳤을 때, 생태학부의 크리슈나무르티가 쟁반을 들고 나타났다. 식사 당번을 보내지 않고, 그가 직접 식사를 가져왔다는 사실은 내가 아주 중요한 죄수인 게 틀림없다는 확신을 주었다. 게다가 크리슈나무르티는 나와 대화를 나누려 하지 않았고, 내게 가까이 오는 것조차 두려워하는 것처럼 보였다. 그는 쟁반을 내밀며 말했다. "다 먹은 후에 복도에 놔둬."

"고마워, 크리슈나무르티."

그런데 쟁반 위에 있는 음식에 메모가 파묻혀 있었다. "잘하고 있어! 약해지지 마. 우리가 이 녀석의 날개를 확 잘라버릴 거야. 다들 너를 지지하고 있어." 메모에는 이름이 없었고, 누구의 손글씨인지도 알아볼 수 없었다. 크리슈나무르티는 아니었다. 내가 농장을 망치던 당시 때부터 나는 그의 글씨체를 알았다. 트래버스도 아니었고, 해리도 확실히 아니었다.

마침내 나는 누구의 글씨인지 억측하지 않기로 결심하고, 철가면이나 몽테크리스토 백작처럼 잘게 찢어서 씹었다. 하지만 나는 낭만적인 영웅처럼 될 자격이 없는 모양이었다. 그 종이를 삼킬 수 없었다. 나는 그 메모지를 씹기만 하고 다시 뱉었다. 그래도 그 메모가 완전히 파괴되었다고 확신했다. 나는 누가 그 메모를 보냈는지 알고 싶지 않았을 뿐만 아니라, 누구도 알아내지 못하길 바랐다.

왜 그런지 아는가? 나는 그 메모를 보고 기분이 좋지 않았다. 오히려 걱정스러웠다. 아, 2분 동안은 그 메모를 보고 힘이 났었다. 영웅적인 느낌이 들고, 짓밟힌 이들의 투사가 된 듯했다.

하지만 곧 그 메모의 의미를 깨달았다….

반란이었다.

우주에서 가장 추악한 말이 반란이다. 어떤 재난이 됐든 반란보다는 낫다.

팻과 내가 어린아이였을 때, 스티븐 삼촌이 해줬던 말이 있다. "선장은 그가 틀렸을 때조차도 옳다." 나는 오랜 시간이 지난 후에야 그 말을 이해했다. 우주선 안에서 살아봐야 왜 그게 진실인지 알게 된다. 그리고 나를 응원하는 메모를 읽으며, 누군가가 진지하게 선장의 권위에 도전할 생각을 하고 있다는 사실과… 내가 그들의 저항의 상징이 되었다는 사실을 깨달은 후에야, 나는 삼촌의 그 말을 마음속으로 이해하게 되었다.

우주선은 단순히 하나의 작은 세계가 아니다. 오히려 인간의 신체에 더 가깝다. 선장이 아무리 상냥하고 민주적인 사람이더라도, 우주선에 민주주의를 실현할 수는 없다. 하다못해 민주적 합의도 안 된다. 신체가 위기에 처했을 때, 팔과 다리, 위와 내장의 투표를 거쳐 다수가 원하는 사항을 결정하지 않는다. 그럴리가 없잖아! 두뇌가 결정을 내리면 몸 전체가 그것을 실행한다.

우주 공간에서 우주선은 언제나 그 상태와 비슷하고, 그래야만 한다. 스티븐 삼촌의 말은, 선장의 생각이 옳으면 좋은 것이고, 선장과 의견이 다를 때도 선장이 옳기를 기도하는 게 낫다는 의미였다. 선장이 틀렸다면, 내가 옳다고 해도 우주선을 구하지 못할 것이기 때문이다.

그러나 우주선은 인간의 신체가 아니다. 우주선은 쉽지 않은 (최소한 나에게는 쉽지 않았다) 어느 정도의 이기심을 가진 채 함께 일하는 사람들이다. 그 사람들을 하나로 모으는 유일한 것은 '사기'라고 부르는 어렴풋한 그 무엇이다. 우주선의 사기가 떨어지기 전에는 그것을 거의 인식할 수 없다. 나는 그제야 얼마 전부터 루이스클라크호의 사기가 떨어졌다는 사실을 깨달았다. 먼저 데브루 박사가 사망하고, 곧 오툴 부인도 사망했다. 둘 다 커다란 충격이었다. 이제 우리는 선장도 잃고, 다른 사람들도 대부분 잃었다…. 루이스클라크호가 허물어지고 있었다.

새로운 선장이 아주 똑똑한 사람은 아닐지 몰라도, 그는 이 상황을 막으려 노력했다. 나는 우주선들의 실종이 단순한 기계의 고장이나 적대적인 토착 생물의 공격 때문이 아니라는 사실을 깨닫기 시작했다. 가장 위험한 일은 어떤 똑똑한 어린 멍청이가 자신이 선장보다 영리하다고 판단해서, 자신이 옳다고 다른 이들을 설득하는 상황일 것이다. 연락이 끊겨버린 우주선 여덟 척 중에 얼마나 많은 수가, 그들의 선장이 틀리고 나 같은 누군가가 옳다는 사실을 입증하느라 죽어갔을지 궁금해졌다.

옳다는 것만으로는 충분하지 않았다.

나는 너무 당황해서 선장을 찾아가 내가 틀렸다며 어떻게 하면 도움이 되겠냐고 물어볼 생각마저 했다. 그때 나는 그럴 수 없다는 사실도 깨달았다. 선장은 '혹시'라거나 '아마도' 같은 말을 붙이지 않고, 내게 방에 머무르라고 지시했었다. 선장을 도와주고, 무엇보다 선장의 권위를 존중해주려면, 나는 지시받은 대로 가만히 앉아 있는 것 말고는 할 수 있는 게 없었다.

그래서 그렇게 했다.

크리슈나무르티가 식사 시간에 거의 맞춰서 저녁을 가져다주었다. 저녁 늦게 스피커에서 익숙한 경고 방송이 나왔다. 나는 자리에 누웠다. 그리고 루이스클라크호가 가속하며 엘리시아에서 벗어났다. 하지만 우주선은 계속 나아가지 않았다. 가속 직후 무중력 상태가 된 것으로 볼 때, 우주선은 엘리시아의 궤도에 멈춘 모양이었다. 나는 밤새 뒤척였다. 무중력일 때는 잠을 잘 못 잤다.

나는 우주선이 가볍게 가속하기 시작하는 것을 느끼며 깨어났다. 지구 중력의 50퍼센트 정도였다. 크리슈나무르티가 아침을 가져다줬지만, 나는 어떻게 되고 있는지 묻지 않았고, 그도 내게 말해주지 않았다. 오전이 반쯤 지났을 때, 우주선의 스피커에서 목소리가 울려 퍼졌다. "통신원 바틀릿은 선장실로 가세요." 그 말이 다시 반복된 후에야 나에게 하는 말이라는 사실을 깨달았다. 곧 벌떡 일어나 후다닥 면도를 하고 제복을 제대로 챙겨 입은 후 서둘러 달려갔다.

내가 왔다고 보고하자 선장이 고개를 들었다. "아, 그래. 톰, 조사를 해보니 너를 기소할 이유가 없다는 사실을 알게 되었어. 너의 구금은 해제됐으니까 임무로 돌아가. 이스트맨을 만나봐."

선장은 책상으로 다시 눈을 돌렸다. 나는 화가 났다. 나는 우주선과 우주선을 이끄는 지도자인 선장에 대한 신성한 충성심과 우르크하르트의 배를 발로 차버리고 싶은 강한 욕구 사이에서 오락가락했다. 선장이 다정하게 한마디만 해줬다면, 나는 무슨 일이 있더라도 그에게 충성했을 것이다. 하지만 선장이 그러지 않자 기분이 상했다.

"선장님!"

선장이 고개를 들었다. "응?"

"저한테 사과하셔야 하는 거 아닌가요?"

"그렇게 생각해? 난 그렇게 생각하지 않아. 나는 우주선 전체를 위해 행동했어. 하지만 혹시 네가 궁금해할지 몰라서 말해준다면, 나쁜 감정은 전혀 없었어." 선장은 다시 일로 눈길을 돌리며 나를 떨쳐냈다…. 마치 나의 분노는 전혀 중요하지 않다는 듯.

그래서 나는 선장실에서 나와 이스트맨을 만나러 갔다. 그 외에는 다른 할 일이 없는 것 같았다.

통신실에는 메이링이 암호문을 보내고 있었다. 메이링이 나를 힐끗 돌아봤는데, 그녀의 지친 모습이 눈에 들어왔다. 이스트맨이 말했다. "어서 와, 톰. 네가 와서 기뻐. 네가 필요했어. 네 텔레파시 짝을 불러줄래?"

텔레파시 능력자가 특수 통신원 당직 시간표를 짜도록 하는 게 좋은 것은, 다른 사람들의 경우에는 지구에 있는 텔레파시 짝이 육체가 없는 영혼이 아니라는 사실을 인식하지 못하는 것 같았기 때문이다. 그들은 먹고 자고 일하고 가족을 양육하는 사람들이기 때문에, 누군가가 메시지를 보내겠다고 결정을 내릴 때마다 불러낼 수 있는 존재가 아니었다. "응급 메시지인가요?" 나는 물어보면서 그리니치 시간을 확인하고, 우주선의 시계도 봤다. 비키와는 앞으로 30분 후에 연락할 계획이었다. 그래서 지금 비키는 집에서 자유롭게 있을 수도 있고, 아닐 수도 있었다.

"'응급'은 아니지만, '긴급'하게 보내야 하는 메시지이긴 해."

그래서 나는 비키를 불러냈다. 비키는 상관없다고 했다. 「암호문이야, 주근깨쟁이야. 그러니까 녹음기를 작동시켜.」

「녹음기가 돌아가요. 준비되면 언제든 시작하세요.」

우리는 3시간 동안 암호문을 보냈다. 더없이 지루한 일이었다. 나는 우르크하르트 선장이 엘리시아에서 우리에게 일어났던 일들에 대해 보고하는 것이라고 짐작했다. 그게 아니라면 재단이 더 자세한 내용을 요구해서 두 번째로 보내는 보고서일 수도 있었다. 나는 그 현장에 있었으므로, 나 때문이라면 그 내용을 암호화할 이유는 없었다. 재단이 발표를 결정하기 전까지 우리의 텔레파시 짝에게 비밀로 감출 목적인 게 틀림없었다. 나는 어린 비키에게 평범한 언어로 그 유혈이 가득한 학살을 들려주고 싶지 않았으므로, 이런 방식이 내게도 마음에 들었다.

우리가 일하고 있을 때, 선장이 통신실에 들어와 이스트맨 옆에 앉았다. 두 사람이 더 많은 암호문을 만드는 게 보였다. 선장이 불러주면, 이스트맨이 암호 기계로 작업했다. 메이링은 오래전에 떠났다. 이윽고 비키가 힘없이 말했다. 「이 암호문이 얼마나 급한 건가요? 30분 전에 엄마가 저녁 먹으라고 불렀거든요.」

「잠깐만, 내가 알아볼게.」난 선장과 이스트맨을 향해 고개를 돌렸지만, 누구에게 물어보는 게 좋을지 알 수 없었다. 그러나 이스트맨과 눈길이 마주쳐서 물어봤다. "이스트맨 씨, 이 일이 얼마나 급한 건가요, 우리는…."

"방해하지 마." 선장이 말을 잘랐다. "계속 보내기나 해. 얼마나 중요한지는 네가 판단할 문제가 아니야."

"선장님, 이해를 못 하시는 모양인데요, 저 때문에 이러는 게 아닙니다. 제가 하려는 말은…."

"네 일을 계속해."

내가 비키에게 말했다. 「잠깐만 기다려, 애야.」그리고 의자에 기대앉으며 말했다. "네, 알겠습니다, 선장님. 저는 밤새도록 암호 자료에서 눈을 떼지 않겠습니다. 하지만 아무도 그 텔레파시를 받지 않을 겁니다."

"그게 무슨 뜻이야?"

"제 텔레파시 짝에게는 저녁 시간이 훌쩍 지났다는 뜻입니다. 혹시 지구 쪽의 특별 근무를 원하시면, 재단 통신실과 조정하는 게 좋을 겁니다. 제가 볼 때 누군가가 당직 시간표를 뒤죽박죽으로 만들어버린 것 같거든요."

"알겠어." 평소와 마찬가지로 선장은 표정이 없었다. 나는 선장을 혈관 대신 전선이 흐르는 로봇으로 생각하기 시작했다. "그렇군. 이스트맨 씨, 알프레드 맥닐 씨를 불러서 톰과 교대하도록 해주세요."

"네, 선장님."

"죄송합니다만, 선장님….."

"응, 톰?"

"아마 선장님은 알프레드 아저씨의 텔레파시 짝이 그리니치 시간대보다 2시간 늦은 곳에 산다는 사실을 모르시는 모양입니다. 지금 거기는 한밤중입니다. 그리고 그녀는 일흔다섯 살이 넘은 노인이에요. 선장님이 아셔야 할 것 같아서요."

"으음. 그런가요, 이스트맨 씨?"

"네, 그럴 겁니다, 선장님."

"마지막 지시는 취소하겠습니다. 톰, 네 텔레파시 짝은 1시간 동안 식사를 하고 난 후에 다시 계속 일할 의사가 있나? 재단과 그 문제를 정리하지 않더라도?"

"알아보겠습니다, 선장님." 내가 비키에게 물어봤다. 비키는 주저했다. 「무슨 일이야, 주근깨쟁이? 조지와 데이트가 있는 거야? 나한테 명령만 내려, 그러면 이 블라이 선장*이 너에게 일을 시키지 못하도록 만들게.」

「아, 괜찮아요. 조지와의 약속은 미룰게요. 알파벳 뒤죽박죽으로 섞인 암호문 말고 다른 걸 줬으면 좋겠지만, 괜찮아요. 1시간 후에 봐요.」

「1시간이야. 가서 샐러드 먹어. 몸매 신경 써야지.」

「제 몸매는 아무 문제 없어요, 고맙네요.」

"좋습니다, 선장님."

---

* 1789년 승무원의 반란이 발생했던 영국 군함 바운티호의 선장

"그렇군. 그 남자분에게 내 감사 인사를 전해줘."

선장이 그 문제에 대해 너무 무관심한 것 같아서 내가 양념을 조금 쳤다. "제 텔레파시 짝은 '그 남자분'이 아니라 어린 소녀예요, 선장님. 그 애의 엄마가 이 특별 근무 때문에 2시간 외출 금지를 내렸습니다. 그러지 않았으면, 재단하고 이 문제를 정리했어야 할 겁니다."

"그렇군." 선장이 이스트맨을 바라보며 말했다. "이 통신 당직을 조종해볼 수 없을까요?"

"제가 하고 있습니다, 선장님. 하지만 이 일이 처음이라서요…. 게다가 우리에게는 당직을 할 수 있는 사람이 세 명밖에 안 남았습니다."

"세 명이 당직 하나를 맡는 일이 그렇게 어려운 일은 아니잖습니까. 그런데 항상 통신이 안 되는 이유가 있는 것 같더군요. 할 말 있나요?" 선장이 말했다.

"글쎄요, 선장님. 지금 그게 얼마나 어려운지 보셨잖아요. 이건 지구와 협력해야 가능한 일입니다. 어, 특수 통신원들은 대개 자체적으로 알아서 당직 순서를 짰던 것으로 압니다."

"누가 했었죠? 알프레드 맥닐 씨인가요?"

"보통은 톰이 그걸 처리했던 것 같습니다, 선장님."

"그런가, 톰?"

"네, 제가 했어요. 선장님."

"그렇군. 네가 그 일을 다시 해. 끊기지 않게 당직을 배치해." 말을 마친 선장이 자리에서 일어나기 시작했다.

선장에게 시키는 대로 다 되는 게 아니라는 것을 어떻게 말해야 할까? "네, 알겠습니다. 하지만 잠깐만, 선장님….

"응?"

"재단과 당직을 끊이지 않게 배치할 권한을 저에게 주신 거로 이해해도 되겠습니까? 선장님이 승인한 거로 봐도 될까요?"

"당연하지."

"그럼, 재단에서 노인에게 그렇게 긴 시간의 노동을 시키는 것에 동의하지 않으면 어떻게 해야 할까요? 다른 두 사람에게 그보다 더 긴 시간 일하도록 요구할까요? 제 텔레파시 짝의 경우에는 부모와 문제가 발생할 겁니다. 아직 어린 여자애니까요."

"그렇군. 나는 왜 재단에서 그런 사람들을 고용했는지 모르겠어."

나는 아무 말도 하지 않았다. 도축업자를 고용하듯 텔레파시 능력자들을 고용할 수 없는 이유를 선장이 모르더라도, 내가 설명해줄 생각은 없었다.

하지만 선장은 끈질겼다. "할 말 있나?"

"할 말 없습니다, 선장님. 극단적인 응급상황이 아니라면, 그 사람들 중에서 하루에 서너 시간 이상 일을 시킬 수 있는 사람은 없습니다. 이 암호문이 그런 경우인가요? 만일 그런 경우라면 재단을 귀찮게 하지 않고 준비할 수 있습니다."

선장은 바로 대답하지 않았다. 대신 이렇게 말했다. "네가 만들 수 있는 최선의 당직 순서를 짜. 이스트맨 씨와 논의해." 선장이 나가려고 고개를 돌렸을 때, 그의 얼굴에서 이루 말할 수 없이 피곤한 기색이 비쳤다. 나는 갑자기 선장에게 미안한 느낌이 들었다. 아무튼 나는 선장과 직무를 바꾸고 싶은 생각은 없었다.

비키는 엄마인 캐슬린의 반대를 무릅쓰고 한밤중에 일했다. 캐슬린은 차라리 자신이 그 일을 맡으려 했지만, 이제 비키가 함께 연결되지 않은 상태에서는 캐슬린과 텔레파시를 주고받는 게 쉽지 않았다. 특히 암호문처럼 어려운 통신은 잘 되지 않았다.

선장은 아침 식사에 오지 않았고, 나는 식당에 늦게 도착했다. 식당을 둘러보니 재닛 미어스의 옆자리가 비었다. 우리는 더 이상 부서별로 나누지 않고, 하나의 커다란 말굽 모양 식탁에 함께 앉아 식사했다. 식당의 나머지 공간은 휴게실처럼 배치해서 그렇게 텅 빈 느낌이 들지 않도록 했다.

내가 막 토스트에 뒤섞인 효모를 얹어서 먹기 시작했을 때, 이스트맨이 자리에서 일어나 유리잔을 두드리며 사람들의 이목을 끌었다. 그는 며칠 동안 잠을 자지 못한 사람 같은 몰골이었다. "조용히 해주세요. 선장님의 말씀을 전하겠습니다." 이스트맨이 종이를 꺼내 읽기 시작했다.

"모든 승무원에게 통지합니다. 이 우주선의 임무는 장기정책재단의 지시에 따라 수정되었습니다. 우리는 고래자리 베타 인근에 머무르며, 재단의 우주선 '세런디피티호'와 랑데부할 예정입니다. 랑데부는 대략 한 달 이내에 이루어질 계획입니다. 그 직후 우리는 지구로 궤도를 수정합니다. 루이스클라크호 선장 F. X. 우르크하르트."

나는 입이 쩍 벌어졌다. 이 비열한 인간! 내가 마음속으로 선

장에게 욕을 해대는 내내, 그는 우리가 받은 명령을 취소시키기
위해 재단과 논쟁을 진행했다…. 선장이 암호를 이용했던 것도
놀랄 일이 아니었다. 우주선이 엉망진창이고, 승무원들도 제대
로 일을 하지 않는다고 평문으로 말할 수는 없었을 것이다. 어
쩔 수 없는 상황이 아니라면, 그렇게 하지 않는다. 우리 괴물들
이 통신 보안을 지킬 것으로 신뢰하지 않았다는 사실에도 화
가 나지 않았다. 내가 그런 상황이었다면 나 자신도 믿지 않았
을 것이다.

재닛의 눈이 반짝거렸다. 마치 사랑에 빠진 여성이나 변환식
을 연구하는 새로운 방법을 막 알아낸 상대성이론 수학자처럼.
"그 사람들이 해냈구나!" 재닛이 갈라진 목소리로 말했다.

"해내다니, 뭘?" 내가 물었다. 재닛은 그 소식을 열광적으로
받아들인 게 확실했다. 나는 재닛이 그렇게 지구로 돌아가고 싶
어 하는지 몰랐다.

"톰, 모르겠어? 그들이 해낸 거야. 그들이 해냈다고. 그들이
무관계성을 적용한 거야. 밥콕 박사님이 맞았어."

"뭐?"

"이런, 이건 지극히 단순한 이야기야. 대체 어떤 우주선이 여
기까지 한 달 만에 올 수 있겠어? 당연히 무관계적 우주선이지.
빛보다 빠르게 날 수 있는 우주선은 그것뿐이야." 재닛이 인상
을 찌푸렸다. "그런데 왜 한 달이나 걸리는지 모르겠네. 그 우주
선은 시간이 전혀 안 걸려야 하는데 말이야. 무관계적 우주선은
시간을 이용하지 않거든."

내가 말했다. "진정해, 재닛. 오늘 아침에는 내 머리가 잘 안 돌아가. 어젯밤에 잠을 별로 못 잤거든. 왜 그 우주선… 어, 그 세런디피티호가 빛보다 빠르다고 하는 거야? 그건 이론상 불가능하잖아."

"톰, 톰…. 이것 봐, 만일 그게 일반적인 우주선인데 다음 달에 여기에서 우리와 랑데부하려면, 지구에서 63년 전에 출발했어야 해."

"뭐, 그럴 수도 있지."

"톰! 그건 불가능해! 그렇게 오래전에는 우리가 지금 여기에 있을지 아무도 몰랐잖아. 재단이 그걸 어떻게 알 수 있었겠어?"

나는 되짚어봤다. 그리니치 시간으로 63년 전이면…, 으음…, 우리가 처음으로 최고속도에 올라갔을 때 즈음이었다. 재닛의 말이 맞는 것 같았다. 오직 믿기지 않을 정도의 낙관주의자나 예언자만이 지금 여기서 우리를 만나도록 그 당시 지구에서 우주선을 보냈을 것이다. "난 이해가 안 돼."

"모르겠어, 톰? 내가 너한테 설명했었잖아. 난 설명해줬던 기억이 나. '무관계성' 말이야. 이런, 너희 텔레파시 능력자들 때문에 그 연구가 시작됐어. 너희가 '동시성'이 허용될 수 있는 개념이라는 사실을 증명했으니까…. 그리고 피할 수 없는 논리적 결론은 시간과 공간이 존재하지 않는다는 사실이야."

나는 머리가 아파지기 시작했다. "시간과 공간이 존재하지 않는다고? 그러면 우리는 지금 어디에서 아침 식사를 먹고 있는 건데?"

"그냥 수학적으로 추상적인 개념일 뿐이야. 그 이상은 아니야." 재닛이 미소를 짓더니, 어머니 같은 눈길로 나를 바라봤다. "가련한 '감상적인 톰.' 너는 걱정이 너무 많아."

✳

우리가 그리니치 시간으로 29일 후 재단 소속 세런디피티호와 랑데부한 것을 보면, 아마 재닛의 말이 맞을 것이다. 우리는 그동안 지구 중력가속도의 50퍼센트로 가속해서 고래자리 베타에서 은하계 북쪽으로 80억 킬로미터 떨어진 장소로 이동했다. 세런디피티호가 거대한 항성에 너무 가까이 접근하는 것을 꺼렸기 때문이다. 그러나 63광년에 비하면 80억 킬로미터는 아주 가까운 거리로, 바로 코앞이나 마찬가지였다. 또한 우리는 그동안 표본을 정리해서 준비하고, 자료를 수집하면서 시간을 보냈다. 그뿐만이 아니었다. 갑자기 우르크하르트 선장이 이제 우리가 손님을 맞을 예정이므로 수없이 많은 것들을 닦고 광을 내야 한다고 주장했다. 그는 선실들까지 꼼꼼하게 검사했는데, 내 생각에 그건 꼬치꼬치 따지기 좋아하는 참견꾼이나 할 짓이었다.

세런디피티호에도 텔레파시 능력자가 있어서, 랑데부가 가까워졌을 때 도움이 되었다. 세런디피티호는 약 2광시 정도 우리를 스치고 지나쳤는데, 나와 그 우주선의 텔레파시 능력자가 지구의 중계를 거쳐 고래자리 베타를 기준으로 좌표를 교환했다. 덕분에 두 우주선은 금세 상대방의 위치를 정확히 확인할 수 있었다. 레이더와 전파밖에 없었다면, 연락할 수 있었을지도 의문이지만, 설령 연락하더라도 최소한 일주일은 이리저리 오가며 시간을 허비했을 것이다.

하지만 일단 위치가 확인되자, 세런디피티호가 눈알이 튀어나올 정도로 강력하고 빠른 우주선이라는 사실이 드러났다. 내가 세런디피티호의 좌표를 선장에게 보고하고 있는 사이에 우리 우주선 바로 앞으로 와서 단거리 레이더에 나타났다. 1시간 후, 세런디피티호를 우리의 에어록에 결합시켰다. 세런디피티호는 작은 우주선이었다. 내가 처음 루이스클라크호를 봤을 때는 거대해 보였지만, 시간이 지난 후에는 적당한 크기로 보였고, 경우에 따라서는 조금 비좁아 보이기도 했다. 그러나 세런디피티호는 지구와 달 사이의 왕복선으로 쓰기에도 작은 크기였다.

휘플이라는 사람이 가장 먼저 루이스클라크호로 올라왔다. 그는 우주 공간에서 만날 것 같지 않은 인물이었다. 심지어 서류가방까지 들고 있었다. 그러나 휘플은 즉시 우주선을 장악했다. 그는 두 사람을 데려왔는데, 그들은 화물 갑판에 있는 비좁은 격실에서 바삐 움직였다. 그들은 자신들이 원하는 격실을 정확히 알았다. 우리는 그 격실에 쌓아두었던 감자를 허겁지겁 치워야 했다. 그들은 거기에서 한나절 동안 머리카락처럼 가느다란 전선으로 만들어진 이상한 옷을 미라처럼 뒤집어쓰고 '널-필드(null-field) 생성기'라는 장비를 설치했다. 휘플은 문 안에서 그들이 일하는 모습을 지켜보며 담배를 피웠다. 나는 3년 만에 처음으로 담배를 피우는 모습을 봤는데, 그 냄새가 역겨웠다. 상대성이론 과학자들은 그에게 바짝 붙어 들뜬 말들을 주고받았다. 공학자들도 그랬다. 다만 그들은 어리둥절하고 약간 짜증이 난 얼굴이었다. 레가토가 말하는 소리가 들렸다. "그럴지도 모르지요. 그렇지만 토치는 믿을 만해요. 토치는 믿어도 됩니다."

우르크하르트 선장은 익숙한 무표정한 얼굴로 그 모습을 모두 지켜봤다.

마침내 휘플이 담배를 끄며 말했다. "자, 다 됐습니다, 선장님. 톰슨은 이 우주선에 남아 여러분을 데리고 갈 겁니다. 그리고 비요르켄손은 세런디피티호를 몰고 갈 겁니다. 그리고 유감스럽지만 저도 받아주셔야 할 것 같습니다. 저도 선장님과 함께 돌아갈 예정이거든요."

우르크하르트 선장의 얼굴이 잿빛이 되었다. "제가 선장의 자리에서 면직된 것으로 이해하면 되겠습니까?"

"네? 맙소사, 선장님, 왜 그런 말씀을 하시나요?"

"여러분이 재단을 대표해서… 저희 우주선에 대한 책임을 맡은 것 같아서요. 그리고 방금 저한테 이 분… 어, 톰슨 씨가 저희를 데리고 갈 거라고 하셨잖습니까."

"세상에, 아닙니다. 죄송합니다. 제가 재단 본부에서 너무 오래 일하다 보니, 섬세한 현장 업무에 익숙지 않습니다. 톰슨은 그냥, 음… 항해사로 생각하세요. 그렇죠. 톰슨이 선장님의 조종사가 될 겁니다. 하지만 누구도 선장님을 대체하진 않을 겁니다. 지구로 돌아가 우주선을 넘겨줄 때까지 그대로 선장으로 남으실 겁니다. 물론 루이스클라크호는 그 후에 해체될 겁니다."

기관장 레가토가 괴상하게 높은 소리로 말했다. "방금 '해체'라고 하셨나요, 휘플 씨?"

나도 속이 뒤틀리는 느낌이었다. 루이스클라크호를 해체한다고? 안 돼!

"네? 제가 조심성 없이 성급하게 말했네요. 아직 결정된 사항은 아무것도 없습니다. 아마 박물관에 보관할 수도 있겠죠. 그게 괜찮은 생각 같네요." 휘플이 수첩을 꺼내 뭔가를 쓰더니 다시 집어넣고 말했다. "그리고 이제 선장님, 혹시 괜찮으시다면, 제가 승무원들에게 이야기해도 될까요? 시간이 별로 없습니다."

우르크하르트 선장이 휘플을 식당 갑판으로 안내했다.

우리가 모두 모이자 휘플이 미소를 지으며 말했다. "저는 연설하는 걸 좋아하는 사람이 아닙니다. 그저 여러분 모두에게 재단을 대표해 감사인사를 드리고, 앞으로 진행될 일에 관해 설명을 해주고 싶을 뿐입니다. 자세한 부분까지는 이야기하지 않겠습니다. 전 과학자가 아니니까요. 저는 여러분이 참여하고 있는 레벤스라움 프로젝트를 정리하느라 바쁜 관리자입니다. 이번처럼 회수와 구조 작업이 필요하지요. 그럼에도 불구하고 재단에서는 세런디피티호와 그 자매선들인 이렐러번트호, 인피니티호, 제로호를 다시 적절한 업무에 배치하려 안달하고 있습니다. 즉, 그 주변 우주의 항성 탐사 말입니다."

누군가가 놀란 목소리로 말했다. "그게 지금 우리가 하고 있는 일이잖아요!"

"네, 그렇죠, 물론입니다. 하지만 시대가 바뀌었어요. '널-필드'를 이용한 우주선은 토치선이 1백 년 동안 방문했던 항성보다 더 많은 항성들을 1년 안에 방문할 수 있습니다. 제로호가 지난 한 달 동안 단독으로 일곱 개의 지구형 행성을 찾아냈다는 사실을 알게 된다면 여러분도 기쁘실 겁니다."

난 기쁘지 않았다.

알프레드 아저씨가 앞으로 몸을 기울이며, 부드럽고 비극적인 목소리로 우리 모두를 대표해서 말했다. "잠깐만요. 우리가 했던 일들이… 불필요한 짓이었다는 이야기를 하시는 건가요?"

휘플이 깜짝 놀란 표정을 지었다. "아니요, 아니요, 아닙니다! 제가 그런 인상을 드렸다면 정말 죄송합니다. 여러분이 했던 업무는 몹시 필요한 일이었습니다. 여러분이 그 일을 하지 않았다면, 오늘날 널-필드 우주선은 존재할 수 없었을 것입니다. 이런, 만일 우리가 그렇게 이야기한다면, 요즘 우리가 바다를 진흙 웅덩이처럼 건너다닐 수 있다고 해서 콜럼버스의 업적이 불필요했다고 말하는 것이나 마찬가지입니다."

"고맙습니다, 휘플 씨." 알프레드 아저씨가 조용히 말했다.

"아마 지금껏 아무도 여러분에게 레벤스라움 프로젝트가 얼마나 필요했던 사업인지 이야기해주지 않았나보군요. 그랬을 겁니다. 한동안 재단의 상황이 좀 혼란스러웠거든요. 저도 잠이 너무 부족해서, 제가 무슨 일을 했고, 무슨 일을 해야 하는지 제대로 모를 정도입니다. 하지만 이 우주선에 타고 있는 텔레파시 능력자들이 없었다면, 이 모든 진보가 이루어질 수 없었다는 사실을 여러분도 아실 겁니다, 그렇지 않나요?" 휘플이 사람들을 둘러봤다. "어느 분들인가요? 그분들과 악수를 하고 싶습니다. 아무튼 저는 과학자가 아니라 변호사입니다만, 어찌 됐든 텔레파시가 실제로 즉시 전달된다는 사실이 수 광년의 거리를 넘어 검증되고 의심의 여지 없이 증명되지 않았다면, 우리 과학자들은 아마 아직도 소수점 여섯 자리의 오류를 찾으면서, 텔레파시 신호는 즉시 전달되는 게 아니라 속도가 너무 빨라서 계기 오차로 인해 정확한 속도를 측정하지 못하는 것일 뿐이라고 주장하고 있었을지 모릅니다. 저는 그렇게 이해하고 있으며, 그렇게 들었습니다. 그리하여 여러분의 위대한 업적은 예상을 훨씬 뛰어넘는 놀라운 결과를 빚어냈습니다. 설령 그게 여러분이 찾던 결과가 아니었더라도 말입니다."

나는 저들이 단 며칠만 일찍 우리에게 말해줬더라면 스티븐 삼촌은 아직 생존했을 거라는 생각이 들었다.

하지만 삼촌은 침대에서 죽기를 원하지 않았다.

"그러나 여러분의 노력의 결실은." 휘플이 계속 말했다. "금세 나타나지 않았습니다. 과학 분야에서 많은 일이 그렇듯, 새로운 발상은 전문가들 사이에서 오랜 시간에 걸쳐 성장해야만 했습니다…. 그러다 갑자기 놀라운 결과가 세상으로 터져 나왔죠. 저 같은 경우, 6개월 전에 누군가가 저한테 오늘 여기 별들 사이로 날아와서 새로운 물리학에 대한 대중 강연을 하게 될 거라고 이야기했다면, 그 사람의 말을 믿지 않았을 겁니다. 실은 지금도 잘 믿기지 않아요. 그러나 지금 저는 여기에 있습니다. 다른 무엇보다 저는 여러분이 지구로 돌아가게 되었을 때 제대로 해나갈 수 있도록 돕기 위해 여기로 왔습니다." 휘플이 미소를 지으며 고개를 숙였다.

"어, 휘플 씨." 트래버스가 물었다. "저희는 정확히 언제 지구로 돌아가나요?"

"아, 제가 말씀드리지 않았던가요? 거의 지금 곧… 점심 식사 후에 도착할 겁니다."

17
시간과 변화

이 글을 끝까지 마치고, 적당히 묻어버리는 게 나을 것 같다. 다시는 글을 쓸 시간은 없을 것이다.

우리는 브라질 리오에서 일주일 동안 검역소에 격리되었다. 만일 재단의 직원이 함께 격리되지 않았다면, 그들은 아직도 우리를 붙잡고 있었을 것이다. 그래도 그들은 우리에게 잘 해주었다. 브라질의 황제 돔 페드로 3세는 '태양계 연합'을 대신해서 리처드슨 메달을 우리에게 수여하고 연설을 했는데, 우리가 누구이며 지금까지 어디에 있었는지에 대해서는 잘 모르는 듯했지만, 그럼에도 우리의 공로에 감사한다고 했다.

그러나 내가 예상했던 것과 달리, 우리는 그다지 관심을 많이 받지 않았다. 아, 언론에서 우리를 무시했다는 의미는 아니다. 신문에서는 우리 사진을 싣고, 우리와 인터뷰도 진행했다. 그러나 내가 유일하게 봤던 뉴스의 헤드라인은 "오늘 세 번째 구닥다리 우주선 도착"이었다.

그런 제목으로 재미있게 기사를 쓴 사람이 기자인지는 몰라도, 나는 그 사람이 숨이 막혀 죽어버리길 바란다. 우리의 옷도 구닥다리고, 우리의 말투도 구닥다리였으며, 우리는 모두 웃기는 구식이었고 살짝 순진해 보였다. 우리의 사진에 붙은 제목은 이랬다. "할아버지들의 귀환을 환영합시다!"

나는 기사를 읽지 않았다.

알프레드 아저씨는 그런 기사에 속을 태우지 않았다. 사실, 그런 기사가 실렸다는 사실을 아저씨가 알았는지도 의문이다. 아저씨는 그저 셀레스타인을 몹시 보고 싶어 했다. "난 그 애가 자기 엄마처럼 요리를 잘하면 좋겠어."

"셀레스타인과 함께 살 건가요?" 내가 물었다.

"물론이지. 우리는 언제나 함께였잖아."

너무도 당연한 말이라서, 나는 대꾸할 말이 없었다. 곧 우리는 주소를 주고받았다. 그것도 당연한 일이었지만, 조금 묘한 느낌이 들었다. 그전까지 우리는 다들 주소가 루이스클라크호였기 때문이다. 그러나 나는 모든 사람들과 주소를 교환하고, 더스티의 쌍둥이를 찾아보기로 다짐했다. 아직 그 쌍둥이가 살아 있으면, 더스티에 대해 자부심을 가지라고 말해줄 것이다. 아마 재단을 통하면 그의 주소를 찾을 수 있을 것이다.

검역소에서 우리를 풀어줬을 때, 셀레스타인 존슨이 왔지만 나는 그녀를 알아보지 못했다. 키가 크고 멋있는 할머니가 달려와 알프레드 아저씨를 얼싸안더니, 아저씨를 번쩍 들어 올리는 모습이 보였다. 아저씨를 구해줘야 하는 게 아닌가 하는 생각이 들 정도였다.

그러나 할머니가 고개를 들었을 때 나와 눈이 마주치자 미소를 지었다. 내가 소리쳤다. "슈가 파이!"

그녀가 더 활짝 미소를 지었다. 나는 달콤함과 사랑을 흠뻑 뒤집어쓴 느낌이었다. 「안녕하세요, 톰. 다시 봐서 반가워요.」

곧 나는 시간이 나는 대로 찾아가겠다는 약속을 하고 그들과 헤어졌다. 나는 두 사람의 재회를 방해하고 싶지 않았다. 나를 마중 나온 사람은 아무도 없었다. 팻은 너무 늙어서 더 이상 여행을 할 수 없었고, 비키는 너무 어려서 혼자 여행을 할 수 없었다. 그리고 몰리와 캐슬린은 남편들이 반대한 모양이었다. 그 남편들은 나를 좋아하지 않았다. 상황이 이해가 되었으므로, 나도 그들을 비난할 생각이 없었다. 비키의 도움이 없는 상태에서는 그들의 부인들과 마음으로 대화를 나눈 지 오랜 시간이 지났다(그들에게는 수십 년). 반복해서 말하지만, 난 그들을 비난하지 않는다. 만일 텔레파시가 보편화된다면, 가족 간에 많은 마찰을 만들어내는 원인이 될 것이다.

게다가 나는 언제든 원할 때면 비키와 연락할 수 있었다. 나는 비키에게 별일 아니니 공연히 소란 피우지 말라고 말해두었다. 그리고 나는 마중 나오지 않는 게 더 좋다고 했다.

사실, 알프레드 아저씨만 예외였을 뿐, 대부분의 승무원에게는 장기정책재단의 직원들 외에 마중을 나올 사람이 없었다.

70년 이상의 시간이 지난 후 그들을 마중 나올 사람은 없었다. 그런데 나는 우르크하르트 선장이 가장 안타까웠다. 우리가 검역소 바깥에서 안내인 겸 통역을 기다리고 있을 때, 그는 혼자서 있었다. 선장 외에 혼자 있는 사람은 아무도 없었다. 다들 작별 인사를 하느라 바빴다. 그러나 선장에게는 친구가 없었다. 그는 예비 선장으로 대기하는 동안에도 우주선에서 친구를 사귀지 않았기 때문일 것이다.

선장이 너무 황량하고 외롭고 불행해 보여서, 내가 걸어가 손을 내밀었다. "선장님, 작별 인사를 하고 싶었어요. 선장님 밑에서 일할 수 있어서 영광이었어요…. 즐겁기도 했고요." 마지막 말은 거짓말이 아니었다. 그때는 진심이었다.

우르크하르트 선장은 놀란 모양이었다. 곧 그가 활짝 웃었다. 나는 선장의 그런 얼굴이 익숙지 않아 그의 얼굴이 부서져 내릴 것 같은 느낌이 들었다. 선장이 내 손을 잡으며 말했다. "나도 즐거웠어, 톰. 행운을 빌어. 어…, 자넨 앞으로 계획이 뭐야?"

우르크하르트 선장이 열정적으로 말해서, 문득 그가 짧게라도 대화를 나누고 싶어 한다는 느낌이 들었다. "아직은 확실한 계획이 없어요, 선장님. 먼저 고향에 간 후, 학교에 가게 될 것 같아요. 대학에 가고 싶거든요. 하지만 그러려면 먼저 적응을 해야 할 것 같아요. 많이 변한 거 같더라고요."

"그렇지. 많이 변했어." 선장이 진지하게 동의했다. "우리는 모두 적응을 해야겠지."

"어, 선장님은 계획이 있으신가요?"

"아직은 없어. 뭘 해야 할지 모르겠어."

선장은 간단하게 사실을 말하고 있었지만, 나는 그 말이 진심이라는 것을 깨닫고 문득 그에게 연민이 느껴졌다. 그는 토치선의 선장이었다. 지금까지 존재했던 가장 전문적인 직업이었다…. 그런데 이제는 더 이상 토치선이 존재하지 않는다. 마치콜럼버스가 첫 항해에서 돌아왔더니, 범선의 시대가 끝나고 증기선밖에 없는 상황과 비슷했다. 그가 다시 바다로 돌아갈 수 있을까? 그는 함교에서 해야 할 일이 무엇인지 아는 것은 고사하고, 심지어 함교가 어디에 있는지도 찾지 못할 것이다.

우르크하르트 선장이 갈 곳은 없었다. 그는 시대에 뒤떨어진 유물이었다. 한 번의 감사 만찬회, 그리고 감사합니다, 안녕히 가세요, 끝.

"은퇴할 수도 있겠지." 선장이 먼 곳을 바라보며 계속 말했다. "밀린 월급을 계산해봤더니, 엄청난 금액이더군."

"아마 그럴 겁니다." 나는 내 월급을 계산해보지 않았다. 팻이나 대신 모아두었다.

"제기랄, 톰! 난 은퇴하기에는 너무 젊어."

내가 그를 쳐다봤다. 나는 선장을 특별히 늙었다고 생각해본적이 없었다. 그리고 그는 스웬슨 선장에 비하면 전혀 늙지 않았다. 우주선 시간으로 마흔 살 언저리일 것이다. "있잖아요, 선장님. 다시 학교로 돌아가시는 건 어때요? 그러실 수 있잖아요."

선장은 불만스러운 표정이었다. "그러는 게 좋을 것 같아. 그래야 하겠지. 아니면 그냥 그만두고 이민을 하거나. 이제는 선택할 수 있는 이민지가 많대."

"저도 나중에 이민을 하게 될지 모르겠어요. 혹시 이유가 궁금하시다면, 지구는 이제 너무 붐비는 것 같아서요. 저는 컨스턴스를 계속 생각해왔어요. 그리고 밥콕 만이 얼마나 아름다웠는지도요." 나는 실제로 우리가 검역소에서 보낸 일주일 동안 컨스턴스에 대해 생각했었다. 만일 다른 곳도 리오와 비슷하다면, 지구에는 쓰러져 누울 공간도 부족할 것이다. 우리는 브라질 남부의 산토스 지구에 있었는데, 그들은 여기까지도 리오라고 했다. "저희가 밥콕 만으로 돌아가면, 아마 가장 나이 많은 개척민일걸요."

"아마 나도 가게 될 거야. 그래, 그럴지도 모르지." 하지만 그는 여전히 길을 잃은 사람 같았다.

✳

우리의 안내인 겸 통역은 집이나 우리가 원하는 곳까지 데려다주라는 지시를 받았지만, 나는 집으로 가는 탑승권을 끊은 후 안내인을 돌려보냈다. 그녀는 아주 친절했지만 나를 귀찮게 했다. 그녀는 도로를 건널 때 돌봐줘야 하는 할아버지와, 이런저런 지시를 내려줘야 하는 어린 꼬마를 뒤섞어놓은 사람처럼 우리를 다뤘다. 나는 지시를 받을 필요가 없었다.

일단 사람들의 이목을 끌지 않는 옷을 산 후 혼자 있고 싶었다. 나는 안내인에게서 간단한 문제들을 해결할 수 있을 정도의 태양계 연합 언어를 배웠다. 만일 내가 실수를 한다면 부디 어느 지방의 사투리로 받아들여지기를 바랐다. 사실 태양계 연합 언어는 도저히 이해하기 힘든 부분을 제외하면, 발음이 좀 더 부드러워지고 단어가 더 추가된 행성연맹 언어와 비슷했다. 다시 말해, 무역 언어로 만들기 위해 다듬고 확장시킨 영어였다.

나는 안내인에게 고맙다고 인사한 후 작별을 고하고, 졸고 있던 검표원에게 탑승권을 흔들었다. 그는 포르투갈어로 대답했다. 내가 멍한 표정을 짓자 그가 언어를 바꿔서 말했다. "나가서 오른쪽으로 내려가세요. 1번 창구에서 물어보세요." 나는 가야 할 길로 갔다.

✳

어찌된 일인지 비행선 안의 모든 사람들이 내가 구닥다리라는 사실을 알아챈 것 같았다. 여객 담당원은 내가 화이트샌드에서 갈아타도록 도와주겠다고 고집했다. 그러나 그들은 친절했고, 나를 비웃지 않았다. 한 사람이 내게 카펠라 여덟 번째 행성에 새로 생긴 개척지에 대해 물어봤는데, 내가 오랜 시간 동안 우주에서 살았으면서도 왜 그곳에는 가지 않았는지 이해하지 못했다. 나는 카펠라가 내가 있던 곳으로부터 100광년 이상 떨어진 곳에 있다고 설명하려 했지만, 그 사람은 끝내 내 말을 이해하지 못했다.

그러나 나는 왜 우리가 언론에서 크게 화제가 되지 않았는지 이해되기 시작했다. 개척 행성들이 대유행이었고, 매일 새로운 행성이 발견되는데, 우리가 60년 전에 발견한 행성에 흥분할 이유가 있겠는가? 발견된 지 몇 달 지나지 않은 것조차 지금 발견된 것들에 비하면 아무것도 아니었다. 우주선에 대한 것도, 요즘 출발하는 최근 소식이 더 눈길을 끌었다.

　우리는 역사책에 짧은 문단으로, 과학책에는 각주 정도로 남을 것이다. 뉴스에는 우리가 차지할 공간이 없었다. 나는 각주만 해도 그나마 잘 대해준 것이라는 생각이 들었다. 그리고 그에 대해 머릿속에서 지워버렸다.

　나는 대신 재교육에 대해 생각하기 시작했다. 내가 예상했던 것보다 많은 변화가 일어났기 때문에, 재교육의 폭을 확장해야 한다는 사실을 인식하기 시작했다. 예를 들어 복장의 스타일을 생각해보자. 나는 청교도인이 아니지만, 내가 어렸을 때 사람들은 이런 식으로 옷을 입지 않았다. 사실 저런 것을 옷이라고 할수 있을지 모르겠다.

　혹은 날씨를 보자. 나는 장기정책재단이 날씨에 대해 연구한다는 사실은 알았지만, 뭔가 성과가 있으리라고 기대한 적은 없었다. 밤에만 비가 오면 사람들이 조금 지루해지지 않을까? 혹은 트럭은 어떤가. 물론 트럭에 기대하는 것은 여기에서 저기로 물건을 운반하는 역할뿐이긴 하지만, 바퀴가 사라진 트럭의 모습은 불안해 보였다.

　나는 얼마나 시간이 흐르면 지구에서 모든 바퀴가 사라질지 궁금해졌다.

내가 이 모든 일에 익숙해져야 한다는 생각을 하고 있을 때, 여객 담당원이 다가와 내 무릎 위에 뭔가를 올려놓았다. 내가 그 물건을 집어 들자, 그게 내게 말을 했다. 그건 그냥 여행 기념품이었다.

∗

팻의 주택은 우리 일곱 명이 살던 아파트보다 여덟 배나 넓었다. 나는 팻이 최소한 돈의 일부는 남겨놓은 모양이라는 생각이 들었다. 팻의 로봇 집사가 내 망토와 부츠를 받아 들고, 팻이 있는 곳으로 안내해줬다.

팻은 일어나지 않았다. 팻이 일어설 수 있는지도 확실히 알수 없었다. 나는 팻이 늙었다는 것은 알고 있었지만, 팻이 늙었다는 사실을 실감하지는 못했었다! 팻은, 잠깐 있어봐라, 여든아홉이었다. 그래, 그 계산이 맞았다. 우리의 아흔 번째 생일이 다가오고 있었다.

나는 편하게 대하려 노력했다. "안녕, 팻."

"안녕, 톰." 팻이 의자의 팔걸이를 건드리자 내가 있는 쪽을 향해 굴러왔다. "움직이지 마. 거기에 그대로 서 있어. 그래야 내가 널 보지." 팻은 나를 위아래로 훑어보더니 경탄하며 말했다. "머리로는 네가 세월이 흐른 만큼 변하지 않으리라는 걸 알았지만, 이렇게 보고 마주하니까 완전히 다른 느낌이야. 그렇지? 《도리안 그레이의 초상》을 보는 것 같아."

팻은 노인의 목소리였다.

"가족들은 어디에 있어?" 내가 거북한 목소리로 물었다.

"내가 여자애들에게 기다리라고 했어. 내가 먼저 혼자서 내 쌍둥이와 만나고 싶었거든. 혹시 네가 말하는 가족에 그레고리와 한스도 들어간다면, 오늘 저녁 식사 때 만나게 될 거야. 하지만 녀석들은 신경 쓰지 마. 한동안은 나하고 잡담이나 나누자고. 정말 오랜만이야." 팻의 눈동자에 눈물이 맺혔다. 노인들이 쉽사리 흘리는 그런 눈물이었다. 나는 조금 당황스러웠다.

"그래, 오랜만이지."

팻이 앞으로 몸을 기울이며 의자의 팔걸이를 움켜잡았다.

"한 가지만 이야기해줘. 재미있었어?"

나는 잠시 생각해봤다. 데브루 박사…, 오툴 부인…, 어른이 되어보지도 못한 불쌍한 프루든스, 스티븐 삼촌. 나는 생각을 중단하고, 팻이 원하는 대답을 해주었다. "응. 재미있었어. 아주 많이."

팻이 한숨을 쉬었다. "다행이네. 나는 오래전에 더 이상 후회하지 않기로 결심했어. 하지만 그 여행이 재미있지 않았다면, 정말로 끔찍한 헛수고였을 거야."

"재미있었어."

"너에게 듣고 싶었던 말은 그게 전부야. 이제 여자애들을 내려오라고 할게. 내일 공장을 보여주고, 핵심 임원들을 소개시켜줄게. 네가 당장 회사를 장악할 것이라고 기대하는 건 아니야. 네가 원하는 만큼 길게 휴가를 보내. 하지만 너무 길게는 말고, 톰. 내가 너무 늙어서 그래. 앞으로 내가 얼마나 더 살아갈 지 알 수 없어."

나는 팻이 늘 그랬듯이 모든 일을 계획해놓았다는 사실을 문 득 깨달았다. "잠깐만, 팻. 네 공장을 구경시켜준다면 내게 기쁘 고 명예로운 일이겠지만, 어떤 기대도 하지 마. 먼저, 나는 학교 에 갈 거야. 그 후에는… 글쎄, 그때 가봐야지."

"뭐? 바보 같은 소리 하지 마. 그리고 내 공장이라고 하지 마. 이건 '바틀릿 형제 주식회사'야. 처음부터 항상 그 이름이었어. 너도 나만큼 공장에 대한 책임이 있어."

"자, 진정해, 팻. 나는 그냥…."

"조용히 해!" 팻의 목소리는 가늘고 날카로워졌지만, 여전히 명령하는 투였다. "나는 네 헛소리를 들을 생각이 없어, 애송이 녀석. 지금껏 네가 원하는 대로 놀다 왔잖아. 나는 네가 지금껏 어떻게 해왔는지 비난하려는 게 아니야. 그건 지나간 일이니까. 하지만 이제는 정신 똑바로 차리고, 가업에 책임을 가져야 해." 팻이 말을 멈추더니 가쁘게 숨을 쉬었다. 그리고 훨씬 부드러워 진 목소리로 혼잣말하듯 말했다. "난 아들이 없어. 손자도 없고. 난 지금껏 그 짐을 혼자 짊어졌어. 내 형제에게, 내 형제에게…." 팻의 목소리가 잦아들었다.

내가 팻에게 다가가 어깨를 잡았다가 놓았다. 팻의 어깨는 마치 성냥개비 같았다. 하지만 나는 단호하게 결정을 내리는 편이 낫다고 결심했다. 이렇게 하는 게 더 사려 깊은 행동이라 고 나 자신을 타일렀다. "내 말을 들어봐, 팻. 배은망덕한 놈으로 비치고 싶지 않지만, 오해하지 말고 똑바로 들어. 나는 내 인생을 살 거야. 나를 이해해줘. 내 인생에는 '바틀릿 형제 주식회사'가 포함될 수도 있고 아닐 수도 있지만, 아닐 가능성이 커. 하지만 어느 쪽인지는 내가 결정할 거야. 다시는 나한테 이래라저래라 하지 마."

팻은 그 말을 무시했다. "넌 어린애라서 네가 진짜로 뭘 원하는지 몰라. 그만하자. 내일 다시 이야기하자. 오늘은 즐거운 날이잖아."

"아냐, 팻. 난 어린애가 아니라 성인이야. 넌 그 사실을 받아들여야 할 거야. 내가 스스로 실수를 하더라도, 다른 사람의 명령은 듣지 않을 거야."

팻은 나를 쳐다보지 않았다. 내가 계속 말했다. "진심이야, 팻. 만일 네가 그걸 인정하고 받아들이지 못하겠다면, 난 당장 여기서 떠날 거야. 영원히."

그제야 팻이 올려다봤다. "나한테 그럴 수는 없어."

"그럴 수 있어."

팻이 내 눈을 바라봤다. "네가 그럴 거라는 걸 알아. 넌 늘 못된 녀석이었어. 너 때문에 내가 아주 골치 아팠어."

"나는 지금도 못된 녀석이야…. 네가 계속 그렇게 이야기하면." 내가 말했다.

"어…. 하지만 여자애들에게는 그렇게 못할걸? 어린 비키에게도 그럴 거야?"

"네가 자꾸 나에게 강요하면 그럴 거야."

팻이 잠시 내 눈을 뚫어지라 바라보더니, 어깨가 축 처졌다. 그리고 두 손에 얼굴을 파묻었다. 팻이 울 거라는 생각이 들어서, 내가 노인을 못살게 구는 악당처럼 느껴졌다. 나는 팻의 어깨를 두드리며 그 문제를 이렇게 밀어붙이기보다는 좀 더 느긋하게 갔더라면 좋았을 거라는 생각이 들었다.

나는 이 허약한 노인이 첫 최고속도 당시 나와 연락하기 위해 자신의 건강과 온전한 정신을 상하게 할 위험을 무릅썼었던 기억이 났다. 그래서 나는 팻이 그렇게 간절히 원한다면 팻의 비위를 맞춰주는 게 좋겠다는 생각이 들었다. 어쨌든, 팻은 앞으로 살아갈 날이 많지 않으니까.

아니다!

한 사람이 자신이 원하는 바를 힘이나 약점을 이용해서 다른 사람에게 강요하는 것은 옳지 않다. 나는 나다…. 그리고 나는 다시 별로 나아갈 것이다. 갑자기 깨달았다. 아, 대학을 먼저 가도 좋겠지만, 나는 우주로 나아갈 것이다. 나는 이 노인에게 감사하는 마음을 빚졌다…. 그러나 내 삶의 미래를 빚진 것은 아니었다. 내 삶은 내 것이다.

나는 팻의 손을 잡고 말했다. "미안해, 팻."

팻은 올려다보지 않고 말했다. "알았어, 톰. 네가 원하는 대로 해. 아무튼 네가 돌아와서 기뻐…. 네 멋대로이긴 하지만."

우리는 잠시 잡담을 나누었다. 팻이 로봇 집사를 불러 내게 커피를 시켜주었다. 팻은 우유를 마셨다. 이윽고 팻이 말했다. "애들을 부를게." 팻이 의자 손잡이를 만지자 불이 켜졌다. 팻은 그 불빛에 대고 말했다.

몰리가 먼저 내려오고, 캐슬린이 그 뒤를 따랐다. 나는 이전에 두 사람을 본 적이 없었지만, 어디에서 봐도 그들을 알아보았을 것이다. 몰리는 60대 후반의 여성이었는데, 여전히 멋있었다. 캐슬린은 40대가량이었는데, 그 나이로 보이지 않았다. 아니다, 그 나이처럼 보였는데, 품위 있게 나이가 들었다. 몰리가 발끝으로 서서 내 양손을 붙잡고 뽀뽀했다. "고향에 돌아와서 기뻐요, 톰 삼촌."

"저도 기뻐요." 캐슬린도 말했다. 그녀의 말은 내 머릿속에서도 메아리쳤다. 캐슬린도 내게 뽀뽀하고, 목소리를 이용해 말했다. "이분이 늙었으면서도 젊은 종조부시군요. 톰, 당신을 보니 아들을 낳았으면 좋았겠다는 생각이 드네요. 전혀 할아버지 같지 않으니까, 앞으로는 '아저씨'나 '할아버지'로 부르지 않을게요."

"뭐, 나도 아저씨 같은 느낌은 안 들어. 몰리에게만은 예외겠지만."

몰리가 깜짝 놀란 표정을 짓더니, 어린 소녀처럼 키득거렸다. "맞아요, 톰 삼촌. 삼촌의 나이를 제 머리에 새겨두고, 존경을 담아 대우할게요."

"비키는 어디에 있어?"

「여기 있어요, 톰 아저씨. 금방 내려갈게요.」 비키가 텔레파시로 말했다.

「어서 와, 내 사랑.」

캐슬린이 나를 날카롭게 쳐다보더니, 곧 모른 척했다. 물론, 난 캐슬린이 엿들으려던 의도는 없었을 거라고 믿는다. 캐슬린이 대답했다. "비키는 곧 내려올 거예요. 화장을 하느라 그래요. 여자애들이 어떤지 알잖아요."

내가 과연 알고 있을까라는 궁금증이 들었다. 하지만 비키는 곧바로 내려왔다.

얼굴에 주근깨도 없고, 치아교정기도 없었다. 입도 크지 않았으며, 딱 그녀에게 알맞았다. 그리고 당근색이라고 걱정하던 머릿결도 불꽃 면류관처럼 화려했다.

비키는 내게 뽀뽀를 하지 않았다. 마치 여기에 우리 둘뿐인 것처럼 곧장 내게 다가와 내 손을 잡고 나를 올려다봤다.

「톰 아저씨, 톰.」

「주근깨쟁이….」

우리가 얼마나 오래 그런 자세로 있었는지 모르겠다. 이윽고 비키가 텔레파시로 말했다. 「우리가 결혼한 후에는 이렇게 수광년을 떨어져 있지 않을 거예요…. 무슨 말인지 알죠? 나도 따라갈 거라고요. 밥콕 만에 가고 싶다면, 가도 좋아요. 하지만 나도 갈 거예요.」

「뭐? 대체 언제 나와 결혼하겠다고 결심한 거야?」

「내가 아기였을 때부터 줄곧 당신의 마음을 읽었다는 사실을 잊은 모양이네요. 당신이 생각하는 것보다 훨씬 더 철저히 읽었다고요! 지금도 읽고 있어요.」

「하지만 조지는 어떡해?」

「조지는 상관없어요. 조지는 내가 노인이 될 때까지 당신이 돌아오지 않을 경우에 대비한 대용물이었어요. 걔는 잊어요.」

「알았어.」

우리의 '구애 기간'은 기껏해야 20초 정도였다. 비키가 내 손을 잡은 채로 큰 소리로 말했다. "톰과 저는 시내에 가서 결혼할 거예요. 여러분 모두 참석해주시면 좋겠어요."

우리는 그렇게 결혼했다.

결혼식 후 팻이 나를 바라보며 이 새로운 상황을 어떻게 이용할지 궁리하는 게 보였다. 하지만 팻은 새로운 상황을 이해하지 못했다. 혹시 내가 상관을 두게 되더라도, 팻은 아니었다. 비키는 곧 나를 "완전히 휘청거리게" 만들 거라고 했다. 나는 그러지 않기를 바라지만, 비키는 그렇게 만들 것이다. 만일 그렇게 된다면, 나는 그 상황에 적응할 수 있을 거라 믿는다…. 나는 지금껏 그보다 더 이상한 일들에도 적응해왔으니까.

〈끝〉

옮긴이 **최세진**

SF 전문번역가. 옮긴 책으로 《리틀 브라더》, 《별의 계승자 2: 가니메데의 친절한 거인》, 《별의 계승자 3: 거인의 별》, 《별의 계승자 4: 내부우주》, 《별의 계승자 5: 미네르바의 임무》, 《홈랜드》, 《크로스토크》, 《우주복 있음, 출장 가능》, 《화재감시원》(공역), 《여왕마저도》(공역), 《계단의 집》, 《마일즈 보르코시건: 바라야 내전》, 《마일즈 보르코시건: 남자의 나라 아토스》, 《SF 명예의 전당 2: 화성의 오디세이》(공역), 《SF 명예의 전당 3: 유니버스》(공역), 《제대로 된 시체답게 행동해!》(공역) 등이 있다.

별을 위한 시간

초판 1쇄 발행 2020년 2월 25일
초판 2쇄 발행 2022년 11월 5일

지은이 로버트 A. 하인라인
옮긴이 최세진
펴낸이 박은주
디자인 김선예, 장혜지
마케팅 박동준

발행처 (주)아작
등록 2015년 9월 9일(제2021-000132호)
주소 04050 서울특별시 마포구 양화로 156
　　　　 LG팰리스빌딩 1428호
전화 02.324.3945-6 **팩스** 02.324.3947
이메일 arzaklivres@gmail.com
홈페이지 www.arzak.co.kr

ISBN 979-11-90652-00-1 03840

책 값은 표지 뒤쪽에 있습니다.
잘못 만들어진 책은 구입하신 서점에서 교환해 드립니다.